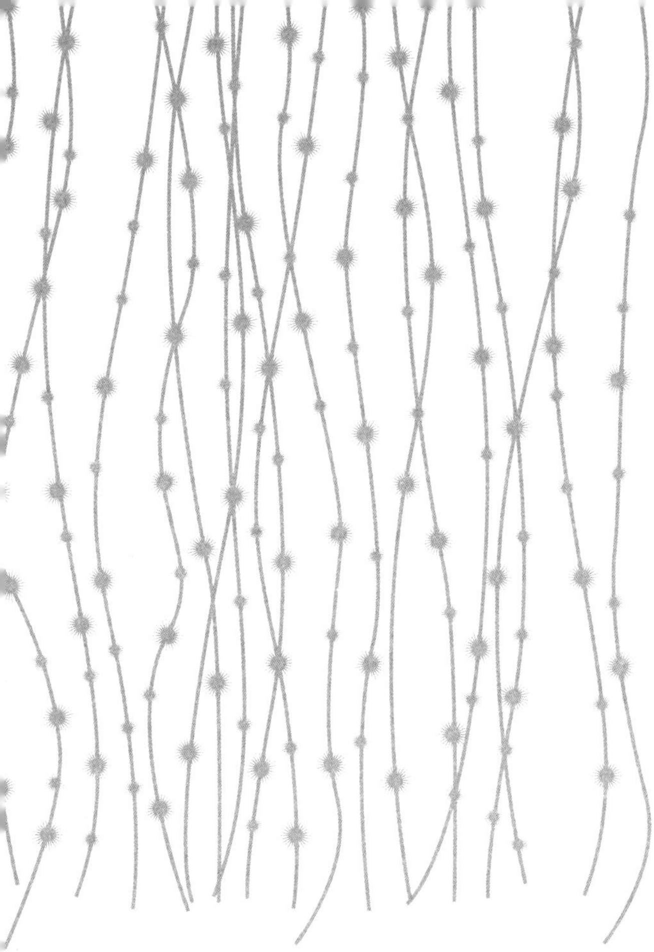

棘

左小词◎著

花山文艺出版社

图书在版编目（CIP）数据

棘 / 左小词著. —石家庄：花山文艺出版社，2016.12

ISBN 978-7-5511-3040-0

Ⅰ.①棘… Ⅱ.①左… Ⅲ.①长篇小说－中国－当代 Ⅳ.①I247.5

中国版本图书馆CIP数据核字(2016)第270767号

书　　名：棘
著　　者：左小词

责任编辑：卢水淹
责任校对：杨丽英
装帧设计：果亚楠
美术编辑：胡彤亮
出版发行：花山文艺出版社（邮政编码：050061）
（河北省石家庄市友谊北大街330号）
销售热线：0311-88643221/29/31/32/26
传　　真：0311-88643225
印　　刷：大厂回族自治县正兴印务有限公司
经　　销：新华书店
开　　本：710×1020　1/16
印　　张：11.5
字　　数：180千字
版　　次：2018年1月第1版
2018年1月第1次印刷
书　　号：ISBN 978-7-5511-3040-0
定　　价：25.00元

目　　录

一、映　山

每到一年之中的数伏天气，映山都不好过。这一年更不例外。

许多年来，他的身体就像被山神施了符咒，顽固地对抗着发育。极瘦，又弱。一阵大风，都会将他刮走。画四娘更是严厉要求，不准下水，不许着短衣短裤，以防着邪。

映山自然羡慕那些光屁股的孩子。画四娘告诫他，他和那些孩子的年龄相差太多了，他是他们的叔叔辈分，要立规矩的。映山就觉得身体里的那些形如小羊的魂魄在一点点膨大起来，它们张着嘴巴，大口地抢食着雾云山里新鲜而肥美的空气。

关于魂魄之说，映山从画四娘那里得知。雾云村谁家小孩、老人、爱生病的成人，这些体弱者丢了魂，都是请画四娘去叫。画四娘的布阵，及她口中的念念有词，在映山看来那就是本领。他央求画四娘教他，他要看看雾云所有人的魂魄，这让画四娘惊慌。画四娘只说他是千鸟魂托生的孩子，是不能乱讲的，山神在头顶上看着。映山不慌。映山的热度也仅仅维持了一两天，就忙着去爬树了。

爬树，是他消暑的方式。在高高的树杈上，迎风招展，他能得到坑水和裸露身体所不能给予的凉爽与自在。如果没风，他就等。山里的风，总是不吝啬的。

在树上，映山能看到大半个雾云村的人家。这个夏天，已经无法避免即将到来的麻烦。

午后的空气团着一窝阴郁，憋雨，又不落下。汗水从脖颈和腋下洇开，映山吧嗒吧嗒嘴，他快要睡着了，要不是那声尖叫，他简直就会伏在粗壮的树杈上睡去。

声音从酱羊家传出。酱羊家的院门敞开着，她躺在地上。她被人杀死了，而映山成了最可能的知情者。这应该是雾云村十多年来都没有发生过的凶杀案。

青天白日，多大的冤仇才致凶手如此歹毒。雾云人陷入了一种齐整的恐慌之中。对于死者的议论也是在私下里进行，他们实在是怕从镇里和县里过来的那些警察走进自己的家中。他们不知道说什么，这个时候说酱羊该死，显然不地道。但若说酱羊可怜，那便是另一种假惺惺了，即便死者为大，让他们违心也多有不甘。

映山口述：酱羊没死，她跑了。映山从树上溜下来的第一句话就是说酱羊没死，后来还是如此说。众人无奈，在既定的事实跟前，一个傻子的话多么可笑。

老莫从酱羊家的墙洞里抠出一沓纸，交了上去。纸上是歪歪扭扭的圆珠笔字迹：1羊，介绍到山西，拿到500块；2羊，介绍给一个不认识的中间人，从中间人手里得400块；3羊，介绍给县城的一个老光棍，得了900块；4羊，介绍给一个县里的退休工人，得了1000块。

这些所谓的被编了数字的羊们，其实是酱羊弄出去的女人，从山里到山外。可能是她太喜欢羊了吧，自己得一个酱羊的绰号，还给女人们编码叫羊。关于酱羊绰号的来历，传说大致如此：她给自家圈养的羊吃大酱，并且是搅拌在草料里喂它们。羊们吃了之后，居然发出类似人声的咳嗽。她喜欢听它们深夜发出的咳嗽声，且在咳嗽声里轰走了床上的男人。那是她的第一个丈夫，被她撵到山外去打工。后来，两人不知道为什么散伙了，她又嫁给旁村的一个老赤脚医生。那医生老婆尚在，只是瘫痪在床，她嫁过去身份多少有些不清不楚，没多少时日便闹僵了关系。她不回娘家，却是直冲雾云村的前夫家来，将婆婆哄骗到老院，自己占了房屋。她知道前夫不再回来，他已经跟一个南方女人去了鱼米之乡定居。

这两年，酱羊干起倒腾女人的活计。那些女人和她的关系，完全融洽，一副你情我愿状。有时候，她们也会讨好她，在她手中排号，以期碰个好下场。雾云村实在太荒僻了，但凡听说过外面的世界的精彩，都要心慌。村里的老人诅咒她，说她是祸害，她的行为是要给雾云村带来断子绝孙的下场。如今，这样一个祸害说没就没了。

雾云的夏天藏着雷雨，端不住了就猛下。映山躲在家里发愁，他得告诉给别人，酱羊真的没死。为了证明，映山拉着画四娘讲。画四娘没有耐心。映山着急。没有人信他。他决定去叫回酱羊的魂，让酱羊自己说清楚。

他又不知道怎么叫，就问画四娘。画四娘说酱羊是恶人，生前作恶的人是不配得山神慈悲的。画四娘说不怕坏就怕恶。映山就问坏和恶是什么，画四娘讲坏就是犯了错能有机会悔改，恶是不懂悔改就被老天爷收了去，命，天命，天命不可违。酱羊就是这种结局。

没过三天便有人投案自首，自称杀人者名叫武器，据说是一个流窜在山里的混混。据他交代，跟酱羊相好一场，如今这般结果也是值了。武器指认了杀人现场，说他是拿手捂住酱羊口鼻，从而使得她不能呼吸。武器说酱羊自始至终没有喊叫。而映山所说他听见的尖叫应该是在梦里。再说，映山的话已经没人相信。

映山口口声声还是要给恶人叫魂，这在雾云人眼里实在别扭。

酱羊的婆婆拄着拐杖去找画四娘。酱羊的婆婆颤颤巍巍地站定，对画四娘讲，酱羊大名邹草庵，嫁到雾云村以后人们习惯了跟他夫家一起唤她的小名——邹小凤。等她有了酱羊的绰号，那个邹小凤便被忘记了，更没几个能记得邹草庵。

画四娘问她什么意思。酱羊的婆婆说她去镇上的教堂见过神父，以后她会经常去，她晃了晃拐杖。画四娘抬抬头，又看向远处说，山神看着呢。酱羊的婆婆说，听说山神会让酱羊下地狱，她还不能去地狱。酱羊婆婆吞吞吐吐说酱羊的肚子里怀了孩子，她也是才知道。画四娘一惊，脖子像被人使劲掐了一把，她抖了抖肩膀，就是说不出话来。

画四娘一个人跑去后山，一待一个上午。有人怀疑她违背了他们的意愿，在山林间叫了七七四十九遍邹草庵。画四娘不承认，对质疑者讲，野蘑菇疯长了，得晒点野干货。她扒开提篮给人看，盘着一丛血红的朱砂菇。这种东西越来越罕见了。

映山闷在家里没出门，却是病了一场。这一病，整个人险些虚脱。开始还迷迷糊糊说些梦话，后来干脆一言不发，偶尔笑几声，又突兀得很。画四娘托老莫请了医生给他瞧，说是受了惊吓。便有人指出画四娘该给映山叫魂，画四娘没接话。

好在，映山又活蹦乱跳了。休养了几日再到街上走，他的脸蛋竟然还浮起两抹红晕。这红晕不真切，大概是连日好吃好喝进补的缘故。它虚晃着雾云人的眼睛，使人集体想到一个人——宋结衣。对，宋结衣。若不是仔细打量这个给养出红润的傻子，谁还会想起宋结衣。关键是这两年他竟然还长高了，已经相似当年宋结衣的身高。

雾云村东头的于秋茧从家里出来，走到街面上，撞散了议论的人群。她端着煮好的毛豆去送给画四娘。她的母亲于喜楼生前跟画四娘多有走动。

于秋茧对画四娘说，街上有人嚼舌头，别让映山听见的好。

画四娘坐在八仙桌前纹丝不动，像一块雪天的石头。于秋茧将一只手编的小号竹筐子放到她跟前，说，等映山回来，您让他到我那儿。画四娘眼底的光从紧闭的眼帘下忽闪出一丝，又熄了。于秋茧说，也瞒不过您，小韩老师托我帮个忙，我也不好推辞。小韩老师在做的事儿，跟当年我娘做的一样。教书，教书可不是简单活儿吧，很辛苦。怎么说呢，映山那事儿，我就帮他问问，看您什么意思。

画四娘咳嗽一声，于秋茧打住话题。画四娘的眼皮下分开一条缝隙，闪出疑问。画四娘问，你刚才说什么。于秋茧说小韩老师那事呢。画四娘说不是这个。

于秋茧笑笑，街上的人胡说的那事儿？结衣。

画四娘闭上眼睛，不要提她的名，不提了。

于秋茧叹气，关键是映山，这一场大病刚好利索，要是再给刺激了怎么办。

画四娘的手一抖，说，要是映山问，你哄他，他又不是多精光的人。

画四娘从不说映山是傻子之类的话，一次也没说过。在她眼里这个孩子就是脑袋被山神摁了一下，是现世报。被摁了一个坑洼的脑袋，却并不愚蠢，反应慢，爱钻牛角尖而已。画四娘叹口气，旧事回晃。

雾云村也实在太老了。这么一个没什么特别的老村子，深藏在太行山东麓雾云山的腋下，就像一个馋奶而不得志的幼子，一直没长起来。按照村上历代年长者的口述和一本涂改得潦草的家谱显示，最初的时候，祖辈为躲避战乱误入太行山脉，食野果，饮甘泉，沐日月恩泽，得以安生。即落根，依山傍水，自成村落，取名雾云。其身后大山名曰雾云山。

在雾云，年长者是受人敬重的。到了画四娘这一辈人，村上年岁最大的当属村西的垛爷。垛爷老了犯痴傻，每日钻山林，一入就是大半天。也不需人惦记和寻找，他总在天色将暗之前返回家中。垛爷的这个房屋本是村里的磨坊，他的父辈修盖的。到了垛爷年迈的某一天，便搬到此处。随行的还有一口锅，一只饭碗，一双筷子。垛爷的儿子为此不悦，怕这行径落人耻笑，惹不孝骂名上身。垛爷坚持，儿子也没别的办法，就将磨坊修葺清扫了一通，摆上一张木板床，抱来厚被褥。垛爷却是不肯在那木板上睡觉的，他将一张塑料膜铺到屋里，以地为床。

磨坊后面有一片空地，背望远处的雾云山脊，左临深不见底的空谷。土里栽了蔬菜和冬凌草。他从山里归来，便开始做一件重要的事情——和泥。水与土搅拌在一起，调好黏度，再加入旧年晒干的冬凌草，细细揉搓，成为柔软而有韧度的泥巴。泥巴摊于手心，将每一只捡来的鸟的尸体仔细地包进去，滚成球状，再进行晾晒。这般来来回回，久了，那些晾干的泥球，堆在一起差不多能盛满一口水缸的时候，垛爷挖了一个大坑，庄严地埋了它们。

那天傍晚，整个雾云异香扑鼻。当村人纷纷探寻香气根源之时，一声啼哭穿透而来，村南老宋家喜添新丁。垛爷举着佝偻的腰背，一路疾呼，大好，大好。垛爷行至产妇门口，扑通伏地，行了跪拜大礼，而后颤声道，千鸟魂托生，千鸟魂托生啊。尾随而至的村人问他何意，他笑而不答，冲人舞蹈，喜悦之情状如小儿。垛爷匆匆返家，要儿女做好饭菜，吃过，又烧水擦了身子，换上一套干净衣服。第二天，家人发现他睡在那口早就制备的棺木内，神态安宁。

老宋家的女人画四娘却是万分感激垛爷的。那一夜实在难熬，画四娘一夜没有合眼，却也深知，闺女宋结衣可能会因为生下这垛爷口中的圣洁婴儿身而脱掉淫邪风流之名。她注视着天上最后一颗渐远渐淡的晨星，直到它与雾云山色混为一体。

从生产鬼门关闯出的宋结衣，自顾吵嚷，再不生了，疼死人，烦死人。她低头看一眼躺在身旁的小小婴孩，突然高声大笑，垛老头胡说八道，使了多少好处？画四娘呵斥她不许乱讲，宋结衣便真不再讲话了。几天后的一个深夜，宋结衣和她新生的婴孩突然消失不见，没有人知道怎么回事。在雾云突然消失一个人跟突然降临一个人一样，他们认为是自然，是命数，天算大于人算。

倘若就此打住，画四娘也只陷入悲苦追忆便罢了，然而事情又发生了扭转。五年后的一个夜晚，消失的宋结衣突然回来了。毫无征兆，宋结衣像一只经过雾云的鸟雀落地停驻，出现在画四娘的眼前。她披着半空的星星，踩着山里的尘土，手中牵着一个瘦弱白净的小孩。那孩子蓬乱的头发下藏了一双清澈的大眼睛。他歪着脑袋，直直地盯着画四娘。

画四娘不会不收留她们。她内心盘算，挨门挨户去请人到家中吃席，算是讨好示弱，堵人口舌。如此就没人会跟她们孤儿寡母较真，非要揪出些弯弯道道来进行讥讽。画四娘甚至盘算着给宋结衣就地招夫，找个老实男人熬日子。女人名声再不好，在山村寻个嫁主还是没有问题的。

可是，宋结衣又偷偷溜掉了，就像一阵没由来的野风。她去了哪里，一点儿线索也没留，问孩子也是白搭。画四娘扇了自己的脸皮，将要置办酒席用的腊肉统统喂了狗，以至于那只狗撑得嗷嗷叫了半夜。

黎明时候，她才后悔，慌忙去跟狗抢夺，却是晚了。她一屁股蹲在地上，哭起来。于喜楼早起，经过她家院子，见门虚掩，就推门进去，想要劝她。画四娘哭声更大，于喜楼让她想开，意思是当宋结衣没回来过就是了。画四娘絮絮叨叨，哭喊的是那块喂狗的腊肉。画四娘拉于喜楼，于喜楼就跟她坐在地上，听她哭。画四娘突然不哭了，还是絮絮叨叨地跟于喜楼讲，她是饿怕了。她说在她年轻的时候，刚嫁给老宋那会儿，一场饥荒就来了。她披着红盖头，肚皮贴着骨头，心中想着婆家总会给新媳妇一顿饱饭。哪里想也是一家人围着一口大铁锅喝了一顿能照见人影的棒子面粥。三个半大的小叔子贴着锅沿儿舔到锅底，三条舌头比狗的舌头都吓人。画四娘没想到婆家还不如娘家，最起码娘家人还没将舌头伸进锅底。有一天半夜，她起夜，看到婆婆屋里亮着昏暗的煤油灯，她悄悄靠过去，这一听差点给吓死。婆婆在磨刀，低声说这日子真得吃人了。他们全家都在，就她不在场。她的脑袋嗡得大了，他们想吃了她？煮了吃？她想起那几条舌头，浑身抖若筛糠。她连夜跑回娘家，哪曾想一进家门就瞧见大哥蹲在地上磨铡刀，她的魂就散了。她又匆匆往回走，走到半路，碰见找她的老宋。她死活不肯回去再跟婆婆住一个屋檐下，任凭老宋解释，说她听错了，哪里能吃人？无论怎么说，画四娘都不信，她觉得自己的命真他娘的太苦了，在哪一家都是外人，婆家要吃肉第一个想吃她，娘家人要活命也第一个要吃她。

画四娘告诉于喜楼，那些舌头伸出来，舔呀舔，比狗舌头更让人恶心和害怕。于喜楼说她是癔病，是饿破了胆。映山在屋里喊了一声，于喜楼说孩子醒了，赶紧起来吧。画四娘爬起来，拍拍袖子和裤管上的土，进了屋去。映山刚刚睡醒，正缩在炕角啃手指甲。画四娘心头一酸，想就这么过吧。

小映山眉眼清秀，仔细看过去，是个漂亮的孩子。倘若一开口，就显别扭了，慢慢地各种问题就显露出来。在月夜，他会突然对着身后的影子哭叫，说怕它丢了。有时候，他会抓着画四娘闹，原因再简单不过，很可能就是一句话或者一个虫子一个草根一个屁。同龄的孩子不愿跟他玩，他总是落单。

看映山孤零零的样子，画四娘给他弄了一只小鹅。那只小鹅有着洁白的羽毛，爱动，一跑起来就像是要飞舞。映山欢喜，先是牵着它跑，又追着它跑。跑累了，给它喝干净的水，吃嚼碎的菜叶子。他们简直要黏在一起。到了晚上，他还想搂着它睡觉，不过它可不想待在屋里,它在他的身边转悠几圈，像是安抚困倦的孩子，这个步骤进行完，它便急不可耐地跳开，奔向那个安置于门旁的草窝。小鹅长得飞快，没过多久，它就变成了大鹅。它比一般家鹅壮实，个头也高，一副威猛的神态。他们更是形影不离了。那些年，雾云人常常看到，在山路上，有一只大白鹅跟着一个瘦弱的小孩，飞快地奔跑。

通常，他们是要奔跑回家去。而之前，总是映山一个人飞快地奔跑在回家的路上。必须说，他的飞奔来源于画四娘严格管教的结果。画四娘给他立下规矩，其中第一条就是不许在野外或者人前拉屎撒尿。憋多急都必须回到自己家来，否则屁股打烂。拉撒是人的生理自然，只要管住这个，映山一天之内想跑也跑不多远。起初，映山常常忘记，画四娘恼他不听话，下手教训，鞋底、鞭子、木棍、鸡毛掸子，顺手摸着什么用什么，狠狠地抽他的屁股，真抽得皮开肉绽。所以那些年，如果雾云人在路上遇见急蹿回家的映山，就会打趣，肥水不流外人田啊。映山咧着嘴，发出嘶哈嘶哈的叫声，跳着，跑着，像被烧了尾巴的猴子。

映山到处说他的鹅厉害，它能驮着他，惹得好多孩子羡慕。有一次，于秋茧的儿子绕绕截住他，要骑他的鹅。映山不让。绕绕推开他，上前就去扯鹅的翅膀，他想要将自己的左腿搭上鹅背，然后再搭另一条腿。他打算双腿夹紧鹅的肚子，催它跑起来，他觉得他骑鹅的样子一定比映山威武。大白鹅似乎充满了警惕，躲闪着。绕绕不得逞，弯腰捡起一根粗树杈，猛地朝鹅头敲去。映山扑过去，树杈就落在了映山的头上。映山抹了一把额头，有血流出来，绕绕撒腿就跑。映山看见手上的血，也是吓蒙了，眼前一阵发黑。后来，绕绕说，他跑开没多久又折回来，他惊奇地看到，映山趴在大白鹅的背上，它驮起他，跑啊跑啊，白色的羽毛上沾满了血和草屑。

于秋茧听说儿子闯了祸，急忙去映山家看望。映山正在昏昏沉沉地睡觉，画四娘摇醒他吃东西，他眨巴眨巴眼，说鹅老兄真飞起来了，他坐在它的翅膀上，看到好多白云，头真晕啊。

映山总是说大白鹅会飞。它飞的时候，他就闭着眼睛，只听见风呼呼啦啦地从耳旁刮过去，痒得心慌，可又不能松手挠。他得紧紧地抱着大白鹅的脖子，他的整个小身体就贴在洁白温暖的鹅的羽背上。有一回，他还在它背上睡着了，等醒过来，眼前是从来没有见过的一片林地。郁郁葱葱的野草，像山里的乐手，使劲晃着脑袋，吹奏最带劲的曲子。不知名的野花，顶着娇羞的色彩，摇摆起舞。他在那里，看到一个巨大的洞穴，洞穴的开口处挂着绿色的藤蔓，藤蔓伴随着水流轻轻摇荡。他想要走过去，看看究竟。大白鹅伏下身，他坐上去，大白鹅又飞快地奔跑起来。他闭上了眼睛，风呼呼啦啦地说着一些莫名其妙的话，他都懒得搭理它们。等他再睁开眼睛，看见画四娘正坐在屋门口的板凳上搓玉米粒儿，她的脚旁放着一只大笸箩，笸箩里有晒得干燥的玉米棒子和一只尖利的铁锥子。他试图告诉画四娘他之前的见闻，画四娘给了他一个后背，耳朵始终挂在更远的树杈上。那些日子，她等着听一个人捎带的消息，可那人还没有回山。

那年的夏天，连降暴雨，雾云村成了一棵被水频频腌渍冲泡的白菜，人人待在家中，像是很快就要沤掉了。等水一退下，被囚禁得烦躁的孩子急不可耐地冲上山路，他们的狂欢即将开始。映山带着它的大白鹅，也是四处撒欢。

村后有一个人造的水塘，储存了满满的雨水，连平日里那五六级的石板台阶都被水隐没了。大人在台阶周围摆了醒目的石块，以示危险，却偏有调皮的孩子偷偷搬掉，故意惹另外的孩子掉进去。好在水塘并不深，他们玩闹够了，那水里的孩子也会调皮地浮出水面。

从水塘经过，大白鹅突然不走了，它扑棱着翅膀，冲着塘水，嘎嘎叫个不停。映山拉它，它也不动。几个男孩被吵烦了，威胁映山要拧断鹅脖子，就像拧断手里的树枝一样，咔嚓。映山突然发现水里有蛇，两三条。他指给他们，说走开走开。一个光头男孩伸手推他，要不是被另外的男孩拽住，他险些掉进水塘。小光头又推大白鹅，大白鹅朝他猛扑过去，他没设防跌倒在地，大白鹅照着他的胳膊狠狠地啄了一口。小光头气恼，手脚并用一番乱攻。大白鹅逃脱，小光头挥舞着棍子追赶，孩子们都跟着跑起来，映山排在最后边。再后面是一块块山石，在孩子们刚跑开没多久的时候，从旁侧的崖上滚下来。

映山追上队伍，大白鹅已经被小光头和他的伙伴逮住，他们说要烤了它。映山着急，求他们。映山说蛇蛇蛇，意思是大白鹅以叫声报警，算是救人。小光头揉着被啄得发疼的胳膊，眼圈泛红。他吩咐弟弟回家偷盐，他会烤肥美的鹅肉给他吃。他说这只肥鹅的肉比猪肉好吃，他没吃过，就是知道。映山一直哭，拽着小光头不撒手。小光头不耐烦，吓唬说如果不烤鹅就烤映山。映山慌忙点头，伸出胳膊，让他们捆绑。后来，幸亏小光头的弟弟偷偷跑去找来了大人。画四娘冲过来，将被捆了手脚的几近昏迷的映山搂紧。画四娘只说了一句，映山是千鸟魂托生的，欺负他就是欺负鸟仙。

到了晚上，小光头的母亲带着糕点和一袋豆子来看映山。那女人一边哭一边求画四娘饶恕。画四娘一声不吭。画四娘家摆放了香案，她跪在地上，双手合十，口中念念有词。小光头的母亲更是惊慌失措，慌忙跪倒在地，说着仙人饶命，小儿有罪，大人来顶，只求宽恕。

大白鹅像被抽了筋骨，怎么也站不起来，醒来的映山非要守着它。它不吃不喝，第二天开始抽搐，到了后半夜便不再动弹。映山喊它鹅老兄，映山对它说明天去后山，后山开满了红色的和黄色的山姑娘花，它们等着它扭屁股。大白鹅一动不动。画四娘告诉他，大白鹅死了，死了就不能跟他再待在一起。

映山哇哇大哭，怎么劝也不行。那一次，因为伤心，映山也差点出事。

也是在那一年，画四娘突然添了新本领，她能给人叫回不安的魂魄。

酱羊出事之后，酱羊家的邻居找到画四娘，请她驱除院落周围的邪气。画四娘咳疾发作，几日不能出门。那邻居便去镇上找了一位风水先生，按照先生指示，在门楣处悬挂了一面镜子。

酱羊的东西被娘家人取走，连她生前用过的木梳和水盆都没落下。娘家人说全是为了留下念想。在雾云，酱羊的这个院子里，酱羊像是被彻底拿光了，不留一丝痕迹。

映山碰到酱羊的婆婆，她的身体比以前硬实了一些。她天天念叨一种叫作圣经的东西，还劝映山去叫画四娘来，那意思是要引领他们上天堂。映山竟然能听懂一两句。

映山没再伸着脖子跟人争执酱羊到底是不是活着。慢慢地，他就要忘记了。恢复如常的生活是一种最简单的本领，映山具备。

这个夏天，也很快恢复了它的迷人和生机。映山继续他的游逛。

许多好的天气光临。天空肆意蓝起来，蓝到有些惊人，像刚刚从水缸里提溜出来，随手一抛贴在高处的新鲜色块。

又一日，映山跟着那蓝色走，越走越深，竟不知到了哪里。寻常他玩耍的地带，就在雾云山的天河沟之内，从未越过长满参天树木和繁密荆棘丛的野鸟坡。人们都说过了坡就是沟壑，是悬崖，太危险。那地方还有许多诡异的传说，说地下埋有一百冤魂，常有鬼怪作祟。山里人求太平谁也不去触碰霉头，那野鸟坡就成了禁忌之地。

映山的头脑里可没有这些，他只是嫌那些荆棘扎人，他怕碰触它们。但是这天，映山竟然就走到了那一大片一大片的荆棘丛前。郁郁葱葱的屏障拦住映山，映山便停住。他找了一块大石头，拍拍上面的土，整个人躺上去。石头因为一半埋在野草丛里，透出清新的凉意。映山侧了侧脸，向凉意贴过去，一会儿工夫就把脸孔触碰着的石面暖热了。映山十分享受这种肌肤的触感，似乎那石头温润的手指，正抚过他的脸、脖颈和头发，而他也同样报之温柔和深情。他闭着眼睛，先是左侧的脸对着石面，少顷又转为右侧，这样来来回回，十分愉快。他还脱掉鞋子，光了脚丫，踩踏着脚部的石面。大热天，他还想脱光了衣服，光着身子才好，他是这样想着。他甚至还解开了裤腰带。突然，画四娘拎着木棒的样子一下子跳到他眼前，他吐吐舌头，太可怕了。他放弃那念头。他继续左右侧换，与石块的清凉绵柔做着亲密接触。这种感觉似曾相识，又十分遥远，遥远得深不可及，也根本不是他这个脑瓜能思想出来的。画四娘的手指也凉，她也轻轻拍打过他的脸和肩膀，但，那也不对。画四娘的手指虽然凉，可十分粗糙。她常常会生气，她用她树皮一样的手拧过他的胳膊、大腿，撕扯他的头发，甚至拿布条狠狠地勒紧他的胸口，他都喘不过气来。那些可怕的布条，太结实了，好几年都用不烂。不对，这些，都不对。画四娘的手指还是太硬，硬得像炒菜烧饭的铁锅，涌着一股子锈气。映山可不喜欢铁东西生锈的气味，他觉得那跟他身体受伤后莫名其妙地流出来的血液一个味道，他常常烦躁，不安。好在那些受伤的日子里，画四娘会和他一起待在家中，照顾他的吃喝拉撒睡。

映山快要睡着了，迷迷糊糊中感觉被什么东西刮了腿脚。映山坐起来，四下找。一只灰色的野兔一样的家伙蹿跳过去。映山赶紧穿上鞋，去追。林子里的小东西，一般都不怕他。

曲里拐弯，追了一小段路途，小东西便不见了。映山只得在那荆棘屏障前停下，坐地上，用拇指和食指的指甲去抠扎进脚面的一根刺，抠不出，有些丧气。突然，一束若有若无的光打过来，打在他的腿上。他望过去，发现一个小门洞。绿色屏障下有一块块的石头，一块稍大的石块旁边，就是那个豁口。豁口不大，像是被小动物们刨出来的。映山爬过去，他试着将脑袋伸进去，刚刚好，身体也能挤过去。他太瘦了，钻洞不成问题，并且这还是他的强项。小时候，他都能跟自家的土狗挤一个窝棚，跟鸡钻一个笼子，更别说山里的孔孔洞洞。

过了屏障，就是野鸟坡的另一面了。另一面的野鸟坡跟天河沟的这边并没有多大差别，只是杂草更密。映山还想着野兔，就喊它，说要给小东西吃豆子。他的口袋里常常装着炒黄豆。任凭他喊得嗓子眼儿冒烟，野兔一样的东西也再没出现。他噘着嘴，抓一把浮土扬到半空。土落到眼睛上，他又跳起来躲，躲不过就躺在地上生气。一朵又一朵云在他的头顶翻卷，他突然想到，那小东西是飞上天去了，想变什么变什么。

天色一点点暗下来，映山能准确地感知到这个时候画四娘该喊他吃饭了。映山想了想，找了一块石头，将炒黄豆摊在上面。要是小东西饿了可以回来吃饭。映山往回走，就要到那个杂草掩映下的豁口处时，他突然想起早上答应五牛的弟弟交换鸟蛋的事情。一捧炒黄豆加一个手捏泥人，换五只花鸟蛋。映山有炒黄豆，会捏泥人。映山会捏各种各样的泥人，映山捏出的泥人无论是什么样貌，都爱咧着嘴巴笑。孩子们笑话他的泥人带傻样，可傻样的泥人还是很好看，孩子们喜欢。其实也不是孩子们喜欢，关键是孩子们的老师，那个姓韩的支教老师喜欢，他说拿咧嘴泥人可以换他的软糖。孩子们不光为那一咬绵软软再咬一股蜜水的夹心软糖，还为了讨好小韩老师，就想各种办法向映山要泥人。映山捏泥人也在心情，他愿意干就哼着小调捏给你，不愿意了就甩手跑掉。

映山折回头，却怎么也找不到放豆子的石头。映山摸着别的石头问，一路挨个问。当他摸到一块巨大的石头时，那石头缝隙里生长的一丛荆棘又扎了他的手腕。在巨石的一侧，竟然又一个洞口，不同于之前发现的那个。这个大，又开阔，被酸枣树和绕在树干上的繁密的藤蔓遮蔽，如果不仔细看根本发现不了。映山兴奋不已，他不可能不钻进去。

洞是石洞，洞口的墙壁光滑，似经多年风霜打磨。洞内暗黑，只能摸索着前行，且越走越窄。到了最窄处，似没有了进路，才见一束光亮从左侧晃过来。顺着光亮转弯，道路便再度开阔起来。就着那一束微光，洞内的情形渐渐凸显。映山看见不远处有两个人扭打在一起，像两条蛇。映山揉了揉眼睛，那蛇又长出人的头颅和四肢，映山再揉眼睛，人与蛇的幻象叠加出现。映山站了一会儿，才逐渐适应洞内的光度。

谁在打架？映山打算靠过去。两条蛇像在互相推搡，忽而又死命地纠缠。有声音在喊，有种杀了我，你杀了我。还有一种像是野猪的哼叫声。又有铡草声和羊吃草的响动。酱羊？酱羊！映山叫起来。他早就说过酱羊没死，现在找到了，看谁还不信。

映山朝那声音密集发出的地方跑去，脚底打滑，跌倒好几回。那像蛇的人并没觉察他的靠近。映山不得不提高了嗓门喊酱羊。酱羊背对着他，不可能看到他，和酱羊纠缠在一起的另一个人的脸却能。那张脸，模糊，映山似乎见过，也分辨不清。映山就扬起胳膊，冲那张脸挥舞。等一会儿，他要问问酱羊，这个脸是谁的。反正就要见到酱羊了。

突然，那张脸隐去了，在昏暗的洞里，他隐退的速度极快。到映山走到跟前时，只剩下他看到的酱羊。然而，也是飞快地，酱羊的脸上蒙了一块围巾。映山搞不明白，要么是酱羊手脚麻利，要么是她本来就戴着围巾。可她干什么要藏起自己的脸呢？映山有些沮丧，之前的兴奋劲头减弱下去。

他问酱羊怎么在这里，酱羊不说话。他问酱羊能不能摘了裹紧脑袋和大半个脸的围巾，酱羊摇摇头。酱羊咳嗽起来，一阵紧似一阵。他心软下来，慌忙说不摘就不摘，洞里太阴冷了。

他问刚才那个人呢，酱羊摇摇头，又一阵咳嗽。他就想跑过去给她捶捶后背。他抬腿，她后退，他就觉得委屈。酱羊怕他，他不能让她害怕啊。于是，他就原地站定。她指指洞口的方向，喉咙里挤出一句，快走。他隐隐听到，回答她，一会儿就走。他想跟她一块儿回家。

她指指喉咙，映山猜她哪里不舒服了。映山说去给她拿药，她慌忙冲映山摆手。映山问刚才那个人是不是去找药了，她重重地点头。然后，她对映山说不能告诉任何人见过她。她的声音嘶哑，透着哭腔，又像舌头上压着石头，竟然有几分含混不清。

映山歪着脑袋看着她。她说如果说出去，她就死定了。映山说村里人都以为她死了。她要映山帮助她，给她保守秘密。映山答应。她让映山保证，映山一遍一遍地保证。她说也没别的办法了，要是映山不守信，她就完了。映山不愿意她不信他，差点急哭。

她让映山赶紧回家。映山问她肚子饿不饿，他可以给她来送豆子。她指指身后的一个石板，那上面放着一大堆东西。因为隔着一定的距离，映山看不清楚。她说，有吃的。

映山只能遵守诺言回还，可绕了好几圈就是走不出去。他走到了一个拐弯处，发现那里的洞壁上密密麻麻刻满了字，不好认，一串串数字倒是容易看清：1921193819972010。映山读出声音，又试图找其他数字。

映山被墙壁上的数字拽着，往里走。洞壁变得凹凸不平，还有成型的凹槽。凹槽里放着东西，但不知道是什么。映山伸手去拿，手背被人拍了一下。映山看到酱羊站在他的跟前，映山只得听从酱羊的，跟在她身后。

快到洞口的时候，天色也快暗下去了。她头也不回，对映山的告别毫不在意。映山盯着她的后背，又翻转身疾步到她身后，抓了一下她的手臂。映山尖叫一声，她快速将映山推出去。

一路上，映山都在啜泣。翻过野鸟坡，他飞快地跑起来。他觉得她柔软的手臂上的那一颗大痦子，在不断变形，一会儿变成野狗的獠牙，一会儿变成蒲公英，最后又变成了蘑菇和大蒜。

映山气喘吁吁跑回家中的时候，画四娘刚刚送走客人，画四娘看看他，并没理睬他。他挂着一副着急的样子，冲进房里。他翻画四娘放立在屋角的盆盆罐罐，画四娘问他做什么，他说得炒多点黄豆，他要许多炒黄豆。

画四娘坐在八仙桌旁，眯缝起眼睛。窗外急雨已经不可阻挡地一阵阵噼啪声，雨点击打着窗台外面的物件。映山抓了一把干黄豆，摊在手心里数颗数，他大概也不清楚自己在做什么，数数对于映山来说，只要超过一百就变得困难。

一只破的，瓷碗。映山一边捣鼓他的豆子一边说。画四娘一惊，睁开眼睛，问他说什么。映山说，窗台上那个，破瓷碗，破了，雨落进去了，他也快破了，破瓷碗那样。画四娘哦了一声，知道他又犯言语癫狂的毛病。这毛病随着他年龄大起来也见轻缓，但时不时地他总还会说些摸不着头脑的话。画四娘扭过头，又眯缝起眼睛，对映山说，你告诉我两件事，我给你炒黄豆。映山点点头，他急切地看着画四娘，只等她的问题。

画四娘问，张春林家的鸡丢了，会去哪里。映山说在他家粮囤后面落窝呢。画四娘说不可能，张春林老婆找过了，家里角角落落都没有，粮囤后面也没有。映山说是他老娘那个屋子后头，那个塌了的粮囤。画四娘说知道了。映山说那只鸡没下蛋。画四娘又问老莫家孙子为什么半夜半夜地哭。映山说他裤子上扎了一颗蒺藜，他要是伸胳膊蹬腿碰上那颗蒺藜，被扎疼了就哭，要是没扎着就不哭。带他晒晒太阳，倒倒裤子，给他奶奶抱抱就好。画四娘哦了一声，站起来，到里屋拿了一只烧鸡。映山接过就走，他知道送往哪里。外面的雨点大起来，映山根本没听见画四娘让他披雨衣的话。

烧鸡是别人家供养画四娘的。画四娘拿神仙用剩下的肉食给映山，无论多么稀罕，映山都是一口不吃。所以那些烧鸡什么的吃食，如果有，画四娘就会拿去送人，比如给老莫。

映山家和老莫家离得不近，映山一溜儿小跑。映山提着烧鸡，心中却是想着老莫家那只狗如果再欺负老莫的老婆，他就不给老莫送烧鸡，老莫吃不到烧鸡就不能吐鸡骨头，没有鸡骨头那只坏狗就什么也吃不到。

老莫跟画四娘年岁相仿。老莫的老婆比老莫大十多岁，典型的童养媳。如今老莫老婆老了也傻了，是镇上医生说的那种老年痴呆症。她不但傻还常常把自己弄丢，于是老莫就把她关在屋子里，每天给她送饭。老莫有一个儿子，两个女儿，都已成家。老莫在镇上开理发馆，开了十多年，如今那个店铺给了儿子，被儿子收拾成炒面馆。老莫本想着把剃头刮脸的手艺传给儿子，但看如今没几人上他理发店来剃头刮脸，也便作罢，任由儿子扔了祖业改行做小商贩。在老莫的眼里，给人剃头刮脸是手艺，那是正经营生。老莫的儿子小莫实在想不明白，他爹怎么就看不上他炒面卖饭，哪一天不比他一个月挣得多。老莫说他是在偷懒。偷懒就偷懒，小莫的炒面馆不单偷小懒，还偷大懒。雾云人听说，他不知从哪里弄来几个来路不明的中年女人，每天打扮得花枝招展地站在面馆门口招呼客人，他还雇了一个管账的女孩，他什么也不做，这还不是偷大懒。

从小都是老莫给映山理发，映山最烦老莫用推子推头发前摸他的脑袋。老莫长了一张深纹路脸，肤色又黑，简直像皲裂的老树皮，可奇怪的是他的双手柔滑细腻，竟然没有一只硬茧。这样的手摸在映山的头顶上，且是摩挲过来摩挲过去，像肉虫子在爬，映山就坐不下，就咯咯笑。一笑起来的映山，谁也摁不住，推头这档子事非得折腾个老半天，为此画四娘没少训他。画四娘不许老莫逗弄他的头，老莫再给映山理发，就不摩挲他的头皮了，而是拿并拢的指关节在他头顶扣两下。老莫的手骨软可劲儿挺大，映山觉得疼，又不舒服。映山不乐意，却也是逃不过的。记得于秋茧新买了一把电推子后，主动上门给映山推头发，被画四娘婉言谢绝。

以前，老莫每回从镇上回来，都路过画四娘家，画四娘看见了就让映山过去找老莫。映山长大后，画四娘不给映山留平头了，她自己动手，用剪刀给映山剪一种看上去碎碎的短发，比平头长一些，比后来女孩子流行过的蘑菇头短一些。映山长得清秀，碎乱的短发衬得他越发耐看。老莫常常感叹，这孩子就是推个光头，也俊。人长得好不好，七分看脑袋，脑袋的形状好看了怎么个发型都好看，就是没头发也好看。这是老莫念叨的。

映山给老莫送烧鸡，老莫从来不推辞。老莫撕一只鸡大腿递给映山，映山摆摆手，老莫就放下。这样的动作重复了无数次，老莫也似是得了健忘症一般，每回都照做一遍。看你瘦的，不吃肉怎么长结实，一风吹的家伙。老莫常常这样说映山。映山反问，什么是一风吹的家伙。老莫说，风来了把你刮天上去。映山说风来了先把老莫老婆刮天上去。老莫说你倒是走不丢，刮丢算了。映山说那跟云彩住在一起才好。老莫叹气，问映山哪儿跟云彩最近。映山说当然是山上，山上的雾云村。老莫突然问他雾云村丢了怎么办。映山说他和画四娘看着呢，丢不了。老莫还是叹气，对映山摇头，他说那也是早晚一天的事，看谁守着吧。

老莫说今天丢一个明天丢一个，慢慢都没了。老莫说也不知道老姜家的闺女去哪儿了，这个孩子，不省事。老莫问映山，你不是什么都能看到吗？你说姜玉玉在哪儿？映山将头摇得像只拨浪鼓。

老莫叹气，你啊，明眼儿是哄人的，你姥娘也是哄人的。映山噘嘴，瞪他。老莫哈哈大笑，摸他的脑袋，十七岁了吧，还跟个娃娃一样。他快速躲开，跑掉。

一夜碎雨之后，山里的空气沁着水雾，潮气像会变戏法似的，直往人的毛孔里钻。一大早，映山披着于秋茧织给他的那条棕色薄围巾，坐在院子里捏小泥人。每逢雨后，映山必做此事。他用天上落下的雨水和泥，他说山泉水再干净也被人弄坏了。

映山捏小泥人的时候分外认真，任凭谁喊都无回应。画四娘知道他听不见。通常这样的情形下，画四娘都是关了门户，不接待外人的。

小韩老师隔着两扇门板的缝隙朝里张望。他扣了一下门环，又放下。画四娘从里面插紧，且牢牢地插了两道闩，一时半会儿没有打开的意思。小韩老师就蹲在她家的门台上抽烟。小韩老师名叫韩醒岩，来莺塆镇中心小学支教已有一年时间。同来的大学生在拿了县教育局和乡镇中心校盖章的鉴定表后，纷纷回城。韩醒岩没走，他说他还没待够。校长要报他典型，说他热爱山村，为山村教育事业做出了积极贡献。他不肯。他坦言，他留下还有别的心思或者说是心愿。

韩醒岩来过画四娘家多次，画四娘知道这个言语不多的大学生对映山的泥巴感兴趣。画四娘却不问他，直到他自己忍不住了对画四娘讲，映山是一个没被污染的天才，他想带映山到城里走一趟，如果可能的话他还要跟映山一起搞一个艺术展。映山的各种各样咧着嘴的泥人，还有那些被统称在泥人之列里的泥巴动物：毛驴、山鸡、猫头鹰、蛙、蝙蝠，各类飞鸟，四不像的怪兽，都是好东西。

韩醒岩自省城的美术院校毕业，主攻油画，后来却对在瓷器上作画产生了兴趣。韩醒岩最喜釉下彩，他觉得那些原始古朴的东西最有生命说服力。韩醒岩曾在家乡磁州窑跟当地一些老艺人学习。他得以在一位老艺人家见到宝贝，张天师断案画枕。他被其精妙吸引：假山、松柏、亭台楼榭，卧虎、祥鹿，弯月，剧中人和各种星宿图。韩醒岩通晓元杂剧，他记得元杂剧作家吴昌龄的《张天师断风花雪月》，便是描述道教张天师断案的故事。那方张天师断案画枕自然与元代有渊源。而元代著名的青花瓷器就是他喜欢的釉下彩的一种。韩醒岩用手机悄悄拍下画枕，暗中揣摩、临摹了许久，却是越画越精致，独独无法展现最基础的拙态。他苦恼于无法寻到一个突破和改变的点，那个光亮离他太远，说到底他太攻于巧了。

韩醒岩没想到在山里，离他老家并不很遥远的地方，他竟然被启发了。这个启发他的人不仅不是学者、艺术家，还不是一个智力正常的人。

韩醒岩蹲在地上吧嗒吧嗒抽烟。于秋茧远远看见他，朝他走过来。于秋茧喜欢这个年轻人，她想如果儿子绕绕有人家一半出息就好了。

找映山吗？于秋茧问韩醒岩。

是啊，是啊。韩醒岩扔了手里的烟屁股，站立起来。

于秋茧望了一眼画四娘家紧闭的院门，对韩醒岩说，要不到我家待会儿吧。

不了，我……韩醒岩话音未尽，画四娘家的院门吱呀一声被拉开。画四娘闪了出来，这个矮小的老女人，身体轻盈到让于秋茧惊讶，就像是突然从门缝里飘出来的一缕没有声息的烟雾。

韩醒岩随画四娘进了家门。于秋茧手中拿着布料，因有事要做，便没多做停留。她只是就着半开的扇门，朝里望了一眼映山。

映山的跟前摆了三件家具一样的东西，看样子是他刚用泥巴捏出来的作品。这些家具都属于柜子一类，其中一件像村人常用的木头大立柜，长方形，有四只脚；另一件则像媳妇姑娘们装棉被用的大衣箱，带着箱子锁扣；第三件是村人常用的那种简易碗橱。映山拍拍手，站起来，绕着自己的作品走了一圈，自言自语道，还不错，还不错了。

映山并未发现进门来的韩醒岩。见映山完工，韩醒岩才上前问话。映山没有回答，只冲他笑笑。映山的眼睛湿漉漉的，像刚被从水中打捞出来的水晶。韩醒岩像是被什么东西绊了一下头，心中一动，眼睛也差点被来自映山的水气沾湿。

韩醒岩看了看地上的泥捏物件。这些东西因不是动物和人，没生命特征的载体：嘴巴和眼睛。所以韩醒岩没有太留意它们的细微之处。他只是发现它们的顶端都有一个奇怪的开口处。窗户吗？韩醒岩指着问。映山嘻嘻哈哈说，出口，洞口。韩醒岩一怔。

映山看韩醒岩瞠目结舌的怪模样，乐了。他拉韩醒岩，要韩醒岩跟他去他住的侧房，那儿有他的泥人王国。韩醒岩看一眼一直未曾说话的画四娘，画四娘表情冷冷的，只跟在他俩身后。

在映山的床底下摆满了泥人、泥动物。这些大大小小的泥巴，差不多都可单独放置于手掌心。映山掀开床单，对蹲在地上的韩醒岩讲，这些，这些，有多少个呢，差不多了，再捏一条河就差不多了。映山说他捏不出一条河。因为他听于秋茧给他讲了一条河的样子，那么好，且曲曲折折，长，又阔广，温柔，又汹涌。有月亮照在上面，那些被风掐出的小波纹就跟水底的鱼儿比赛曼妙的身段；有雨滴在上面，漩涡一样的笑脸就开始荡漾，如果大一点的雨水把它挠疼了，它就噘着嘴巴，哗啦哗啦地跑；要是雪花落下来，它就拨弄它们的眼睫毛，看它们眨巴眨巴眼；要是有人落进去，它洗他们身上的尘埃、胎记和喉咙里的杂质，他们越来越沉，它托不起来，就更用力地洗啊洗。

映山问韩醒岩见没见过这样的大河，韩醒岩说当然，除了河流他还见过大海。映山想看韩醒岩捏出一条河流的样子。韩醒岩犯愁，一条河，一条河该如何去表现呢？倘若仅仅是一条具象的河倒也没有什么难度，关键是刚才映山那样想象河流，它是活的存在。韩醒岩说他帮不了忙，但是他可以带映山去看大河，还有大海。映山很兴奋，忙问哪里有。

韩醒岩回头看一眼画四娘，画四娘也正看他。韩醒岩怵她的眼神，总觉得那是卫士一般的眼神，提溜着钝刀片子，跟在他的背后。

画四娘说，大海大河跟那个大水库差不多。画四娘说的水库在雾云村以南莺塪镇偏东的位置，建于20世纪70年代初期。水库有特别大个头的鱼，也有人跳下去再没上来。老莫却说那水底有水怪，他跟人去游泳时亲眼所见，绿毛，碗口大的眼洞，身形如钟，有瞬息万变的本领。老莫的同伴却称他们醉了，双眼发黏，也不知道真假。这些年，围绕着水库和水库周边的山林，县旅游局正在开发一个综合旅游项目，派人寻找各村镇的老人，征集相关传说故事，爱情方面的最好，一定传达真善美。他们说一旦旅游业兴起，规模不断扩大，就能扩展到雾云村，早晚有一天，雾云人想不富都不行。

映山对水库没有印象，画四娘从未带他去看过，虽然那水库就在离雾云村并不算多远的地方。

映山只对如何捏出一条河流感兴趣，仿佛他的王国和领域就差一条长龙贯穿，便可活过来。画四娘让他吃早饭，他嘟囔着大河大河，还是乖乖听话坐到门口的小矮凳上，接过画四娘递来的一碗鸡蛋面。

画四娘又递给韩醒岩一碗水，韩醒岩接下来，俩人一前一后坐在了院子里的石凳上。映山小声喊，没我的泥凳子好，没有。韩醒岩这才注意到，映山屁股下那把小矮凳竟然也是泥制品，它恐怕是映山所有的泥作里的最大的物件了。它应该跟他的泥人王国不在一个类别，那个王国有统一的气势和比例，而这把凳子显然只是用品，与王国格格不入。就像现在韩醒岩的自我感受，他与画四娘和映山所在的院落、大山，那么格格不入。尽管他熄了他惯常的所有气焰，包括骨头里的傲慢与自卑，也包括他曾经的狂妄和持续持有的茫然。他的这种刻意清空，并不能带给他需要的效果，哪怕是他觉得最浅表的安静。

画四娘说要告诉韩醒岩一件事。韩醒岩忙问是什么。画四娘停顿了一下，郑重地说，映山真是万物生的，那座山是他爹，月亮是他爹，风是他爹，千万只鸟魂是他爹。

韩醒岩没有反应过来，无法跟上画四娘这告之的节奏，他心生疑惑，不由拧起眉头。画四娘又说，捎个话给你老师吧，小韩老师。

韩醒岩一惊，这才明白过来画四娘前一番话的用意。画四娘的精明让他始料未及，原来她知道他来的另一个目的，事已至此，再也不必刻意隐瞒了。他的确背负着两个所谓的使命，一个在明，一个为暗。明处的目的是说服画四娘和映山，最好能让映山跟他进城办艺术展。即便不成，也从映山这里寻找灵感和启发，他的艺术创作遇到了瓶颈，他都快要枯萎了，他能听见心中那小麦拔节一般的渴求。而暗处的目的则是，帮助他的老师，他的中学老师孙如汀，做一件事。这是个秘密。孙如汀信任于他，他也不能辜负。可他根本无从出手去帮，不清楚如何去帮，如何才算是帮。现在，画四娘点破了他心中的石块，他索性让那些碎石头末子飞出来。

您说孙老师吧，我知道孙老师很想见映山一面，怕您不肯。他很尊重您，您若不同意，他是不会勉强的，在这点上我了解他。韩醒岩说。

画四娘嘴角一抖，想说什么又半路咽回。

您不该拴着映山，让他走出去有什么不好？韩醒岩继续说，再说了，您不打算让映山学点什么，不想让他自食其力吗？您养活他一辈子？

山养活他一辈子，树养活他一辈子。画四娘慢吞吞地说，命，这是他的命。

画四娘心中一沉，关于映山的后半生她比任何人都担忧。她只指望自己多活几年。她想过，如果老莫能拿到看护雾云山林的工作，就让他跟老莫做助手，混碗饭就好。在这个岗位竞争中老莫并不占优势，但老莫有一个有钱的儿子，假使他肯出面帮他爹的话，老莫也许能行。

映山已经吃完饭，他将碗放在了地上，看一只花公鸡啄食碗底的零星碎面条。

还上课吗？映山问。

韩醒岩哦了一声，稍一停顿，才反应过来映山的问话，说，下午有我课，你要来吗？

不来，不，我可不来……映山说。

映山心中想着另一件事：她一定饿坏了，她的胳膊比他还瘦。炒黄豆，去给她炒黄豆。保密。保密。那才是大事。

老莫从映山处看出疑点，他也给老莫要炒黄豆，问他做什么，他只说给人吃，其他一字不提。老莫拿话套他，他就咬牙，鼓着腮帮子，不理人。

老莫决定跟踪映山。

老莫最关心的是找到姜玉玉。自从姜玉玉失手伤人，逃进深山，他就没有踏实过。

对于寻找姜玉玉，老莫作为姜玉玉父亲的老哥们儿，也是尽了心力。老莫觉得姜家出事了，他不能袖手旁观。他得将姜玉玉带出来，给她指条明道。

十多天前，姜玉玉将碎玻璃扎入那个镇上宣传委员的脑袋，那一瞬间，姜玉玉被鲜血灌满了眼睛。她在巨大的红的漩涡里挣扎，身体却是疯了一般，跑啊跑，根本停不下来。有人见她浑身血迹，冲进了雾云山的深处。那个最后见到她的人这样描述她：像被猎枪打中的兔子，带着一腿沙子，往上跑，喊都喊不住，简直疯了。

其实寻找姜玉玉，并不是老莫一个人的事。姜玉玉的祖父姜树怀一辈子积下的福报，就是如此了，众人帮忙寻找他失踪在逃的孙女。

只是后来，当寻找郑重其事地进行了两三次之后，人们的热情一点点散去，责任也一点点散去。

只有老莫还在坚持，也许再找一遍就对得起姜玉玉的父亲了。

这天下午，老莫跟在映山的身后悄悄进了山林。映山揣着口袋里的豆子，一路哼哼哈哈不知说些什么。

映山循着昨天走过的路线，很快又到了那绿色屏障的位置。映山寻找那屏障的开口，老莫躲在一旁偷偷看着。

映山扒开一簇簇的草丛，什么也没有。他记得清楚，像这种地方他一般是不会迷路的。他坚持在四周的屏障处打探，先是用手拍打，然后用脚踢，最后从地上捡起粗大的树枝胡乱扒拉。那里依旧是杂乱无章的野草丛生，形成密集的草网，再加上周遭树木旁逸斜出的枝杈，密不透气。

映山将炒黄豆全部放在地上，用一张书本纸包着。书是他的。他不去上学，但是识字。老莫昨晚追问的那个叫姜玉玉的姑姑教过他，还有一个叫于喜楼的女人也教过他。那个于喜楼早就没有了，成了映山嘴里的梦。他好多年都不曾见过她，画四娘说她死了，他说死了就是去梦里了。

一阵鸟鸣惊醒了昏睡的映山，看看天色渐晚，洞口还是没有出现，映山只得失望下山。画四娘的呼喊犹如铁鞭，横在心头。这么多年过去了，依然奏效。

却说老莫，第二天清晨，他郑重地请画四娘占卜，问到底还能不能找到姜玉玉。画四娘说，能是能，可不好办，实在看不清她往哪个方向去了，这孩子八字硬，太硬了。老莫说，是不是离得远了，也可能离开雾云山了。画四娘说，看不太清楚，不敢说。老莫说，那就是离得太远了，算了，不在山里就好，能跑多远跑多远。

画四娘叹口气，再没有人找了。似是在说姜玉玉，也像在说自己。这些天，只要映山不配合，她根本无法知道村子里那些鸡鸭鹅的去向，更别说一个大活人。画四娘心说自己的小野马病了，他常常窝在家中，跟她使气，也跟真相使气。

真相。想到这个，画四娘慌忙捧起香烛。

映山躲在五六个鸡笼搭在一起的屏障后面，看着老莫走远，冲着屋内嘟囔，有，有……

画四娘转过身，一条光从门楣上方直直地插下来，将画四娘的脸孔模糊地切成两半。那光带布满了微小的尘埃，一跳一跳的。画四娘问映山，什么？有什么，倒是说清楚了。映山憋红了脸，舌头发紧。那光带又晃了晃，似乎切进他的舌根。映山突然就哭了起来。

二、葵哑巴

映山平常说话磕磕巴巴，颠三倒四，但有一个人爱听。这个人叫葵，雾云人叫她葵哑巴。

葵哑巴不是真的哑，只是太不爱说话了，几乎到了快被忘记的程度。这么说吧，她半年之中说出去的话都没有村里一个女人一天说得多。小时候，家人以为她有病，没少找人看，也没一个结果。有一回，一个串村乡医给她奶奶看完病，又给她看。乡医让她张嘴，用一根小镊子去撑，她一阵干呕感，但也忍着。乡医又拿手电筒往她嘴巴里照过来照过去，没完没了，她一缩脑袋撤离他的掌控。她跑到一旁，破口大骂，骂了乡医祖宗八代。葵的父亲忙问病情，乡医怒吼，都他妈的骂娘了，还能哑巴？葵的父亲恍然大悟，心下欢喜，当晚给葵煮了五个鸡蛋。谁知第二天，父亲故意问她天气冷热，葵依旧不开口。死丫头片子，死丫头片子，你要不说话，我就全村喊你，喊你葵哑巴，葵哑巴。父亲赌气发誓。葵不声不响，打个嗝，鸡蛋黄的鲜味还在嘴巴里转，怎么就那么美呢？葵舔着舌头。父亲一气之下真绕着雾云村跑开了，边跑边嘟囔，葵哑巴，葵哑巴。葵悄悄跟在他身后，并不搭腔。这样一圈喊下来，哑巴的名号便扣在葵的头顶上。为此葵的母亲跟葵的父亲大打出手，说哪有当大人的毁自家闺女名声，看以后怎么嫁一个好人家。还好人家？缺胳膊瘸腿的男人也不一定愿意娶一个哑巴。葵的父亲气哼哼地说。

父亲一语成谶，葵的确没有嫁人，硬是把自己熬成老姑娘。母亲早早离开人世，她得跟父亲耗下去。去年父亲也走了，这个家就只剩下她一个，她完全说了算，哪里还有再嫁的必要。她那个多病又嗜赌的弟弟跑到莺埫镇卖凉粉，也算有点正经事做，只是他留下的一屁股外债，她得替他慢慢还。她自觉有的是力气和时间。已过三十的年纪，身板像个男人般强壮，又闷葫芦一样独来独往，如果不是留一头长发，没人愿意分辨她究竟是为雌雄。

葵哑巴弄了一窝猪仔，春夏秋冬悉心照料，猪的个头却不比别人家养得肥壮。葵哑巴犯愁，不知缘故，只以为自家饲料不够。

等到镇上开集的一天，葵哑巴打算卖掉它们，换钱补上一户催急的债主。葵哑巴打早起来，给九头猪吃了饲料，赶它们上车。车是一辆带围栏的大型三马车，从村后新修的那个盘山道上能顺畅地开下去。

要说葵哑巴不爱说话是真，但自打养猪后她却变得爱跟它们小声唠叨。唠叨什么也没人知道。

葵哑巴雇人开车，自己坐在驾驶员旁边，面朝后车厢，看着群猪。车子往下走，山道曲曲折折，车栏里的猪便被颠得歪斜，似要站立不住。葵哑巴低声哄着它们。她说多坚持一下就好了，到了就好了。她的身体也随着摇摆起来，好在她能够双手抓紧座位旁的护栏。突然，一阵白雪飞溅的情景挤进眼睛，她以为是被晃得眼花所致。再揉眼，却是真实。可时令不过刚刚入秋，哪里会突然降雪。葵哑巴定睛看去，不禁惊呼，那些飞雪的制造者竟来自猪群。几头公猪喷出黏稠的飞雪。葵哑巴羞得满脸通红，又气恼。

这件事后，葵哑巴才知道她养的公猪都没有阉割，没有劁掉睾丸，才会弄出飞雪的闹剧。早听说猪不劁不长膘，她不懂也没往心里去。现如今得了教训，她便留心，且有了一个计划出来。

等到下一圈家畜到了需要管理的时候，她托人请旁村的劁猪刘。上午带的消息，午饭后，劁猪刘便骑着他那辆吱呀作响的自行车，荡着车把上的红布条，来雾云了。

劁猪刘的妹妹嫁在雾云，他先去串门，抽了几根烟，才上葵哑巴家来。葵哑巴候在院中，从一只向日葵盘上抠籽，一颗一颗，放进手旁的塑料瓶里。劁猪刘伸手算作招呼，也不多话，只径直走向猪圈，从圈里提出要劁的猪仔。他右手提着猪后腿，左手提起猪前腿，将它放倒在地上。然后他的一条腿用力，大脚踏住猪头，另一条腿的膝盖跪紧了猪的臀部。他将咬在嘴里的那柄锋利的三角刀取出，对准捏起的两只睾丸，轻快地划下去，再划下去，两个像被剥了壳的煮鸡蛋样的肉蛋就被拿掉了。那猪仔嚎叫不止，像是要被夺了性命一般挣扎。葵哑巴一旁观战，心内慌乱，手里的一小把葵花籽就抖在了地上。劁猪刘摇晃着脑袋瞟了她一眼。

劁猪刘指着冒热气的肉球问，东西要不要，要不要给男人下酒，可是吃啥补啥。葵哑巴脸一红，扭向别处。劁猪刘自语，补个屁，谁吃谁软货。葵哑巴再去注意劁猪刘的摇头晃脑，才察觉那并非得意，倒像是一种不能自控的什么毛病。有一定的节奏，又没规律。

劁猪刘干完活，接过葵哑巴递上的钱，说要是那母的不产崽也得劁了才长肉，有事再叫他，随叫随到。

葵哑巴可不想再叫他，这一番折腾下来，她已是看得心惊肉跳。她嫌劁猪刘太粗暴了，下手生猛，又不仔细处理伤口，不缝针。她心中盘算要是自己亲手给猪做这种手术，小猪是不是会安生一些。她宁愿把这行为叫做手术。她陪着叔伯家的儿媳妇去过镇卫生院，那里的医生管在肉身上动刀的事叫做手术。她还是觉得手术一词比较稳妥。

葵哑巴在脑子里一遍一遍地回忆劁猪刘的手法，越是琢磨越是犯怵。那些猪的叫声让她心焦，叼在劁猪刘嘴里的闪光的刀子让她心焦，伤口让她心焦，血腥味让她心焦。她的头嗡嗡发蒙。她在院子里转来转去，又去猪圈里转来转去，像只没头的苍蝇。

经过一番思虑，葵哑巴还是下了决心，她要跟劁猪刘学手艺。第二天，她便提着二斤柿子酒去找劁猪刘了。

劁猪刘的胖老婆正在卷着袖子剁白菜，见有外人进院门，挥着胳膊喊，来人了，老刘。劁猪刘应一声，说，进屋。

电视机开着，播映马三立的相声。劁猪刘躺靠在一把帆布躺椅上，电视机晃出的光落在他半张脸上，在葵哑巴的位置刚好看出是一弯尖刀的形状。马三立那边说，逗你玩，这边的葵哑巴就呵呵笑了。马三立又说逗你玩，葵哑巴就笑出了声响。被笑声拽进屋的劁猪刘的老婆，一只手握着白菜，一只手举着菜刀，疑惑地看了一眼葵哑巴。她把白菜放在嘴里，使劲咬住白菜帮子，腾出手拉了一下门侧的灯绳，啪的一声，昏黄的灯泡光和电视机晃出的光扭在一起。

劁猪刘直了一下身子，他扭过脸，对葵哑巴说坐吧。葵哑巴拉了一把椅子，坐他旁侧。相声节目换成了卖钙片的广告，穿着运动服的老年人高高举着药瓶，不知在喊些什么，葵哑巴竟有点失望。她回头看向院子，那棵枣树下，劁猪刘的女人全身的肉都在颤动，她的胳膊一下接一下地抡下来再举上去，白菜和猪肉在石桌的案板上越来越碎。

葵哑巴两三句直接说明来意，劁猪刘并未惊讶，而是摇晃了一下脑袋，让她想清楚。脱离了躺椅的靠背，他的头部无法稳定，杵在空气里，有点像拴在他自行车把上的红布条，油腻腻的，虚得直飘。

一个女人学什么不好，非要干这个。什么都不学才好。劁猪刘的话听起来有意思。

葵哑巴问，你教，得多少钱？

劁猪刘说，拜个师得了。院里是你师娘。

葵哑巴小声出口，呸。

劁猪刘说，怎么？我虽然不跟你爹一个岁数，也比你大许多吧？叫师傅怎么就不行了？

葵哑巴瞪了他一眼。他哈哈大笑，不知道葵哑巴哪里挠着他了。

劁猪刘笑罢，说，好，收了你的礼，就教你了。只是以后别人笑话你，你顶住才行。

劁猪刘的老婆再次被笑声引进来，劁猪刘对她说，二斤柿子酒，两只鸡，收下吧。劁猪刘的老婆看了看放在地上的那只盛酒水的塑料壶，又看了一眼葵哑巴，意思分明是问，哪里有鸡，鸡毛都不见一根。葵哑巴面露窘色，望向劁猪刘。劁猪刘哈哈一笑，这才说道，两只老母鸡明天送来。

劁猪刘晃着脑袋从躺椅上起身，走到左半扇门板后面的脸盆架前，手摁在水盆里，又用肥皂认真洗了。肥皂擦得有些多，泡泡蹿至搪瓷盆外的半空，被电视机的光晃出色彩，短暂停顿，又消失得不着一丝痕迹。

待重新坐定，劁猪刘才开始给葵哑巴讲劁猪行当的规矩，讲如何如何下刀，如何如何收场，包括如何如何不被家畜记恨。讲到最后一条，他得意地补充说明，得恶人做到底，神鬼还怕恶人。干完晦气活儿，不能胆怯，得大声吵嚷，壮壮气焰，你是老天爷分派干这活儿的，你是公差，你也没法子嘛。你得让家畜和家畜身上被割掉的那玩意儿害怕你，要不你吃不稳这碗饭。

葵哑巴一直站着，认真地听劁猪刘讲话。劁猪刘每讲完一部分，他认为的一部分，就会问一句懂不懂。葵哑巴也不用回答，劁猪刘就又自行说道，不懂也没什么，接着听。

正午的阳光，从敞开的屋门流进来，走街串户最不喜欢烈日的劁猪刘在这一刻竟然感受到了一种舒坦，光照的舒坦，沁入毛孔的舒坦。他恨不得马上让老婆撕掉糊在窗户上的那些报纸。

劁猪刘第一次收徒弟，且还是一个女徒弟，竟不自觉地溢出一份卖弄的意思来。讲到兴头上，他走出屋门，到自家猪圈，提了一头小猪给葵哑巴试手。葵哑巴到底是女人，力气虽大但心肠柔软，一不留神小猪从她脚底下窜逃出去。劁猪刘冷笑一声，听听过过瘾算了。葵哑巴倔劲上来，哪个是来光听你讲劁猪的。

第一宗活计干完，葵哑巴就通了。她手脚利索，不抖，没犹豫，也无偏差。她已经掌握了基本技术，至于实践需要时间。劁猪刘连说没想到，真没想到。劁猪刘说她天生是吃这碗饭的，可惜这碗饭不但不好吃，并且也不会给女人吃好。

自此以后，葵哑巴开始给自家的猪做手术，准确讲是给猪做绝育手术。无非就是不让射精了，不让产卵了，不给繁衍后代的机会了。

葵哑巴的名声在雾云及周边响亮起来，这个响亮里面更多包含的是嘲弄的成分，一个女劁猪匠，未婚的女劁猪匠，多么可笑。没结过婚，摸没摸过男人那俩蛋啊，真敢下手？人们议论她。而看过葵哑巴给家畜做阉割手术的人却有另一番描述：一个女人，下手温柔啊，又干净利落。她懂家畜的腔调，它们也能听懂她讲话。她会跟它们谈心，给它们讲命运。她会说什么？她不装聋作哑了？不，她爱跟猪讲话，她声音小，絮絮叨叨，反正是开口了。

但她讲的是什么，是需要猜测的。也有人直接问葵哑巴，葵哑巴以惯有的不声不响来应对。人们就继续猜，那大概是什么咒。

她不解释，自然也不会说出她默默念叨的是如下这一番话，命这个东西呀，不好说，你不服又不行。你说你生为家猪，就是给人吃肉的，没办法，你就得一门心思长肉，你说你都把精力用在发情上，日日焦灼，还怎么强身壮体。还是服从命运吧，下辈子最好脱胎做野畜，没人管没人念的那种最好，逍遥自在，刮风下雨愿意干啥干啥，干多少回都成，没日没夜想也成。那现在，你就得乖乖的，躺好了。葵下手温柔啊，保证温柔。

葵哑巴的手指，有力又柔软，抚摸在家畜的小肚皮上，麻酥酥的，像给麻药。她给它们按摩，按摩到它们安静下来，才动手。手起刀落，圆滚滚的小肉球冒着热气落在提前预备好的废报纸上。然后，她用力将它们抛起，抛到屋顶上，意为飞升。这是劁猪刘告诉她的。如果哪家人要留下肉球下酒或做药引，对不起，她不理睬。那些人没办法，只能在送她走后，再爬上屋顶取回物件。

剃着光头回家来的王进金说她，一个女人做这个活，一辈子都没男人要，还生不生孩子。不知他是担心姐姐孤独终老，还是怕葵哑巴这个老姑娘老死在娘家门上，让他难堪？葵哑巴不在乎，她还真不怕。葵哑巴扔了一沓钱给他。阳光晃得慌，常年生眼疾的他躲着光线走掉。

葵哑巴觉得伙伴们一定不会记恨她，当然是指那些在她手下断了欲望之根的家畜。葵哑巴耐心地给它们讲过这“断”的必须与“断”后的精神升华。后者是她从学校那位小韩老师的一番对话里听来的，当然也不是照搬，是她反复领会后，觉得其间有妙处，遂转借了一下，用做安慰。

那天的情况是，映山来找她玩，她正蹲在院子里洗衣服。映山吵嚷着要吃她衣服上的花瓣。她就做虚拟的动作，从那件朱红色衬衫上摘白色的花朵，递到映山嘴边。映山啊呜一口，假装吞掉。洗衣粉的泡沫沾到了映山的嘴边，葵哑巴大笑，映山跟着乐得没形。

葵哑巴在映山跟前，是不哑的，这似乎是印证两人交好的证据。葵哑巴说那么喜欢花啊。映山说喜欢喜欢。葵哑巴将那件朱红色衬衫从大盆里捞出来，用力拧干水，然后水漉漉地就披到了映山身上。映山转了个圈，真好看，过水的朱红色有一种谦卑的娇媚，那白，悬在其中，自带纯净。

衬衫并不是葵哑巴的，而是她买给弟媳的，从县城一家商场挑选出来，打完折扣还要一百多块。葵哑巴不喜欢那个从贵州山区跑来河北的小个子女人万芳，总觉她的眼神恍惚，是没定性之人。葵哑巴曾去他们的凉粉摊，万芳亲热招呼，葵哑巴掏出衬衫，意为小礼物，万芳却左右推辞，葵哑巴只当她客气，硬塞到她怀里。哪想万芳竟像接了一块烫手木炭，惊慌失措地扔开老远。葵哑巴只得捡起来，抖抖土，摘掉几根线状杂物，重新叠好，放回手提袋里。

葵哑巴吃了两大碗加醋的凉粉，扣了五块钱在碗底。王进金过来跟她商量，镇上醋店老板进了设备，想让他合伙干，自己酿醋，打个雾云山泉醋的牌子。已经有人做了，不会赔钱。王进金一再强调。葵哑巴说等还清老债吧。葵哑巴告辞，万芳在葵哑巴身后悄声说了句她怀孕了。葵哑巴领会，自此便不再去凉粉摊走动。

葵哑巴觉得这衣服本来就不适合万芳，万芳太黑，不如肤色干干净净的映山穿上好。映山裹着湿漉漉的衣服，在院子里跳过来跳过去。葵哑巴喊他，脱下来吧，太湿了，等晒干了再给他。映山不愿意，问她真的假的，葵哑巴说什么时候骗过人。映山说你骗猪的。葵哑巴笑着摇头，又点头。

因为披了湿衣服的缘故，映山的薄外套也很快被洇湿。玩闹够了，葵哑巴开始担心他一向瘦弱的身板会不会着凉，便告诉他得脱掉衣服，换一件干的。葵哑巴边说边从院子里的晾衣绳上摘下一件晒了一天一宿的薄外套给他。一听说让他脱光身上的所有衣服，映山就表现出了抗拒和惊慌。他连连摆手，说不行，不行。葵哑巴叹口气，心说画四娘的管教可真大，也亏了她。葵哑巴就让映山坐在太阳地里，摊开自己晒。

一阵风吹过去，晾衣绳上的朱红色衬衫上的花朵，像要裂开了。映山美滋滋地瞧着它。葵哑巴蹲在地上使劲搓洗衣服，浑浊的水面倒映出枣树局部的树冠，黑黢黢的。

葵哑巴觉得静极了，而小韩老师就是这个时候进来的。踏进院门的韩醒岩礼貌地对葵哑巴问话，葵老板，我可以进来吗？在整个雾云，大概只有韩醒岩还没喊过她一声哑巴，并且还常常称呼她为葵老板。她想，这多么可笑啊。

韩醒岩说，他过来找映山，知道他肯定在这里。葵哑巴笑了笑，盯着韩醒岩，她不明白他怎么就觉得她像老板。韩醒岩被看得发毛，他的礼貌顺势变成了一种客套，葵老板和映山关系比较好嘛，谁不知道葵老板是个好心肠的人。葵哑巴听了，扑哧一笑。韩醒岩觉得有些慌，在一个哑巴面前说的假话套话越多，越是失败。接下来，他脱口而出的是，他没有猜测他们的关系，他觉得没有必要。

葵哑巴给他让座，心中感叹，他在说她和映山的关系，看来他也听说了，传得真远啊，一个外乡人都能知道。不过，他可不像雾云人喜欢遮着毛巾、皮袄、被子面、门板、墙头各种可以遮挡的东西去议论各种可以议论的事情，他的方式是直刷刷地冲过来。葵哑巴倒也不觉得难堪。这些年对于村里的风言风语，她早就习惯。开始，他们怀疑她和映山不清楚，不明白她为什么稀罕一个傻子。后来，又怀疑她的性取向有问题，要不然为什么不嫁人，要不然为什么劁猪下手稳准狠，虽然这是没有太必然的联系的，但是又被必然联系到了一起。这些都是不用解释的，尤其是对外界。她的哑的特质使她早已失去了对外界示好的能力。她认为她自己就是一个圈，她在其中，当然，还有映山，有她饲养的家畜。

她跟映山的关系，要从映山刚到雾云那几年说起。映山的傻和葵哑巴的拙，在雾云是并行的。人们私下里还是会这样说，你瞧那个傻子和那个哑巴。起初，葵哑巴就是这样被人们给推到了映山的一队。没人带映山玩，葵就抽空带他玩。没人陪映山去山里转悠，葵就抽空陪映山去山里转悠。所以，在雾云人的眼里，映山的伙计，只有两个，一个是铁打的葵哑巴，一个是飞走的大白鹅。这也没什么，但是后来，随着年龄的增长，等到葵哑巴出落成大姑娘，到了二十几岁的年纪，村上有人便开起玩笑来，说如果葵哑巴小上十来岁，嫁给映山刚刚好。另有人接腔，大了怕什么，白天娘，夜里郎，岂不是更逍遥。

画四娘听到这些歪歪扭扭的笑谈，便有意限制映山找葵哑巴，她对外又不能言明，还不能说人家葵哑巴长长短短，只得悄悄说给映山，她说哑巴有病，哑巴病传染，时间长了他也得成哑巴。映山并不害怕当什么哑巴，在他的概念里哑巴就是一个词语而已，况且葵还会给他唱歌。画四娘吓唬他，哑巴的嗓子里有一个小鬼儿，咬人手指头，咬人胳膊，还咬人的脸皮。映山听了这几句，也确实有些天没去葵哑巴家转悠。其时正逢过年，雾云热闹起来，家家户户忙着扫房煮肉蒸馒头，小孩子的吃食和玩意儿多了许多，映山也跟着欢喜。

过完年，又过了小年，却说正月十六这一天，葵哑巴闲来无事就想起映山许久没有来过。葵哑巴便想着叫上他下山看傩戏，也好做个伴。画四娘清早去山神庙烧香，还没回来，映山一个人在家玩面人，一见葵哑巴就乐呵起来，瞬间忘掉画四娘所说的哑巴嗓子眼里有鬼的话。

葵哑巴问他怎么那么没良心，映山说有心，他拍着胸脯肯定地说有。葵哑巴先是笑，笑完之后又陷入一副忧心忡忡状。她对映山说，实在没什么意思，家里待着也没意思，问他去不去山下看捉黄鬼。映山不知什么是捉黄鬼，只听要去一个从没去过的地方，便十分欢喜。

山下村距离雾云有二十多里路程，绕近路需要钻一条废弃的黑隧道，然后再爬一个险坡，走一趟的话也得一个多小时。那个险坡倒也不算陡峭，但坡下有一片老坟地，传说有邪劲。葵哑巴不以为然，每逢春夏葱茏时节，站在高处望下来，那坡地自呈一弯月牙形状，该是有灵气才对。如今正月硬冷，石块裸露在白花花的日头下，如幼鹿静卧，也是安宁极了。相比之下，葵哑巴倒是有些害怕那条被废弃的隧道，可又很想穿行过去，皆都因了黑和偏僻。惧怕和渴望，有时候就是平行又交错的，分辨不明。她听说这个隧道出过事，曾有两个妇女被一个男人强奸，一个女人的舌头还被割掉了，想想都令人胆寒。葵哑巴的舌头虽然不愿掌管语言，可喝水吃饭还是需要它，摆设也好。

葵哑巴紧闭着嘴巴。过隧道的时候，葵哑巴让映山抱着她的一侧胳膊，映山小鸟一样挂住她，葵哑巴就不慌张了。其实那慌张也仅仅停留了一会儿，穿过去了，再看见光亮亮的大太阳，葵哑巴如释重负般长吐一口气，似得新生。

正月里的山风粗糙，毫不吝啬它的力度，揉搓着人的脸蛋与露在外的皮肤。映山蹦跶着小跑，葵哑巴紧随其后，俩人倒也无话。这种状态自然也是葵哑巴极喜欢的。

没走多远，映山突然停了下来。他着急地喊，要撒尿，要撒尿，要回家，要回家。葵哑巴说要撒就撒，又没人看。映山急得要哭，画四娘棍棒交代的事情他记得牢稳，撒尿回家，撒尿必须回家。葵哑巴也急了，问他真傻假傻。映山跳着要往回跑，葵哑巴吼他，要是跑了就不要回来，她才不稀罕谁。映山被她的吼吓住，站住不动，他看了她一眼，一哆嗦，将一泡尿撒在了棉裤里。他转脸成了轻松态，嘻嘻哈哈地对葵哑巴说没尿了，往前走吧。葵哑巴也没多想，以为他要傻，就跑到一个小矮坡后面，拉他也过去，然后自己跑出来，对他说尿吧尿吧，憋死一个傻子可赔不起。

映山跟着葵哑巴到达山下村口的时候，将近正午，太阳已经升得老高。葵哑巴对映山讲，看来捉黄鬼已经表演完了，就剩下看斩黄鬼了。葵哑巴嘱咐映山，拉着她的衣裳，不准走开，不准自己去玩。映山点头。葵哑巴还是不放心，她想了想，从映山脖子里摘下围巾，一头拴在自己右边手腕上，一头拴住映山的左手腕。她试了试，足够结实，又对映山说人多别走散，要是真走散了就在村口的土城门楼子底下等她。

葵哑巴领着映山穿过老旧的土城门，迎面就见一大队人马，挤着拥着往南走。葵哑巴带映山快步跟上，跟在这支队伍的后头。映山从没见过这等阵势，不停地问葵哑巴做什么。葵哑巴告诉映山，这是一支押解黄鬼的队伍，前面还有鬼差。映山说他要当鬼差，葵哑巴警告他不许说话，只能看。

队伍来到村外，空地上已经聚集了十里八乡的人。那里有临时搭建的阎王台和判官台。一张张脸谱在晃动。阎王、判官台前正襟危坐，两旁则是小鬼持刀怒目。一个涂了油彩脸，花白头发朝上冲去，穿了没袖黄棉袄和黄色棉裤衩，被铁链锁着押来受审的便是黄鬼。人头攒动。台前，有声音在宣念，劝世人父母莫欺，休亡了生尔根基，倘若是忤逆不孝，十殿君难饶与你。这是被称作掌竹的人在揭露黄鬼忤逆不孝和作祟的罪恶。阎君核准了黄鬼的罪恶，对黄鬼判处破肚抽肠之刑。人群欢呼。葵哑巴转身捂住映山的脸，映山问要杀鬼了吗，葵哑巴说没有。

按照往年的惯例，这出戏之后，还有面具戏，有舞狮子、大秧歌、旱船。葵哑巴觉得没多大意思，便牵着映山往外挤，告诉他得回家了。雾云人午饭吃得比较晚，通常在下午两三点钟，那么一溜小跑赶回去，还不耽误，也不至于画四娘满村喊找。

葵哑巴看到那个黄鬼，就是那个黄鬼扮演者，也朝着人流之外走。他卸了戏，就不再属于那个热闹的场合，或者说他已经死了，被杀了，不能存在了。葵哑巴想活该，谁让你扮演坏鬼。

葵哑巴扯了扯手腕上的围巾，空荡荡的，这才发现围巾的另一端拖在地上，哪里还有映山的影子。葵哑巴快步向土城门楼子跑，既然映山听见她说要回家，大概就等在约定之地吧。可是，土城门楼子那里一个人也没有。葵哑巴有些后悔，真不该带一个傻子出门。在雾云他认路，认识所有的山道和各家的门道，但离了雾云，他只是傻子一个。

葵哑巴猜测他定是随着人流方向去看戏耍了，虽然他一向听话，但难免被热闹场面吸引而脱缰。葵哑巴飞快地朝人群聚集的大街处跑。来来回回，两趟跑下来，冬日的寒意早都退了，她的额头沁出一层薄薄的密密的汗水。

前前后后找寻了一大圈子，还是不见映山的踪影，葵哑巴这才慌张，汗珠吧嗒吧嗒直落。她被人流挤到了街道中间，又被人流挤出，再挤进。她像一只皮球，没了方向和主意。这时，随着一阵尖叫，一个穿黄衣服的小孩从一个划着旱船的肥胖女人的裙子里钻出，只见他跌跌撞撞，头顶到手拿旱烟袋的媒婆扮相的男人身上。那男人一愣，随即喊叫，小黄鬼，小黄鬼。他旁边的大辫子女人正扭摆着腰胯，秧歌舞跳得正酣，被假媒婆和周围人的大惊小怪冲了兴致，一阵恼羞涌起，抬脚空踢了一下，又朝假媒婆脸上啐了一口，什么小黄鬼，你家孩子捣蛋的吧。那旱船里的胖女人还处在惊魂未定状，她抖着手臂，呆立原地，竟是不知所措，当听见假媒婆与大辫子的争吵，才有所反应，才尖起嗓子喊，抓住他，抓住他，抓黄鬼。她身侧划着船桨的艄公扮相的男人嘻哈道，裙子里的鬼吧。人群跟着哄笑。就像什么也没发生过，表演的队伍继续前行。

葵哑巴料定，那个小黄人，就是映山。她赶忙挤出人群，朝映山跑掉的方向追赶。而那映山只顾闷头跑路，他只觉得眼睛的前方便是土城门楼子了。葵哑巴一边追一边喊，连喊了好多声，他都听不见。葵哑巴一加劲，才撵上他，猛地扑过去，犹如鹰扑兔子般。葵哑巴双臂用力，紧紧地摁住他的肩膀，他被惊着，猛一回头，竟是一副无辜相。他挣扎了一下，没挣脱掉葵哑巴的手臂，便不再动弹。不远处的土城门楼子旁有两个老汉蹲着抽烟，样子闲适。葵哑巴也不问他，只将他推倒在地上，不由分说扒去他加披在身的黄棉袄。他弯着腰，喊冷。葵哑巴这才发现他尿湿了棉裤，裆部和大腿处的位置已经浸透，天气又冷，再加上这一路被他滚了土，整个一张臊气的脏地图。葵哑巴看着他，忍不住皱眉。而他正羞愧地低着脑袋。葵哑巴喊他，他也不抬头，葵哑巴就上前推了他一把，不忍心，又轻轻地拍了拍他的手背。

从山下村回到雾云后，映山开始发烧。画四娘顾不上追究，只连连问葵哑巴遇见什么东西没有，葵哑巴点头又摇头。画四娘叹口气，葵哑巴慌忙别过脸，躲开画四娘的目光。

几日之后，映山烧退，又很快恢复了生机。画四娘让映山去请葵哑巴，葵哑巴以为少不了一顿责骂，没想到领受的却是画四娘的跪拜。若不是她飞快地拉住她的双臂，她真要跪在地上了。画四娘念叨，命啊，都是命。自此，她不再阻拦映山与葵哑巴的交往。

想到这里，葵哑巴心中一酸。多年已过，映山还是老样子，这让她说不上是欢喜还是忧愁。

葵老板，发什么呆？韩醒岩将她从记忆里拖出来。葵哑巴摇摇头。韩醒岩说，猪场要上规模，得靠科学，省力气不说，还能多赚。要不然，我帮你介绍县畜牧局的技术员，他们正在各乡镇更新猪场的人工授精站点。葵哑巴歪了歪头，她没听明白。韩醒岩解释，给猪进行人工授精，可以降低养殖的成本，提高母猪受胎率和繁殖率，还能减少疫病传播，保证猪群健康。

人工？猪干啥？葵哑巴回了一句。韩醒岩说，科学养殖嘛。葵哑巴说，乱不得。韩醒岩讨了无趣。

葵哑巴将洗好的衣服，一件件拧干，再一件件往晾衣绳上搭。衣服形成新的帷帐，新的隔断，葵哑巴、映山、韩醒岩，三个人，各自占有了各自的营地。

就是在这个时候，隔着衣服的屏障，韩醒岩像是自语也像是在对映山说话，你跟我走一趟，我就断了这贪欲；你如果不跟我走，我的贪欲得不到满足，我还是会继续膨胀，膨胀。说不定砰的一声就裂了，炸个稀巴烂。可是，你要真出去了，就不是你了，就像我不是我一样。

葵哑巴心想，什么你不是你我不是我，难道是山妖变化？葵哑巴隔着一件深色粗布格子床单，看他的身形，什么也不像。那一刻下，葵哑巴却是记住了他接下去的一句：不想这个，就想那个。人活着最险恶了，还得服从。葵哑巴并不能完全理解。当然，对这些说来就玄的东西，何必刨根问底。

映山没有这种烦恼，映山的心思一直在那件朱红色的衬衫上，他的眼睛都贴上去了，他只专注这单独的一件事物。

在雾云，有一个女人注意到了每回做完活之后的葵哑巴的神情。她是于秋茧。于秋茧想，那一定是泪流满面，汗水混着泪水，恐怕连葵哑巴自己都没分辨过。

按照辈分，于秋茧得叫葵哑巴姑奶奶，实际上于秋茧比葵哑巴年长，相差近二十岁。葵哑巴小的时候，于秋茧从县城给她捎带过治哑病的偏方。黄汤药水，打开瓶塞就能闻到一股烂柿子加雨天的鸡笼子味，谁摸一把瓶子都能臭半天。

于秋茧家里养了两头猪，她想请葵哑巴来给它们做阉割手术。于秋茧是一个礼貌之人，待人接物都有讲究。她差儿子绕绕提两斤点心去请葵哑巴。但她无论如何也想不到，绕绕这一去竟会酿成一场大错。

绕绕大名姜凌云，是外祖母给他取的名字，也只他的外祖母这样叫他。他自小体弱多病，于秋茧怕养不活他，也是百般依顺，想他能绕过灾病，平平安安就好。他从小烦于秋茧，烦于秋茧的絮叨，烦于秋茧的大道理，烦于秋茧的懦弱，他跟她不亲。这几年，于秋茧任由他游逛，她想的是等给他找个女人就安定了吧，人各自有命，凡事强求不来。

这天下午，绕绕去葵哑巴的猪场。穿着一身假迷彩服的葵哑巴正在猪圈外面的另一个小围场里忙活。之所以说假，是因为那衣服从镇上的路边摊采购来，无论从色彩还是从做工质地都显得粗劣，呆板，就很假气。这样的衣服，葵哑巴有两三套，她平素喜欢这种装扮，跟电影里的野战部队的女兵一样，利落，随便到林子或者杂草堆里，都容易躲藏。如果能有隐身术当然最好，葵哑巴这样想过。

猪圈外侧的小围场，是葵哑巴新近修建的，仅仅用石块和树枝围起，简单得很。小围场内清扫得干干净净，地面上撒了一层薄薄的白石灰。空地上有一只用木头做成的架子，半腰高。架子旁靠围栏的地方摆放了三只棕色厚塑料桶，里面盛满了水。

葵哑巴打算拆了木头架子，却一直没有动手。其实也简单，只拿斧头劈过去，一准散架。想想这个架子的用途，葵哑巴就脸红，也亏了她的肤色发暗，能遮住窘态。要说难堪这还算其次，最羞人的应该算那场山路上飞扬的精液雨雪了。要是精子能在土壤里发育，而不是必须遇到卵子，那么那天那些猪的种子该是遍地生根，开枝散叶了。

木头架子上残留着许多斑斑点点的东西，是圈里那几头公猪的精液。成熟的公猪，到了发情的时节，一个个火急火燎的样子，丑陋又可怜之至。在围栏里，遇上这么一个木头架子，就双腿趴上，意为爬在了异性的屁股后头，一个天然的交配动作，条件反射，完成人类所言说的自慰。而一旦被阉割之后，它们连这个冲动也不再会有。被圈养的动物是可怜之物，受目的明确的喂养人驯服，还得为了喂养人的利益，持续浑浑噩噩，丢了根本。葵哑巴学会了给家畜做阉割手术之后，感慨更深，这是可怕的，一个养猪的妇人，思量过多，算自寻烦扰了。

眼前这一栏猪群，葵哑巴亲自上手，只留了一头公种猪。眼看着它们成熟，到了给母猪配种的时候了。今天，葵哑巴便是清扫出小围场，专做此事用。

绕绕站在远处，望着葵哑巴。他简直不敢相信葵哑巴的力气。她把一头母猪赶进了小围场。那母猪烦躁，转过来转过去。她又赶过来一只公种猪，体形比母猪要瘦小一些。葵哑巴得让小种猪完成它的使命，可显然它太青涩了，还未经事，总掌握不了要领。这个反倒急坏了葵哑巴。葵哑巴只得先哄了母猪安静，然后她呈半蹲姿态，两条胳膊伏在母猪的身后，让那青涩又急不可耐的家伙的前腿搭在她的胳膊上。那青涩的家伙这才找对了位置，兴冲冲地完成了使命。葵哑巴一头大汗。这协助工作却并没让她脸红心跳，她以能为它们指引为荣。这最原始的交配，有什么是可笑或丢人的呢。

关键是，在不远处的绕绕清清楚楚地看到了这一幕。关键是，绕绕也被感动了。毫不夸张地说，绕绕的确是被感动了。至少绕绕是这样感觉的。

绕绕恍惚间还看见映山伏在葵哑巴的怀里，抱着她肥美的大乳房，贪婪地吮吸。那一瞬间，葵哑巴的身体散发出一种乳汁的光泽和气味，神秘，高不可攀。绕绕的幻觉具有真实依据。映山被葵哑巴摁在怀里的情景，他真真切切地撞见过。他完全不能理解。他的心中腾起一团火，越烧越旺。他的身体的每一个器官都在发烫。

绕绕走近小围场，对葵哑巴喊，你忙完了没有，什么时候去我家帮个忙吧。葵哑巴刚刚洗过手，额头上的汗水还未擦掉。葵哑巴抬了抬头，扫他一眼，算作应答。然后，葵哑巴又将双手插入桶水里，她的手指甲缝里挤满了恶心的污物。

绕绕不知什么时候已经走到了她的跟前。她在毫无防备之下，被突然蹿出的绕绕一把抱住。这是她始料未及的，她根本没有反应过来，更别说呼喊。绕绕猛地将她推翻在地，水桶也一并被撞倒。他覆盖而来，粗暴地掀开她的上衣，一对饱满的乳房毫无遮拦地弹跳。一霎间，他只看到了白色，白色的兔子，白色的馒头，白色的外祖母冲的奶粉，白色的怀疑，白色的辱骂，白色的蔑视，白色的邪恶，白色的蚊帐，还有白色的石灰粉……

葵哑巴挣扎，尖叫，右腿膝盖使劲顶向绕绕两腿之间，一下，两下，三下……被撞到了要害部位的绕绕，疼痛之下，松开了葵哑巴，手护裤裆滚到一旁。

葵哑巴紧锁着眉头，爬起来，拍掉身上的土和石灰粉。她轻蔑地看向他，而后转身去打开小围场和猪圈之间的栅栏挡门。群猪哼哈着挤出来，跳满整个围场，踢踏在绕绕的周围。眼看着快被踩踏的绕绕，慌慌张张地爬起，跳到一旁，朝着围场的出口跑。他指着葵哑巴，欲大骂一通，却是喉咙被破棉絮塞紧了一般，呜里哇啦没一句成形的话。

这番场景，也不知是被谁撞见，事情很快传开，都说流氓绕绕糟蹋了葵哑巴，又说不但糟蹋了还咬掉了葵哑巴的一个乳头。后者，似乎又在村医的老婆那里得到验证，那女人这样说，葵哑巴一脸粗黑皮，胸脯肉可白嫩着呢，没生过孩子就是没生过孩子，那乳房一点儿也不下垂，哪里像她们一帮老娘儿们，都快嘟噜到裤腰带上了，要么是另外一种手一拎两张皮的扁平家伙。可惜那葵哑巴，一个没出门子的大姑娘，一对儿又结实又软乎的好东西，竟被畜生绕绕啃了。

事情传入王进金的耳朵，王进金脑袋嗡嗡作响，拎起一把菜刀冲回雾云。有人期待着一场打斗，那是比看电影更有意思的事。

于秋茧没有料到儿子会闯下如此祸端，只觉得羞愧难当，恨不能捂着脸在人前消失掉。

王进金带了一帮人闹上门来，于秋茧知道躲是躲不过了，只得稳住心神，好一番赔礼道歉。于秋茧连说绕绕是畜生，猪狗不如，她一定严加管教，至于葵哑巴那里，她愿意登门道歉。

还有呢？王进金问。

于秋茧连忙说，补偿，补偿是少不了的。

王进金哼了一声，拳头攥得咯咯响，我姐的名声，几个臭钱就能补回来？

于秋茧说，乡里乡亲，给个活路，绕绕不是东西，也不能杀死他，杀死他还便宜了他不是？

王进金说，哪个要杀他？强奸罪，坐大牢，懂不懂？

那个，那个绕绕，绕绕他不是……不是就咬了葵的……没……没强奸……于秋茧结结巴巴地说。

谁说的？谁说的？王进金跳起来，身体发抖，他冲于秋茧大喊，你把那个畜生藏哪儿了？藏哪儿了？

要不，咱们问问葵……于秋茧垂着脑袋说。

问我姐，你够狠，你还嫌腌臜她不够？

我不是那意思，我意思是……

赔偿，你一分少不了，那畜生也躲不掉，我不把他揪出来我不是人。王进金说完，甩手离开。

事发至今，王进金还没有见到葵哑巴。葵哑巴的家就是她的猪场，在离雾云稠密居住区稍远的地方。王进金进屋时，葵哑巴正蒙头睡觉。王进金什么也没说，只从桌上抓了一把干南瓜子，胡乱地塞进嘴里，带着壳猛嚼。

随后，万芳也跟来了。万芳还带着一篮子鸡蛋。这是万芳从嫁给王进金起，第二次进雾云王家。万芳坐到床沿上，也是没吭声。

葵哑巴翻了个身，坐起来。

王进金问，你醒了，还是假睡？

万芳拉了一下他的胳膊，他瞪一眼万芳，说，你们都能忍，我不能，我要让那个畜生，那个强奸犯，还我们公道，我要让他家赔我们。

万芳又拽他，他接着说，就得赔我们的脸面，我们什么人家？不是大户，也有脸有皮。

葵哑巴面无表情，像是在听别人家的事。

王进金嚷，真当我们家没人了，真当我们家没人了？

万芳叹气说，就是，就是。

万芳将手搭在葵哑巴的胳膊上，葵哑巴没动，觉得别扭。

万芳和王进金留下来，万芳下厨，简单炒了两盘菜，煮了一锅疙瘩汤。一顿饭吃得沉闷，谁也没再讲话，除了桌椅板凳和碗筷各自间的互相碰撞，只剩下咀嚼声、吞咽声和牙齿磕碰碗筷的声音。

葵哑巴吃完，又躺回床上去。万芳站起时将汤勺碰到了地上，王进金慢吞吞地捡起来。万芳叹气，压低嗓门说，真是走背运，爹才死没几年，就有人欺负咱。咱得有骨气，绝对不能饶了侮辱姐的人。王进金说于秋茧答应赔钱，就是赔钱也不算完，得让他们赔脸，让他们得到惩罚。万芳说必须这样，否则对不起姐这些年的照顾。两个人好似一夜间长大了，懂事了。

葵哑巴任凭他们小心翼翼的交谈像风一样在这间屋子刮来刮去，她从不在场。包括夜里于秋茧来敲门，隔着门缝，她的声音被挤得极薄极细，如游丝，颤动着，又没底气一样软滑着落下去。她就是不去捡。

万芳自行捡起老王家女人的身份，板着身子，将于秋茧撵走。

第二天，万芳对葵哑巴说，什么事情也不用她操心，只要听王进金的就好，王进金不会让老王家吃亏。葵哑巴正在吃药，一口水灌下去，呛了，连连咳嗽。万芳又说，镇上的生意不能老是停，她得走了，王进金留在这儿，他有事情要做，就让他自己做主吧。

万芳的话实在多。葵哑巴去猪圈给猪喂食，没有理她。

一连数日，每晚，于秋茧都来敲门，且都是在十一点多钟，这样的时候葵哑巴已经躺下睡了。于秋茧隔着门缝，依旧是那些游丝般的话语，缠啊绕啊，挤扁了再送进来。葵哑巴犯着迷糊，又不想分辨，就当了催眠夜曲听。

于秋茧只能夜里过来，白天她都不好意思出门，更别说是来见葵哑巴。闲言碎语，指责，嘲讽，纷纷压着她的脑袋。一向讲理讲道、温顺平和的女人，被无形的东西拽着头皮，阵阵发疼。

王进金反复不定，一会儿要私了，一会儿又说不行。他提出的私了的条件是：于秋茧家出钱，给葵哑巴看病，给葵哑巴补偿身体和精神损失；于秋茧把躲起来的绕绕找出来，让他给葵哑巴磕头，就算不见葵哑巴，也得给他王进金磕。她家就得给他家磕头，如此才肯罢了。于秋茧答应出钱，说一定是要出钱的，绕绕做出这等丑事，本该打该罚，但真不知道他跑哪儿去了。于秋茧说就按照出钱这一项吧，她已经包好了。王进金说不行，少一样都不答应。他让于秋茧好好想想，想好了再谈判，否则直接报警。

于秋茧见商议不下来，只得去求老莫。莫家在雾云也算弟兄多的大户人家。老莫的爹生前爱管闲事，到了老莫这一辈，还是有人来找。如果老莫正好在雾云，不管心中愿不愿意，都会给个面子走一遭。

老莫点出问题来，王进金就是嫌钱少。他让于秋茧直接问他想要多少，如果再有什么问题，他才出面。

于秋茧再跟王进金谈，王进金翘着耳朵让她说个数字，她想了想，说五千，就只能五千了，出了这五千家里就再也没钱了。王进金说葵哑巴可是一个黄花大姑娘，就这样被畜生绕绕糟蹋了，五千顶个屁。王进金嚷嚷着不私了，再不能私了了，不是钱不是钱的问题，就是几万也不行了，必须告，他明天就去告。

于秋茧只得再找老莫，老莫骂，混蛋，又当婊子又立牌坊。

于秋茧闻听这话，慌忙说，这都是绕绕做的孽，不怨人家。

老莫说，这会儿王进金这小子护姐护得亲啊，平时连家边儿都不沾，只知道伸手要钱的玩意儿。

还是怪绕绕，绕绕的错。于秋茧叹口气。

老莫说，是，这必须是。像我好歹不分了。

于秋茧赶紧说，老莫叔，您别生气，我知道您偏向我。

老莫说，这样吧，也不能辱了哑巴那孩子的名声，还是悄悄私了吧，你明天准备个万八千的，我出面管这个闲事。

于秋茧小声说，现在家里只有五千多块钱。这几年，姜岫没往家里寄……他应该有难处。

找亲戚凑凑。这样吧，从我这儿拿一千。老莫说。

于秋茧鼻子发酸，一层雾气蒙上眼睛，竟然说不出话。这倒不尽是因为得了老莫的临危解困，也不尽是绕绕羞辱门庭的事情让她失控，而是说到了姜岫，她内心禁不住一阵又一阵的翻腾。她跟老莫道了感谢，匆匆离开。走出老莫家门时，差点没被门槛绊倒，一个趔趄，手扶墙壁方才站稳。

于秋茧没有回家，而是又绕道去了葵哑巴家。这时分，雾云刚进夜色，葵哑巴在院子里洒水，白日里的扬尘被洗涤，大山在她背后张开它的仁厚。万物静默。

于秋茧远远地望着她的身影，心想，这女子也是可怜。又想，再也请不到她帮忙劁猪了。也是作孽，儿子如果不是逃跑，会不会给她劁掉？一阵后怕，汗水浸湿后背。

三、于秋茧

姜岫是一个符，在于秋茧的身上施定。多少年了，于秋茧都未曾化解。于秋茧认命，于秋茧的娘于喜楼也说过，这是命，一个女人的命。

一个女人的命运，通常都跟除却自己父亲之外的另一个男人连着脉络，生生息息。于秋茧是，于喜楼也是。于姓的这两个女人，对情感的执迷，如出一辙，却又完全不同。

作为个体的女人，于秋茧说不清楚是否曾笼罩在于喜楼的影子之下，她每次对照自己对姜岫的情感态度的时候，都会不由自主地想起有关于喜楼的事情。那些事情闪着光，又挟着风暴，强固着她所有认知里的最偏执的部分。

整个雾云村里，于喜楼是他们那一代，甚或再往后一代人中，读书最多的。于喜楼老去之前给自己写了挽联，让于秋茧收好，说等哪一日有用。于喜楼一手漂亮的毛笔字，于喜楼的特别做派，统统不像一个典型的山里女人。她也的确不是土生土长的山里人，但是她说她是，她是雾云人。

于喜楼是怎么来到雾云的，有好几个版本，一说她是随着山洪的尾水给冲来的，一说她是逃难至此，还有一说是被一个男人卖到这里。于秋茧自小知道于喜楼不是本地人，因为于喜楼做出的衣服与本地人穿着的衣服完全不同，她的衣服都那么好看。于喜楼告诉于秋茧，这是上海款式，那是北京款式。于喜楼不但给自家人做，还帮着别人家爱美的女人做。关于她是如何来到雾云的，她是在于秋茧出嫁那一年郑重其事地告诉她的。说郑重其事，是因为寻常只要于秋茧问到此事，她一概嘻哈带过，不是说风刮来的，就是说水冲来的，要么说天上掉下来的。如果正好说到天上掉下来，她会再补充一句，天上掉下个林妹妹。于秋茧会奇怪林妹妹是什么人，于喜楼说一个女人嘛。于秋茧后来才知道有一本叫《红楼梦》的书，书中有女，唤作林妹妹。

于喜楼郑重地告诉于秋茧，她是被推到雾云的。她说那不是一个人，是许多人，也不是许多人，是一种看不见的东西，她被推着，赶着，走投无路，雾云人救了她，给她安身立命的地方。也亏了这个世外桃源一般的地方，她才活着。于喜楼说这些的时候，神色凝重，她意在告诉于秋茧，嫁给姜岫，也像被推着，只是推的人不光是于喜楼，还有她于秋茧自己。

于喜楼断断续续给于秋茧讲了她尘封已久的往事，还是以她少见的郑重其事的神情。

于喜楼讲，到雾云那一年她十九岁。得从到雾云之前说起，那年月，到处蒙着雾气，她都不敢再钻进去，可还得扯开，看看那年的自己。人要是往回走，只要怨念宁息，一切也都不算什么。

于喜楼的父母都在大学工作，父亲教课，母亲是学校医务室的医生。于喜楼上面有过一个哥哥，可惜生下不久就夭折了。到了于喜楼这里，父母对她是百般宠爱，一家三口其乐融融。然而，到了1967年的秋天，一个夜晚之后，这一切都发生了改变。

那一夜，于父和于母没有像往常一样按时回家，并且到了深夜都没踪影。于喜楼找了他们一个晚上，同事家亲戚家都问遍，无人知晓。天亮时候，他们才拖着一身疲惫与惊慌回来。于喜楼问发生了什么，于父说天气降温，很快就要冷了，以后不要随便出门，书也不要读了。于喜楼看向母亲，母亲点点头，叮嘱于喜楼，无论谁问什么都说不知道，千万不要打听。

接下来的几天，对于于家来说，果真是暴雨倾盆。于父被打成右派，于母则被定性为生活作风存在严重问题，都成了被批斗的对象。

于母的问题是借工作便利，勾引学校领导。一位副校长生病，于是来了校医务室，于母在给其打针的时候，公然调戏该领导。于母是怎么调戏的呢，他们的说法是，于母摸了副校长的屁股，说白胖胖的像只大萝卜啊，一掐一股水，有水没有？这分明是淫荡的语言，淫荡至极。于母还原当时的场景，那个肥胖的副校长把裤子褪到了大腿根下，还要继续褪，一边褪一边说，省得医生找不到地方，面积给整大点儿。于母说，你以为你真是一只大白萝卜啊，别往土里栽了，穿上皮。

于母得去游街，这么羞辱的事，于母激烈对抗，虽然那种对抗深藏于心，但是眼神藏不住。后来，于母便不是如此一个状态，而是对游街这种形式越来越顺受。他们喊她破鞋，还往她脖子上挂了一双真的破鞋，臭烘烘。她当然受不了那种脏，她想了一个办法，她将她穿坏的一双白球鞋找出来，拿洗衣粉狠狠刷过，又在鞋子上覆盖一层卫生纸，让暴晒之后残留在鞋面上的黄色印子被吸掉。然后等鞋子干透，她拿另外两根鞋带拧在一起，拧成一根麻花小绳，再用小绳的两头拴住两只鞋子的鞋带。她对着镜子试了试，挂在脖子上，左右对称，又干净，又不太丑。只是太白净了恐怕也不好，她从刷黑色鞋油的鞋刷上蹭了蹭手指，然后不规则地按在白球鞋上。再游街，这就成了于母自备的破鞋。

父母的处境越来越糟糕，他们的精神每况愈下。于喜楼心急如焚，然而身旁一个亲人也没有，她孤身不知去往何处，得何人帮助。她想啊想啊，突然想起一个人——秦达。对，秦达，或许秦达可以。秦达是高她一届的同学，也是于父的学生。

以前，秦达常来于家走动，看样子喜欢于喜楼，只是口中没说而已。于喜楼能感觉到，且她也对这个博学多才的大男生心怀好感。她了解到秦达家庭背景不一般，也许能帮父母说上话。

于喜楼精心收拾一番，尽量让自己不显慌乱。她想象着秦达看到她楚楚可怜的模样会如何安慰她，如何跟她一起想办法，如何向他的祖父求助。秦达的祖父是学校德高望重的老教授，他如果肯出面，也许自己父母的问题就能得到一部分的解决。

但实际情况是，她根本没能走进秦达家的大门。秦家的阿姨在外面拦住她，说她不知廉耻，右派的女儿。那阿姨正义凛然之态，让她不知所措，真有幻觉自己是个坏人。她耐着心说，要见秦达，秦达多天没去学校上课了，她也没去，她不知道秦达会去哪里，只能找上门来。

她失望地返回，父母正抱头痛哭。看到她进门，母亲慌忙拿衣袖擦干眼泪。这个样貌端庄，又爱美的女医生，如今一副灰头土脸遭罪之貌。

傍晚，有人塞到她家门缝里一张纸条，她听见院外的口哨声，以为是谁捣乱。她还是按照纸条所写，在第二日的晚间七点钟，去了指定公园的后门处。

等她之人正是秦达。她喜出望外，又满腹委屈。要在平时她定然一番奚落才肯罢休，但现在她顾不得，也不敢随便表露什么情绪。她问，知道她去找过他吗，他说听说了。他说他也想帮于老师，于老师是他敬重的老师，还有于师母，那么美丽的一个人，他是无论如何不会相信他们的鬼话的。

他重新点燃了她对生活的热情，她内心升腾起强烈的叫作爱情的东西。她如实告诉他。他则微笑着说，他在她爱上他的那一刻之前就已经深爱她，他在她热烈面对他的那一刻之前也已经热情似火了。他的火，迅速蔓延，燃烧了他，也有她。

他们俨然一对儿热恋的情侣，每天晚上，总要偷偷溜到一起，谈心，谈彼此眼中的未来。他给她写诗，写一句：思君浓，望穿云月，云月垂楼影。她就落泪。这时候，他才说，你父母的事情很难。也正是这时候，她突然想起，她已经差不多忘记父母当下的遭遇了。她一番愧疚，他立誓保护她。

父亲被人带走去交代问题，整整一夜。天亮后，他才回到家中。他的衣袖和胸前沾满了血迹，他的一条裤腿全湿了，裤腰后面被掏了两个大洞，圆形的，露出屁股。母亲正在用湿布擦拭游街用的白球鞋，那鞋花里胡哨已经不见底色，母亲依旧做着每日清洁的盲目举动。母亲看见父亲进门，手一抖，鞋子掉在了地上。她还是先捡起鞋子，吹了吹可能沾染的灰土，然后，她用手指拢了拢掉在脸侧的头发，将那一缕挂到耳后。

回来了。母亲说。

父亲声音含糊，回来了。

母亲说，回来就好。

父亲咳嗽，血从嘴角流出。

到了第二日，父亲起床后，就不再说话了。他变成了一个哑巴。

那些审讯他的人不会善罢甘休，对他的体罚越来越重，他们说就不信哑巴不开口，他们有的是让哑巴开口说话的本事。他们用尽手段，还是失败了，父亲成了货真价实的哑巴，他的舌头成了摆设。

父亲被人送回，比被人带走时还潦草。他们将他扔在家门口。母亲挂着球鞋，将父亲抱进去。她烧了热水，放凉，用一块崭新的洁白的毛巾给父亲擦了脸，又洗了身子。母亲说回来了就好。

母亲的枕头下多了一把剪刀，一把锋利的剪刀。于喜楼见过母亲半夜磨它，在一块青色的磨刀石上，嚓嚓嚓，一下又一下。月光隔着被敲烂的窗玻璃挤进来，破碎不堪。

于喜楼对于父亲的死，悲伤不已，她要去找他们理论。秦达劝她，风浪大的时候，出海是有危险的。她问他，那待在家里也不行吗？风浪也要闯进来吗？秦达没有说话。秦达这些天越来越忙，他没有帮助于喜楼料理父亲的后事，也没有上门安慰师母。他跟于喜楼的约会从每天一次到了每周一次。

几天之后，母亲的剪刀竟然是扎进了秦达母亲的胳膊上。这戏剧性的变化让所有人都惊呆了。秦达的母亲和于喜楼的父亲是同事，且和平相处多年，她怎么能对熟人下手？开始有人从母亲破鞋的定性中去升华问题：这是阶级报复，这是典型的疯狂的阶级复仇。他们审讯母亲，母亲一字不说，母亲没有咬掉舌头，但是母亲也有变成哑巴的权利。他们威胁说如果她拒不交代，下回游街就让她露着乳房，在上衣胸前位置挖两个洞，圆形的，碗口大，或者一个半碗口大，那要看具体情况了，得让她的乳房刚好全露出来，放放风，透透气。

于喜楼不知道该怎么面对秦达，也许秦达能理解，这些都是她无法掌控的，像最近这些日子所经历的事情，他不也说连他祖父这么德高望重的校领导都无法掌控吗？于喜楼到俩人都熟知的老地方等秦达，秦达却没有在约定的周末出现，等到下个周末依旧不见。

于喜楼怀着愧疚，再次托人给秦达捎话，秦达这才在夜晚的护城河边跟她见面。秦达几乎是愤怒的，秦达的愤怒不仅仅是他母亲被她母亲刺了剪刀，更重要的是他不能容忍她让他的那帮同学捎信儿给他，他说怎么能让那些俗人捎信儿呢，那些俗人怎么能理解他们的情感呢。他发泄完了，低声问她，是不是，是不是呢。她茫然地点头。他拍了拍她的肩膀，他说只是想让一切简单化，不能再复杂了。

秦达跟她重新约定，以后的见面时间从每周的周末变成每个月的最后一周的周末，如果最后一周的周末他或者她忙，就再推迟。于喜楼只能说好，这样很好。她正为母亲的行为而深感愧疚，她的傲慢的公主脾气全没有了，她在秦达的眼前弯着内心的腰背，她只希望秦达能原谅她。

接下来，母亲被学校开除了，但是对母亲的审判并没有停止。他们派人盯着她，搜集各种罪证。门卫在她的办公桌抽屉与紧靠墙壁的夹接处搜到了一个薄薄的卷着边角的小本子，扉页上有四行钢笔字：

别睡，别睡，艺术家，
不要对梦屈服，
你是永恒的人质，
你是时间的俘虏。

本子的里面是一些零星的记录碎片：

1964年10月17日

《人民日报》第一版刊登了中国核试验成功的消息。真是振奋人心，我中华之幸事，世界为之震动。这一版还刊登了赫鲁晓夫下台的消息。看完报纸，该准备下班了，晚上学校里的山东籍老乡聚餐。

真没意思。

1964年10月26日

给肖晓白介绍对象的事，老于知道了，老于说不要管闲事。我说老于不要对肖晓白有偏见。老于说人很难改变，说我也是这样的人，固执的人。我认为老于还是对肖晓白存在偏见。改天我请肖晓白到家吃一顿饭。今天记一件重要的事，那就是记着下周给老段过生日，老段属龙，今年是他本命年，得送一件像模像样的礼物，可别忘了。

1964年10月27日

人不能忘本，可也不能老顽固，站在原地不动吧。

1964年11月7日

今天是星期六，节气立冬。李萍提前下班了，她带孩子去姥姥家吃饺子。她儿子的课本落在了她的桌子上，是初级小学语文课本的第三册。新版的书看上去很不错。目录之后的第一页上有《人民英雄纪念碑》《人民大会堂》《中国革命博物馆》《中国历史博物馆》四幅图，图下是拼音和汉字。要是儿子能活着……要是他还活着，我和老于一定带他去看这些地方，应该早去看了，在他跟李萍儿子这么大小的时候就去。想想自己的命，真苦。

1964年12月13日

钙素母

盐酸硫胺

碘化油

碘吡啦啥注射液

复方肝注射液

人刚走。

……

母亲被押到学校废弃的体育器材室里，窗户很高，又小，白天的光线使劲才能挤进来，落在空荡荡的大厅里，落在母亲虚弱的肩膀和紧闭的嘴角上。学校派出的审讯三人组，其中就有肖晓白，那个被母亲写在日记本里的年轻女人。她给母亲搬了一把凳子。另外两个男人坐在母亲的对面，肖晓白站在他们一旁，抱着肩膀，眼睛看向墙角。

他们围绕那本距离当日已有三年之久的本子展开了讨论，他们认为那扉页上的四行钢笔字分明就是反动诗。他们说没想到母亲三年之前就萌发了反动苗头。梦是什么，梦并不是虚无，梦是人类精神的折射，是长短期目标的一个缩影点，所以人该有梦，好梦成真，梦不是敌人，怎么能说屈服不屈服呢。还有什么“人质”、什么“俘虏”，在和平年代，脑袋里怎么能灌满这种暴动的东西。

母亲本打算继续咬着舌头的，她真有成为哑巴的潜质，她不觉得丢失语言和辩解的能力会多么憋屈，相反，当她看着别人的嘴巴呼啦呼啦往外抛扔杂质时，她丝毫不愿意靠近那些腥臭的气味。但是那天，那天完全不同，那天肖晓白的在场，还有肖晓白递过来的凳子，都给了母亲恢复力气的意愿。她与她共事多年，她看着她婚娶，她们无话不谈。

于是她让自己尽量显得轻松些，她拢了拢头发，说本子上写的是一位苏联作家的诗句，她随手抄录的，她想不起来那位苏联作家的名字。他们说即便是抄写，也心存反意。

他们说，伟大的祖国第一颗原子弹爆炸成功，怎么说没意思呢。母亲说是指老乡聚餐没意思。他们说，她这是故意混淆事实，跟老乡相聚就没意思吗，难道就因为老乡里面有在厨房干活的人，还有看大门的人？这些以辛勤劳动为人民服务的同志是可敬的，而不是让人敬而远之的。

他们继续指出母亲的思想问题，说她在写完“人民大会堂”和“人民英雄纪念碑”的后面感慨命苦，是变相发泄，发泄对如今幸福生活的不满足。他们问她什么叫站在原地不动，具体在影射什么。

他们要她着重交代12月13日的事，那些药品又说明什么，碘化油、碘吡啦啥注射液、复方肝注射液都不是医务室采购范围内的药品，为什么要记录。

时隔几年，母亲也想不起来这些药品名字代表着什么意思，她为什么抄写下来呢，仅仅是抄写下来吗。

一直沉默着的肖晓白将眼睛从墙壁上拿开，转向母亲。她似站在很远的地方，脸上不挂一丝表情。她说，我来替她回答吧，那是中国医药公司上海采购供应站在1964年出版的一本《经营商品目录——药品部分》里面的药物名称，没多大意思。我跟她一个办公室，我见过这本书，没什么用，就扔在墙角了，拿它垫桌子腿。那张桌子是我用的，我每天能看到那本书的蓝色封皮。

母亲说，我都忘了，都忘了。

肖晓白将眼光重又扔回到对面的墙壁上，只抛出声音，忘了？那一句“人刚走”什么意思？

大概是随手写的吧。母亲说。

随手，还是随便？肖晓白的声音轻飘飘地砸下来。

这天，母亲始终没有碰触到肖晓白的眼光，那一束游丝，远远地躲着她。她突然明白，肖晓白是界线那边的人。那本日记上记录的有关肖晓白的东西，并没有别的意思，恐怕也让包括肖晓白在内的那些人，读出了旁斜的深意。也许在肖晓白的眼里，她和老于就是她婚姻的阻挠者。肖晓白跟母亲坦白过她的情史，但母亲可以拿性命担保她从未对任何一个人说过，包括老于。而关于肖晓白的风流，老于是从哪里听说的，她就不可而知了。她一直护着肖晓白，认为她单纯良善，只是太容易上当，没碰见好人而已。

母亲想，也许对于肖晓白来说，她知道得太多了。然而从来不是她主动要去了解什么，是肖晓白一股脑地倒给她。看来信任这东西，笼络人心，转了角度，也足以杀人。

你高高在上地怜悯于我，很开心吗？你对一个农村人的施舍是想表现你的善良吗？肖晓白声调冰冷。

那旁边做笔录的男人挥挥手打断肖晓白。他们接着审问母亲，“人刚走”是跟药品有关的人吧？你好好想清楚，都跟谁合伙倒卖过药品。想好了，明天接着交代。他们已经问累了，说再给母亲一个机会。

母亲光着脚走回家中，脚跟被什么东西划破了，血与泥污混在一起，掩盖了伤口。她不觉得疼。母亲做出了一个决定，在她成为真正的哑巴之前，她得送走于喜楼。

于喜楼察觉到母亲的异常，她以为她要带她一起离开这座城市。她不能离开，因为秦达在。她将家里最近的异常情况一一告诉给秦达：一个乡下老人过来看望于喜楼的母亲，且是偷偷来的，她们的谈话避着于喜楼。她们接二连三地见了好几回，一次是在纺织厂旁边的一家小面馆，一次在汽车站，还有两次是在深夜的于喜楼家中。于喜楼猜测乡下老人的身份与母亲有关，有一次听见她叫母亲小姐，被母亲捂住嘴。母亲开始变卖家里的东西，也没多少物件，一只父亲戴过的手表，一辆自行车，还有她的一枚纽扣。金色的纽扣，用丝绒布包着。母亲寻到买家，那人又不肯出好价钱。母亲越来越焦急。

秦达说不能让她一错再错，她不会是要叛逃吧。于喜楼瞪大眼睛，秦达说从种种迹象上来看，于喜楼的母亲是资本家的女儿，她的隐藏手段之高明足以说明她的功夫之深，怕有特务的嫌疑。于喜楼说不可能，她也许只是想带她离开这个鬼地方。秦达让于喜楼注意措辞，注意口中的鬼地方之说。于喜楼不敢相信才十多天没见的秦达会变成这样的一种过敏样子，像长了灵鼻子的犬，哪里都有他探测到的气味。于喜楼说她只是不愿意离开他，她也不能阻止母亲离开，母亲在这里太受罪了。她打算等她带她离开的时候，偷偷逃脱，然后回过头来找秦达。如果秦达暂时不方便跟她相处，她就去一个女同学家，那个女同学答应她可以暂住。于喜楼为自己的勇气和付出这种勇气的委屈落下泪来，她的胸脯鼓着风，如果秦达鼓励她一下或者安慰她一下，她都能飞起来，飞得义无反顾。秦达没有，只说这种情况下，最好哪儿也不要去。

分开后，于喜楼去了她所说的那位肯收留她的女同学家。女同学的父亲被工厂的机器咬掉了一条腿，躺在房间里的床上。女同学和她母亲坐在一旁，一人双臂撑着毛线，一人将毛线缠成球状。熬米粥的清香，弥漫在空气里。于喜楼鼻子一酸，想起家中失去了陪伴的母亲，这个时候对着落日，该是如何一番忧伤。

于喜楼快步跑回家中，进门看见母亲跌坐在地上发呆，她的跟前扔着那只紫红色丝绒布包。于喜楼捡起来，倒了倒，空荡荡的什么也没有。于喜楼问，谁干的？他们吗？母亲说，算了。母亲站起来，拍拍手，将布包塞进裤子口袋里，说，晚上，我们吃点什么呢？都好几天没好好吃东西了。西餐？看来不行，改天吃吧。今天，炒两个小菜，做一个罗宋汤。就是家里没牛肉，没奶油，也没胡萝卜了，怎么熬吧。于喜楼问，你真是大小姐？母亲揉揉腰背，自言自语，多久没吃过罗宋汤了？

于喜楼很快发现家里的自行车和父亲的手表也不见了，她追着母亲问，都是他们干的吗？你说啊，你这些东西是不是很重要？母亲握着一只土豆，说算了。

怎么这么快？他们怎么发现的？一定是秦达，秦达这个王八蛋。于喜楼的怒火噌地蹿上来，这是从父母出事之后她忍着脾气至今第一次爆发。母亲低头削着土豆皮，像是自言自语，看来一切都不晚。

于喜楼要去找秦达，她不再躲闪，她必须当面问清楚，给母亲一个说法，也给自己的感情一个交代。

秦达与几个同学在学校的教室里商议事情，于喜楼的突然闯入，让他始料未及，他指着于喜楼说怎么不敲门就进来。于喜楼走到他的跟前，指着他的鼻子问，你说，你是不是告密者？你说！一个女生跳到秦达前面，推开于喜楼的手臂，问于喜楼什么身份，有什么资格在这里撒野。于喜楼绕过她，继续指着秦达，说，我什么身份，你问他！女生和另外几个人的目光齐齐地看向秦达。秦达往一旁走了几步，若无其事地说，以前老师的女儿。还有呢？于喜楼挑衅地看着他的眼睛。他轻轻地皱了一下眉头，说，没有了。女生接过话，对于喜楼说，听见了吗，他说清楚了。那么，请你离开，这儿是我们的地方，不欢迎你这样的人。于喜楼盯着秦达，说，你，再说一遍，一个字一个字地说。秦达说，不必。于喜楼说，好，剪刀还是没扎到合适的位置。

女生打开教室的门，然后举起手指，指指门，再指指于喜楼。于喜楼轻蔑一笑，掉头便走，走到教室门口，又转身，冷冷地冲秦达喊了一句，我从来没有真正认识过你。

出了校门，于喜楼对自己说，我从来没有真正认识过你。

这是于秋茧的母亲于喜楼的故事。接下来，这个于喜楼就死了，雾云的于喜楼活下去。

于喜楼没有对于秋茧讲她是如何从那个大城市来到山里的，这其中的一个环节，一个段落，被她遮蔽了。她是有意的，还是无意的，已经无从探究。

于秋茧听画四娘说，于喜楼是随一场山洪而来，一般是山洪冲走人，而于喜楼则是山洪冲进来的，于喜楼水命，淹不死的水命。于秋茧想那如果不是真的洪水，也定然是命运的洪流。

浑浑噩噩，似一场大梦。十九岁的于喜楼是一位跛脚的女子。同样，她将她如何造成跛脚的片段也给抹掉了，直接降落在雾云，就是一个受伤之后的女子。

于喜楼被雾云人收留，大家一致的口径是，她是老寡妇敬春失散多年的闺女。敬春因为早年丧女而精神受了刺激，会间歇性失去记忆，好过来就哭，一个人实在可怜。雾云人就想于喜楼的出现也是敬春的命，来救敬春的。

多年之后，于喜楼有机会再次离开雾云，两个人留住了她，一个是敬春，另一个人叫姜树怀。

姜树怀是于喜楼在雾云第一眼看见的男人，当她从昏迷中醒来，发现自己正躺在姜树怀的怀里。那是一个多么温暖宽厚的怀抱啊，他的体温迅速渗透进她的骨头。那种感觉是奇异的，说不分明，又如针尖悬于心头。她想要站起来，却用不上劲，甚至连一句话也说不出。她只能使劲动了动嘴唇，只发出一丝细微的呻吟。姜树怀给她喂了半碗小米粥，她才一点点缓过来。

敬春家的日子不好过，姜树怀给她们送了半袋豆子和半袋小米。

于喜楼开始跟着敬春学做农活。雾云有一块块的梯田，是老村长带人一点点修整出来的。敬春家的那块在梯田的最底下。姜树怀家的在最顶端。只要是农忙时节，每天，于喜楼一抬头都能看见姜树怀的身影。他瘦，高，看着不壮实，却有一股子使不完的力气。他常常到敬春田里帮忙。

于喜楼的手掌被锄头磨破，脸被玉米叶子、豆秸割破，又常常在山路上崴脚。她开始想念她的手风琴，想念大米饭、咖啡、牛肉炖土豆，想念父亲送她的书。她躲在山里哭，山风静静的，刮过去，告诉她没有退路，她也看不见。

她渐渐适应了这里的环境，开始四下走动。她尝试爱上孤独的大山和山里的神秘的动植物。

她打算给村里每家的女人做一件新衣服。她先用敬春织的蓝粗布缝了一条裙子。雾云女人们炸开了窝，她们说真好看，这是什么地方的衣服啊。她说如果用花布做出来会更好看。她八九岁的时候，有一天母亲穿了一件漂亮的花布衣服，她围着她转圈，母亲说这是苏联式的“布拉吉”，就是连衣裙的意思。她嚷着也要穿。可母亲这一件布拉吉就用了九尺布，那时一尺布五毛钱，大概花了她三分之一的工资，为此得省吃俭用好几个月。那时正值全国城乡凭布票供应棉布的年代。母亲说等她长高了给她做，不止一件。当时周围的姑娘都流行穿这种布拉吉，露着莲藕样的胳膊和半截优美的小腿，荡过来漾过去，她们还喜欢把头发编成辫子再在两侧弯个圈圈出来，再扎一只搭配衣服颜色而选的蝴蝶结，就像真的花蝴蝶了。但是没多久，她的母亲就将这种衣服收了起来，说还是旗袍更美，她凹凸有致的臀腰，非旗袍不能展现那完美的曲线。周末，她带她出去玩，也会穿上旗袍。然而没过十年，到了1966年之后，大街上那些旗袍和布拉吉不见了，飘来飘去的尽是朴素而单调的灰蓝绿。她只听母亲说布拉吉也被打成了反修。

她天生灵巧，读书读得好，针线活也在行。她最喜欢放学后扎裁缝铺，看他们给人做各式衣服。现在这种观察和临摹得到了一个发挥的机会和场地。

她每天做衣服的时候，敬春都会守在一旁，给她递剪刀、递代替画笔的土疙瘩，烧水、倒水。她第一件要送出的衣服当然是给敬春的。拿深蓝色粗布缝制的一件外套，做得稍微肥了一些，敬春说刚好，说以后会吃胖，她觉得她身上的那些毛病都快要没有了。

她给谁家女人做衣服，谁家女人都会在做衣服的头一天，量好了尺寸之后，给她送来吃的。她不肯收。她们就往敬春家院里的缸中放一捧豆子、几块干红薯、萝卜，表示心意。她也不好再说什么。她的心思是报恩，以自己的这点儿小手艺回报她们，让她们也知道外面的世界有这样类型的体面穿着。她们是雾云的女人，就都是她的恩人。

很快村里的女人的衣服都快要做完了，她突然又说再给那些老人每人织一个帽子。但是这个想法没有实现，它被搁置起来，因为雾云根本找不到毛线。到了这个时候，大家才突然发现一个问题，那就是，她给雾云每家每户的姑娘媳妇差不多都做了衣服，唯独落下一人——姜树怀的女人。

姜树怀的女人刚刚进雾云也不久，是去年和姜树怀办的婚事，姜树怀用毛驴从邻村驮回来的。姜树怀的女人身材中等，相貌也算中等，性格温顺，人前开口必先腼腆一笑。她常年留着左右齐整的及肩发型，借用头发掩盖被烧伤的右耳。她对姜树怀说小时候玩火把，不小心把头发点着了，结果就烧掉了右边半块耳朵，不会很影响听力。其实她隐瞒了事实，那耳朵并非火烧，而是被老鼠啃掉的。她不愿意说，一则觉得丢人，二则提起事实就等于重新开启了恐惧的回忆，那会令她浑身发麻，甚至恶心。她在家排行老四，前面三个姐姐，到了第五个，父母才生下男孩。她是被放养长大的，从小跟几个姐姐扎堆睡觉，扎堆放羊，没人管护。姜树怀是一个好看的男人，高个子，细眉眼，挺鼻梁，一张有棱角的口唇。她没想到他能相中她，当媒人说成了的时候，她高兴坏了，她忍着不说，内心翻腾，她摸着残缺的右耳，怕遭他嫌弃。

姜树怀的女人并不在意得没得到于喜楼的邀请，她没给自己添新衣服的打算。当村里的女人问起，她的回答是，于喜楼说了，让去量身，但是她不想做新衣服，去年和姜树怀典礼时置办了好几件新货，还没来得及穿遍。

村里女人知道她在撒谎，她们能看出来于喜楼一般是不跟姜树怀的女人说话聊天的，也不上她家串门。她也是，从没去过于喜楼家。两人在路上碰头顶面了，也多是相视 笑，算作招呼。顶多于喜楼叫她一声姜嫂子，她笑着应答，问吃饭没有。

于喜楼给姜树怀的母亲缝了一对儿暖袖，她跟敬春学的手艺。她在暖袖上绣了一朵玉兰。雾云女人没见过玉兰，她跟她们描述，一棵树的样子，花都开在高处，一朵一朵，像莲花形状，白如雪。一到春天，清明前后，满庭芬芳，挤满你的眼睛。她们问还有别的颜色吗，她说有是有，紫色的，粉色的，也叫玉兰花，只是不及白玉兰好看。她说紫玉兰还叫辛夷。明代朱曰藩有一首《感辛夷花曲》就是写的紫玉兰。她念：昨日辛夷开，今朝辛夷落。辛夷花房高刺天，却共芙蓉乱红萼。没人听得懂。她们说她懂得真多，就是听着玄，跟天书一样。她没有念出后两句：新诗已旧不堪闻，江南荒馆隔秋云。多情不改年年色，千古芳心持赠君。其实，那才是她喜欢的。

她给姜树怀母亲做的暖袖，直接送到了姜树怀女人的手里，让她转交。

于喜楼二十四岁那年，敬春病倒不起。于喜楼日日守着，焦灼，伤心，上火，她从来没有这样害怕失去一个人。敬春说嗓子眼越来越窄了，变成一条缝。敬春已经吃不下去任何东西。她只想喝点清水，冲洗冲洗肚囊，好干干净净地去那边找她的男人。于喜楼从她的症状上猜测，她是得了食道方面的疾病，怕是食道那里长了肿瘤之类的什么东西。她要带她去县里检查，她要给她医治。可是一想到要走出雾云，她便双腿发软，心下恍惚，一旦走出去，也许便再也回不来了。但是她不能看着敬春倒下去，她不想失去她。五年间，她已经成为她的亲人，至亲的人。

她去找姜树怀商量，也许姜树怀可以帮忙。她说如果她再也回不来了，就请姜树怀帮忙照顾敬春。姜树怀被她说迷糊了，忙问她要去哪里，发生了什么事情。她说她不能眼看着敬春病死，她得救她，就像她当初收留她一样，得给她活下去的机会，必须去县里或者省里，让她住院。

姜树怀说山路再难走，也总有道，他能背着敬春，他只要准备好爬坡的工具。那时雾云还没有一条正经的道路，出山进山，困难重重，尤其在冬季即将来临的时节，一场大雪都可能封了山，随时埋葬人命。姜树怀丝毫没有犹豫他得做这么一个驮载人，他说，要走得趁早，还得快。就这么几天了，等北风刮透，雪说不定就下来了。姜树怀丝毫不怀疑于喜楼所说的大城市的住院和治疗，尽管这些概念在他的头脑里呈现的色调和形状并不比一场大雪更清晰。

可是，我如果回不来，你能不能……于喜楼说。

怎么会呢？姜树怀打断她。

姜树怀说他一定将她带回来，他不会不管她。这后一句，让于喜楼忧喜交加，眼泪再也忍不住。

除此，还有一个治病花钱的问题使她焦虑，她身无分文，就是挨家挨户把雾云借遍，恐怕也难筹到一个理想的数目。这些担忧她没有对姜树怀讲，她内心的盘算是只要能进得了医院，她总能想出一个办法，不管付出什么样的代价。

敬春表示死也不离开雾云。于喜楼劝她，死了就再也见不到了，要活着。敬春说她真不能离开雾云，如果死在外面，孩子和丈夫都找不到她。于喜楼说，她不让她死，带她出去治病，一定能让她再回来。于喜楼说完，低声哭了。敬春慌张，以为她生气了，以为刚才自己太自私只顾念自己的孩子和丈夫，这可能让她觉得生分。其实她真没把她当外人，一直当亲孩子看待的，只是她不知道怎么去表达。

敬春更瘦了，被棉被裹着，显得那么小。敬春握紧于喜楼的手指，说你不能离开这儿，离开这儿你会害怕。敬春的精神越来越不好，眼神却是越发的明亮，这让于喜楼更加紧张。她怕起风，怕敬春眼里的光和整个人的光，呼啦一下子被刮走，她撵都撵不上。她现在是一个瘸子。

姜树怀的女人在傍晚时分过来，立在屋门旁，开口先说来看看敬春婶怎么样了。敬春听见，冲她摆摆手。姜树怀的女人坐到敬春的床边，说她娘家村里的小仙很灵验，要不找来看看。敬春说不用了，她不愿折腾。姜树怀的女人说，真的很灵验。这次她是冲着于喜楼说的。于喜楼抱着敬春的棉袄，姜树怀女人进门前，她正在那棉袄口袋里摸索。是敬春让找的，只说那里面有东西，但是于喜楼什么也没找到。敬春再让找，她还是找。

于喜楼说，不必了，谢谢。于喜楼又说，姜树怀出门的事情，告诉你了吧。你要是有意见，还请你看在我娘的面子上，给个方便。我又能怎样。姜树怀女人说，没有，该帮忙。于喜楼有些后悔说出的最末的那句话，竟有些负气，不知姜树怀的女人听出什么滋味来。

敬春断断续续咳嗽了大半个晚上，于喜楼在一旁守着，给她从喉咙口往下捋气。手掌向下，一贴到她的胸口处，她的神情便显出安宁来。她喊着渴了，又喝不下水，嘴唇干裂。于喜楼拆开身上薄夹袄的边角，拽出一小团棉花，在温水里搓洗，攥干，再蘸湿，给她轻轻地擦拭嘴唇。

黎明时分，敬春对于喜楼说快下雪了，她觉得哪儿都是冷飕飕的。于喜楼跑出去看天，星星还没有隐退，悬在高处，光很微弱。于喜楼蹲在地上，捂着嘴哭起来。

冬天还没有来，很快了。敬春没等到于喜楼和姜树怀带她出山，两天之后，她在于喜楼的肩膀上睡着，再没有醒来。

她最后一句话是对于喜楼说的，不能离开雾云。她先走了，她不让她离开。

于喜楼守着这句嘱托在雾云待了一辈子。1980年，县里招聘初中和小学民办老师，她被走出雾云的年轻人推荐过去，他们是她教出来的，一直记着她的学识和非同常人的气质。他们一路爬出山沟，如果不是他们，没人知道这个雾云，这个藏在大山深处的雾云竟然还有人教授《诗经》。于喜楼无动于衷。于喜楼让那学生对县文教部门的人说于喜楼死了。那学生不敢如此说，只是已知她心意。她说如果来找，谁也找不到她。当然没人来找，她不是能引起轰动的隐士或名人。

在雾云，她也不再教学生了，她不喜欢坐在讲台前。她让她教出来的一个姑娘替代她。她只负责偶尔听听她的课，指出问题，帮她改进。

她托人从县里买回一台缝纫机，连续多天闭门自学，她需要熟练起来，再熟练起来。她开始接活，给雾云的男男女女缝制衣服。她剪裁的女款依旧是她记忆中的潮流的体现，虽然雾云的年轻女人觉得怪，可穿身上就是那么顺眼。比方说，连衣裙，她会做那种收紧了腰身、下摆蓬蓬的款式，也会做一排纽扣从脖颈扣到脚踝的飘逸板型。她们就信服她，愿意让她随意给她们去设计去制作。她也以此为生计，开始过一种叫作裁缝的生活。

于秋茧继承了于喜楼身上的一些优点：柔和，通情达理，还做的一手不错的裁缝活儿。

不同的是，于喜楼的裁缝时代是受欢迎的时代，而到了于秋茧这里，随着时间的推移，手工技艺渐渐式微。

当雾云有了蜿蜒盘旋的山路，走出去变得越来越简单时，外面的东西一一闯入。在外做工的男女穿着时髦的衣物返乡，敏感的于秋茧便察觉到一种危机。雾云的女人开始从镇上或县城买衣服，她们为自己买，给家里的老老小小买。买来的衣服式样新，花色也多，价格也不比扯布加工贵多少，甚至还越来越便宜。于秋茧说那是工厂批量生产的，流水线作业，不如手工的好。于秋茧说这些话的时候，内心是有底气的，她觉得自己做出来的衣服，从量身，到裁剪，到缝纫，到熨烫，针针脚脚，每一步都用尽了心思，是有灵魂的。“灵魂”这个词语，于喜楼反复说过，于喜楼是用在对大山的描述上，对雾云的风云的描述上，于喜楼的原话是，雾云的山是有灵魂的。少时的于秋茧第一次听，很新鲜，问什么是灵魂。于喜楼笑，雾云背后的大山长着眼睛，有心，看着它的子民，人世间的悲苦。于秋茧不解，继续问，是不是魂儿，人死了还有魂呢，宋结衣奶奶说过。于喜楼笑而未答。于秋茧一直觉得母亲就是一个神秘兮兮的人。

于秋茧嫁给姜岫的那一年里，于喜楼失踪了两次。

第一次，是于秋茧新婚当月的一天，于秋茧和姜岫住在雾云于秋茧的家中，俩人做好晚饭，等啊等，结果等到月亮爬到树顶，也没等到于喜楼。两人村里村外好一番寻找，未有结果。回到家中，商量着进山再找找看。姜岫去碗橱拿碗倒水喝，在碗橱顶上发现了一把钥匙，拴着一根细细的麻绳。姜岫拿给于秋茧，于秋茧眼睛一亮说，不用找了，她走不远。姜岫问什么意思，于秋茧说这把钥匙是于喜楼连接她过去史的唯一通道，是她挂了多年的物件。于秋茧听于喜楼说过，她到雾云村时身无分文，甚至叫空无一物，只有脖子上挂着的一把钥匙。她扔了它，被敬春偷偷捡回来，收了起来。敬春卧病在床的时候，又拿出它，交到她手上。敬春什么也没说，但于喜楼明白，她是要给她留一点儿念想。人，能忘掉过去，不能忘掉自己。自己丢了，不也算没魂了吗？于喜楼对于秋茧说过，她不会离开雾云，就像这把钥匙不会离开她一样。现在，她将钥匙放在家中的碗橱上，就证明她一定会回来的。果然，于秋茧猜中了，第三日，于喜楼顶着一头露水回到家中。她什么也没说。于秋茧也什么都没问。只是于喜楼对家里突然多出来的姜岫感到意外，就像她不曾参加过她们的结婚典礼，不曾记得这个男人已经娶了自己闺女一样。于秋茧给她煮了小米粥，她一口气吃掉两碗，然后蒙头大睡。

姜岫还在猜测她去了哪里，于秋茧说随便走走。姜岫惊讶极了，随便走走，说走就走，说回就回，不知这是哪一出戏。于秋茧说，她可能去清空自己了，清空了，再回来，就没事了。姜岫更惊讶了，自己的妻子说出清空自己的话，让他刮目相看，又隐隐觉察她的深奥。于秋茧哪里深奥，这话是她从母亲日常的念叨里听来的，她知道母亲是大学生，她愿意记下来母亲的一些看似神经兮兮的自言自语。有时候她甚至还会想，假使母亲没来雾云，假使自己生在大城市，那自己岂不是一个也能读大学的城里人。

于喜楼的第二次失踪是在姜树怀跟他的女人失踪之后的某一天。

先是姜树怀和他的女人。当时有人看见姜树怀拿了一根麻绳牵着他的傻女人，出了雾云村。那人只当他又带她随便走走，散散心情。姜树怀的女人从哪一年变成了傻子，人们大概记不清楚，这个腼腆的女人从来就是一个容易被人忽略的人，没有存在感的人。人们只记得，隔三岔五，在早上或者傍晚，姜树怀总带着她的女人四下转转，说是怕闷疯了。傻都傻了，跟疯有什么区别，人们虽然不明白，但是从心眼里敬重他。难得他肯带她出来，没有嫌弃的意思。他总拿一根麻绳牵着她，麻绳一端拴在她的手腕上或者腰上，一端拿在他的手上。俩人之间的距离隔得永远正好，绳子松松垮垮，不会扯疼或者勒着她。

姜树怀和他的女人失踪后，她们的女儿姜玉玉和乡邻寻找他们三天三夜，都没有摸到一丝踪迹。种种猜测，都指向一个不明朗的又潮湿的结论：生死未卜，生的可能越来越小。

于秋茧因为这事从镇上回到雾云。她倒不是来加入寻找的队伍，而是担心于喜楼。她知道于喜楼和姜树怀的特殊而又微妙的关系，不远，却隔着一层薄的网纱，她做女儿的不能去点破，旋一个小风吹都不行。她只想静静地陪着她。

于喜楼的失踪在她的预料之内，她总觉得她不会坐定不动的。这次于喜楼离家之前，将她的钥匙放在了桌上显眼的地方，也许就是告诉于秋茧不必着急，她还会如从前一样平安回来。尽管如此，于秋茧还是担心，毕竟这次是姜树怀找不到了，于喜楼不可能平静。

这次于喜楼只走了一天，从清晨到夜半。于秋茧听见开门声，听见沉重的脚步声，她知道她回来了。她假装睡着，并没有惊动她。但是那一刻，她的心也如于喜楼的脚步一样沉重极了。

第二天，太阳照在于秋茧的脸上，于喜楼拿一条毛巾加上自己的身躯一起欲挡住光线。于秋茧被她小动静惊醒，于喜楼说窗帘烂掉了，没来得及挂新的。于秋茧说阳光刚刚好，于喜楼点点头。

回到镇上，于秋茧抱着姜岫哭起来，哭得悲痛。姜岫忙问她家里出了什么大事，她说没事了。平静下来后，她问姜岫，女人等一个男人怎么那么难。她说于喜楼太难了，于喜楼一辈子围着姜树怀，不舍得离开，不舍得让他为难，最后还不是输给了姜树怀的女人。她说那才是最聪明的女人，她知道如果她不生病，她可能拴不住姜树怀，她就生病，生假的傻病，她才不傻，她精着呢，她利用了姜树怀的善良和怯懦。姜岫笑笑。于秋茧问，难道不是吗？姜岫说，我听说的不是这样，我听说她是被吓傻的，别管怎么样，都弄不清楚了。于秋茧问，要是有一天，我也傻成那样，你会不会拿一根麻绳牵着我？姜岫说，揣着。

如果不是顺着情绪说下去，于秋茧是不会这么直接地问姜岫这样的问题的。她了解姜岫，姜岫不喜欢一切张牙舞爪的东西。他说过，大声讲话，讲自己的看法，表达激烈的情绪，都是张牙舞爪的表现，一个女人不能这样。

于秋茧愿意按照姜岫说的做，再说了她本来就是一个温顺的人，否则姜岫也不会看上她。姜岫在镇上的粮站工作，自身条件比于秋茧好多了。姜岫还那么勤奋，他许诺一定要让她过上整个雾云乃至整个莺堖镇最幸福最富有的生活。

儿子绕绕出生的第二年，姜岫去了一趟广州。那个地方，对于莺堖镇的人来说，简直是天边的地方。姜岫回来给于秋茧带了一枚18K金戒指和一条修身包臀的连衣裙。姜岫兴奋地告诉于秋茧，广州那里挣钱太容易了，他遇见了同一个县城的老乡，那老乡带他做了一单生意，没想到就挣了一只戒指的钱。姜岫说他许给她的幸福而富有的生活就在眼前了。于秋茧被他的兴奋和甜蜜包裹着，内心却隐隐不安起来。

姜岫辞去了镇上的工作，去了广州发展。临走去见于喜楼，于喜楼说，人越走越远，别回不来。于秋茧怨于喜楼说话难听，又不吉利。于喜楼笑着说恭喜发财。

姜岫说等那边安顿好就回来接于秋茧和绕绕。于秋茧等啊等啊，常常走神。一条裤子，能把裤腿给人家缝到一起；一件褂叉，开了五个扣眼，却钉了六个扣子，来人抱怨说，四六不上身，这六个扣子，分明是不吉利。

过了一个夏天，又一个秋天，等到一场大雪之后，再等到山上的雪都融化得干干净净了，姜岫还是没一点儿消息。春天也迟迟不来。于秋茧发烧，咳嗽，病了一场。等她再好起来，整个人都瘦掉了一圈。

有一天，有陌生人上门来，说来自外地，是姜岫的朋友。于秋茧问是广州吗，那人说不是，姜岫早就不在广州了。那人说姜岫犯事了，在那边偷了一个姑娘的内衣，被发现，那姑娘就告发了他，他怀恨在心，买了刀去吓唬她，那姑娘的男友在里屋洗澡，听见外面的争吵声跑出来，被他失手砍了。然后，他就跑了，躲起来了，警察四处抓他，都没找到。估计警察快来莺塅镇了。那人瞅瞅四周，压低嗓门，如果警察来问，千万别慌。

于秋茧听得心惊肉跳，又羞又恼，可稍微一安神，她便觉得这话讲得像故事，更何况她最了解姜岫了，姜岫怎么会是一个偷东西的人？偷东西吧还偷女人的内衣？关键是，姜岫没胆量挥刀砍人，他不喜欢一切张牙舞爪的东西。除非他喝多了，两次都喝多了。

于秋茧对来人说，她不信。那人摇摇头，说爱信不信，他只是捎信儿过来而已。他跟姜岫和姜岫的生意伙伴都是朋友，那生意伙伴让他如果回老家务必拐到莺塅镇，务必见到姜岫的家人，告之姜岫的情况，让其家人这些年不要找他，也不要担心，他应该能躲过去。过几年风声不紧了，他换个头脑面目，再出来混，一般没人较真相认。除非被害人家属，但是那家属也没见过他真人。只那个被偷了内衣的姑娘见过，那姑娘在男友被砍的一刹那，吓疯了。她完全不能指认他。

于秋茧赌气，编，接着编，看能编多圆。于秋茧将案上一块蓝黑布料剪了一刀又一刀。那人生气地说，算我多管闲事。那人走后，于秋茧关了裁缝铺的门窗，一个人坐在缝纫机前，咯噔咯噔，咔嚓咔嚓，双腿空蹬，侧轮飞转，都是虚的，她的头脑也是虚空一片。

她想去找姜岫，才突然记起那人说姜岫早就不在广州了，就算那人撒谎，她也无法确定姜岫具体在广州的哪儿。广州只是姜岫曾经对她说起的一个地名，只说在那里容易挣钱。她懊恼极了，竟然在姜岫出门前没有问清楚。所以，现在，她也无从寻找，无从去打听。

她跑去找于喜楼，于喜楼却是轻描淡写地说，假如他躲着她，命运躲着她，就算在广州，又如何能找得到。她说，真怕那事是真的，害怕得很。于喜楼说，谁知真假。

于喜楼让她带绕绕暂时搬回雾云。她也认为只能这样。第一，她不想面对镇上人的问询，他们总会热情地问她，你家姜岫出息了吧，什么时候回来啊，在外面做什么，在哪个城市发财。诸如此类，从不会撒谎的她，怎么也应对不了。第二，她不想让儿子在这样的环境里生活，她无法面对以后儿子的问询，因为她不能对儿子讲一套，对外人讲一套。第三，假如，假如真如那陌生人所说，姜岫出事了，警察来了，姜岫的事早晚会在镇上传开。她不敢面对，更怕儿子早晚会知道。还有关键的一点，假如，假如真如那捎信人所说，姜岫出事了，逃跑了，那么他能去哪里？在外面躲避不住，说不定会回雾云，雾云山那么大，那么深，足以放下他。

搬回雾云后，于秋苗接替了于喜楼的裁缝工作。于秋苗回答村人的问询，是这样回答的，姜岫在广州做大生意，总不能回来照顾他们，她们娘儿俩还是在雾云住方便。

到了过年的时候，她带着年幼的绕绕爬山，倒车，去往县城。两天之后，欢天喜地地回来，说在城里跟姜岫一起过的年。姜岫忙，太忙了，过完年就得往广州赶。

随后的第二年第三年，她依旧在春节前后带绕绕去县城，跟姜岫会面，一家人一起过年。只是再往后的一年年底，她又突然哪儿也不去了，待在雾云，跟于喜楼一起包饺子，带儿子挨家串户磕头拜年。关于她为什么不去跟姜岫会面了，没人问她，绕绕也不问。之后，她再也没出雾云。她时常会在人前提一句，姜岫托人寄钱了，姜岫在那边挺好，姜岫挺忙。好像“姜岫”这个名字，如果长时间不去触碰，会结冰，会落满尘埃，扫都扫不动。

所以当绕绕出事，于秋苗去求老莫帮忙，不由自主就提到姜岫。难道跟老莫提姜岫，是在对外界说自己还有男人吗？虽然这个男人多少年都未曾回来过。

于秋苗想，绕绕闯祸，且又是闯下这桩这类祸事，调戏羞辱女人，这跟他父亲姜岫惹的那事又有什么不同？难道真是有其父必有其子？于秋苗最害怕这种逻辑关系，倘若真是如此，儿子绕绕在雾云欺辱了葵哑巴，那么当爹的姜岫就一定真在一个不知名的大城市的某一天偷了一个女人的内衣，然后跑去那个女人家，砍了光着身子的女人的男友。如果这样，对于姜岫的那点幻想便被迫灭掉了，他就真成了一个货真价实的流氓淫棍。这是最可怕的，最不能容忍的，也最自取其辱的等待，对于于秋苗来讲。

夜空没有星星，也没有月亮，黑压着头顶，各家透出的灯火单薄而遥远。仿若木偶，于秋苗的线一直提在姜岫手上，她又得努力撑着姜岫最后的面子。儿子出事，这么大的事，她千呼万唤他不到，那个木头造的框架就在顷刻间离散了，崩塌了，只是她还无法承认。

于秋茧晃荡在回家的路上，百感交集，索性蹲到地上，放声大哭。

第二天，老莫捎话给王进金，下午要在于秋茧家里谈赔偿问题。

于秋茧清扫了庭院，将屋里的家具一一擦过，将那把蒙了一层油泥垢的烧水壶拿钢丝球仔细刮了，不算明净的壶面在探进屋里的太阳光照下，倒影出于秋茧模糊的身影。她今天穿了一身月白色套装，大翻领、圆抹角、掐着腰线、双排钉扣的褂子，熨烫了笔直两根裤中线的直筒裤。

于秋茧将赔给葵哑巴的钱用一只粉红色碎花手绢包了，放在裤子口袋里，鼓鼓囊囊的，顶出一个大包，看着实在别扭。她又将它取出来，放在当门的桌子上，拿一只馒头筐子倒扣过去。

老莫从画四娘家门口路过，顺便喊了她一声。他临时起意，这场谈判最好再叫一个外人在场，而这个外人还不能是太不相干的人，起码要跟于秋茧家或者葵哑巴家有交集。而画四娘就是一个这样的人。一方面她跟于喜楼关系不错，另一方面她家映山常常与葵哑巴混在一起，葵哑巴也时常地会去她家走动。除此之外，还有一个隐形的层面，那就是画四娘跟他老莫也不是见外之人。老莫年轻时候动过念头，想跟画四娘好。画四娘那时也多少有心于老莫。但是两人之间又不是很强烈地想要凑到一块儿的那种感觉，那好感就越放置就越轻淡，最后竟然不了了之。两人谁也不说破，倒也相安无事，还能互相照应。比如说画四娘，找个男人帮忙做点事情，会想到老莫，也不用特别表示感谢，就是日常里会送点吃食礼物，显示一下亲近。

画四娘听明白了老莫的意思，没有推辞，想着能做调和也好，便关了门窗，随老莫走。

这天，万芳专程从镇上回来。到于秋茧家时，她的额头还挂着汗珠，许是赶了紧路，还没做停歇。王进金跟在她身后进的门。

于秋茧让了座，给人到了茶水，又将一盒香烟摆在老莫和王进金的跟前。老莫没动，王进金刚要伸手，被万芳啪地拍了胳膊。万芳也不着急，只是扫了他一眼，指指自己的肚子。

老莫说他管这个闲事，是看在两家老人的面子上，也请他们给他一个面子。事出来了，就得想办法抹掉，闹得大了对谁都没好处。

王进金说全听老莫安排，只要能说得过去，让他替姐姐出一口恶气，让压在王家头上的耻辱减轻一点，怎么都行。

老莫说，现在这个事谁也说不准有多严重，但受害的都是葵哑巴，所以于秋茧必须补偿一部分钱给王家。

于秋茧忙说，必须给，千错万错都怪自己养了一个畜生儿子。自己对不起王家，对不起葵哑巴。

于秋茧走到当门桌子前，掀开倒扣的竹筐，取了那手绢包。她两手捏着说，临时只凑了这六千块。如果有七千，肯定不会给六千，她都觉得这六千太少了，不足以弥补带给葵哑巴的伤害。

王进金推开那手绢包，说最低得一万，他不是在乎多少钱，他看着姐姐心疼。钱能买回姐姐的清白吗？不能。钱能买姐姐不疼不流血吗？不能。那他们要的就不仅仅是钱了，是一个态度，一个态度问题。

老莫说于秋茧家困难，这六千里还有自己借给于秋茧的一千块。他让王进金得饶人处且饶人。

王进金连连给老莫解释，不是自己不是人，不通情理，先前所说让于家给葵哑巴磕头的事就先算了，那是绕绕混蛋的罪，等抓到他让他再跪。现在就是这一万块的问题。

画四娘一直没有说话，这会儿才开口，这事儿，你们问没问葵哑巴？

万芳抢在王进金前面说，她不说话，她要是说话就好了。再说了，要多少赔款，让她怎么说？她哪里还有脸面说这个。

就是，就是，不用问！还要问什么？她现在都被刺激成啥样儿了！成天跟她的猪一样，只知道闷头睡。王进金说，睡醒了还哭哭啼啼，没完没了。

画四娘哦了一声，又一字一顿地说，映山说绕绕没得逞。

映山？映山怎么知道？映山看见了？王进金连连问。

画四娘说，他能看见，但是那天他没在，当然不是他亲眼看见的。他常常到葵哑巴那儿串门子，他知道绕绕没得逞。说不定就是葵哑巴告诉他的。

映山的话……映山的话……映山的话……王进金本想说映山的话也可信吗，一个傻子的话能信吗？但是，他试了好几次都没敢说出口，在画四娘的跟前，他还是有点犯怵的。这跟他小时候的一次经历有关，有一回他生病发烧，烧到迷糊，用了民间土方子，也吃了村医开的药，还拿凉水一直擦腋窝和额头，就是不见烧退。嘴上起的水泡，被他迷迷糊糊咬破，又咬破了嘴唇上的皮肉，弄得一副血糊糊的可怜样。家里没辙了，抱他去求画四娘，画四娘让他们将他留下来，其他人出门等候。后来，他给家里人讲，画四娘关了门，给他吃了一把豆子一样的东西，用水灌下去。然后，画四娘又绕着他急走，口中念些听不懂的话。等画四娘一头大汗坐在地上，他的头也不疼了，睡了一觉后烧也渐渐退下去。有人问他画四娘唱的是什么跳的是什么，他说那会儿迷糊，只觉得有一个白头发的魔鬼从脚心钻出去，变化成一股白烟飞走了。这件事后，他远远看见画四娘就像看见了满嘴血泡的自己，心里还是有点怕。

老莫说，如果畜生绕绕没得逞，事情的性质就没那么严重，不严重不代表没罪。到底绕绕犯了多大罪，还是报派出所吧，听上边处理。就是不知道他们得调查到什么时候。绕绕跑了，葵哑巴还苦着，真是作孽。不过俗话说得好，关门打脸不叫丢人，十里八乡显摆就得扬名了，绕绕家不好，王家也沾晦气。你们说要是真愿意私了，就痛痛快快，别他娘的扯淡，趁现在还没撕破脸面。

众人看向王进金。他想了想说，好吧，就是……

不行！绝对不行！王进金的话还未说完，就被万芳急急忙忙截下。

这个小巧的外地女子忽地离开坐椅，弹跳到地面上。她直了直腰背，一字一顿地说，我们不要钱！

她又挺了挺腰背，向前挪动几步，站在离王进金近一些的位置，说，我们真不要钱，一分都不要！

老莫问，你什么意思？

万芳没有回答，而是径直走到于秋茧跟前，对于秋茧说，我回村时间少，我该叫你什么呢，婶子吧。于婶子，我就是想问一问，你家绕绕今年多大了？

于秋茧不知她想要做什么，叹口气说，早过十八了，该抓走他。

我不是问你够不够被警察抓起来。万芳说，刚才老莫大叔那意思我懂，要是绕绕没得逞的话判不了几年，就算一年，一年不也是住进去过吗？你们说的没得逞的意思无非就是没强奸得手吧？他下嘴咬掉我姐的……我姐的血衣在，伤口在难道要鉴定伤残级别？

不说这些了，我还是想问问婶子，绕绕多大岁数？万芳说。

二十一。于秋茧轻声说。

二十一！二十一也不小了，该懂事了！还不懂事，就是你的错了，婶子。万芳停顿了一下，说，他二十一，我姐三十一，差十岁，算不算差呢？

差得还不小。画四娘冷冷一句。

差十岁，不小不大。我的意思，婶子明白吗？万芳只看向于秋茧。

这……于秋茧觉得舌头被死死地卡住了。

你考虑考虑再说！我们不贪财！万芳狠狠地盯了一眼于秋茧，从鼻孔里发出一种奇怪的哼声，让于秋茧浑身难受。

王进金想起什么来，拿胳膊碰碰万芳，说，不能叫她婶子，乱了辈分了。万芳瞪他一眼，转身就走，王进金慌忙跟随。俩人走到院外，万芳又折回头，冲着屋里沉闷的三人，轻飘飘地说了一句，映山在我家，映山跟绕绕同岁吧。

画四娘站起身，却是什么也说不上来。

于秋茧心神不定，万芳提出的要求太突然，一点儿也不在她的考虑范围之内。从一位做母亲的角度说，于秋茧不愿让自己的混账儿子娶一个年岁又大还干着劁猪行当的女人。虽然，在另一个层面上来看，绕绕也未必配得上踏实的葵哑巴。

老莫对她说，要是没别的办法就先答应下来，等什么时候绕绕回家来再说。

于秋茧说，不知道那个畜生跑哪儿去了，也不知道他什么时候回来，假如他不回来了呢。说完这句，于秋茧心中又是咯噔一下，被她当旧尘埃清扫出去的姜岫又跑回来蜇了一下她的嘴。看来今天早上的一番忙活，徒劳了，"姜岫"散不去。

老莫叹口气，说再想想吧，再想想。画四娘则说，她要去找映山回家。

于秋茧送他们离开，然后关了院门，一屁股蹲坐在地上，整个人像散架的木偶，心神撒得各处都是。她思前想后，还是做出决定，她要在答复之前，无论如何讨葵哑巴一个回话，她开不开口不要紧，哪怕只点头和摇头，她也得探出她的真正意愿，这很重要，甚至会成为扳动事态发展的关键。

四、画四娘

画四娘没想到孙如汀这个时候回来，当他出现在村口时，雾云第一个发现他的人跑到画四娘家报信儿。

画四娘将一根卷烟拦腰拧断，暗黄的烟丝抖在了迎门的八仙桌上。她用大拇指和食指轻轻地捏起一小撮，放在鼻子下，深吸一口，闭上眼睛。进入老年的她，越来越喜欢且习惯闭着眼睛说话，闭着眼睛想事情。

她一动不动，将自己放置在椅子上，如果不是一阵风吹进来，她的灰白的头发挑了一下，真会被当成石头人。这状态，也像她寻常的“睡着”或者“睡去”，而非寻常人的“睡着”或者“睡去”。寻常人“睡着”，无非是休息，再多就是做一个梦，美梦、噩梦、无关紧要的梦、忘了形状的梦，然后醒来，自然醒、被吵醒、惊醒、喊醒。寻常人“睡去”，就更简单了，意为去了人世间的另一边，永远回不来。

她的“睡着”和“睡去”在雾云人眼里，更多的时候像一种仪式。如果分开轻重缓急，一般状况下，她选择“睡着”，严重情况下她才“睡去”，无论哪一种，她都能醒来，告诉你一些你想知道的东西。但是你不能深问，除非她要说，否则你该小心她的坏脾气了。

倘若一个人的坏脾气也被大家接受，那她的坏脾气之下定然有让人怕的东西，究竟怕哪样谁也没分辨。更不会有人为此去交谈，从而得出什么必需的结论。

画四娘的这种灵通也不是天生就有，雾云人记得大概是在映山回到雾云之后，画四娘才开始显出本领。然而维持了仅仅三五年的工夫，那灵通又自行减弱了。人们说是定数，也有人说那是过路的哪位仙人暂时寄居在她身上。雾云人敬畏一切神秘的事物，说不透，也不说透。到了后来，人们还是习惯来画四娘处问一些发生在生活里的极小的问题，比如谁家丢了鸡狗，她掐指一算，便能告诉你从东北方向寻去吧，或者往山中的哪个洞穴看看，一般都能找回。也有特殊情况，她说那牲畜逃过了她能看见的范围，这样的外逃者，往往是找不回来的，就算找回来，也被移了魂魄，被当不祥之物，难免早早挨刀入锅。她对人说她能“看见”。映山也能。人们不知是千鸟魂托生的映山厉害，还是画四娘更厉害。

在雾云，只有一人认为画四娘在故弄玄虚，她说画四娘的通灵其实是抓住了一些人的人性弱点，无非就是善于观察，她的功夫来源于揣摩加自身的敏锐。画四娘神秘一笑，并不做辩解。于喜楼还是会到画四娘家走动，她常常问，你觉得你这是巫术吗？你是女巫吗？画四娘从没听说过女巫，不知女巫什么样子。

于喜楼睡去的那一年，画四娘对于喜楼说过一句话，这句话把在场的于秋茧说得好一阵痛哭。画四娘说的是，你命多苦你知道吗？你苦不苦，你苦不苦跟谁说？于秋茧问画四娘，于喜楼在那边能不能见到姜树怀？画四娘说那边也有姜树怀女人。

想起于喜楼，画四娘猛起了一阵咳嗽，两个手指捏着的烟丝荡开去，轻飘飘的，像女人的命运，也像二十多年前的烟雾。

在这层烟雾里，她站起身。她觉得身体轻盈起来。她顶着烟雾，披着它给予的纱衣，缩小至进入它的内部。她走出了屋子，走到了院子里。她继续顶着烟雾，打开了院门，走出去，走到街头。

顶着烟雾，她突然对外宣称，她的魂刮走了。刮到了雾云山顶的一棵大树的枝丫上。那里有鸟织就的窝，她的魂就暂时住在那个窝里，没人打搅。

孙如汀找过来的时候，她也对孙如汀说，她的魂被刮走了。她现在只有一个身体，核桃壳一样的东西。

孙如汀说她，糊弄过来糊弄过去有什么意思。孙如汀说是来道歉的。孙如汀一说话就翻白眼，这让画四娘的身体觉得奇怪。画四娘问他，你生过大病？报应。

孙如汀说，我回来，想认我的儿子，我不见得比你活得更长……所以，你不能糊弄我……

画四娘说，映山真是万物生的！那座山是他爹，那条水是他爹，月亮是他爹，风是他爹，千万只鸟魂是他爹。

孙如汀说，我把他安排到县四中做个花匠，每月能领差不多一千块钱工资。过两年，没我这个人了，他们会给他一个更轻松些的工作，工资也能涨不少。这个，我已经策划好了，只需要你同意，我就带他过去。

画四娘说，什么打算？坑人，还是害人？

孙如汀说，起码比在这里要过得好，我会让他慢慢地走上一个正常人的生活轨道，说不定他还能娶个媳妇。如果……我是说如果，如果我还能得到一笔补偿金，我准备提前立遗嘱，都给他。这样，你能看出来我是真想帮你们了吧。

画四娘说，他是万物生的，该万物帮他。

孙如汀说，怎么也说不明白了，我不跟你说了，我去找他问。

画四娘说，他是个傻子，你也骗？

孙如汀说，看来你对我有误解，当年不是我害结衣。杀死她的人已经被抓住了，你没看报纸吗？哦，你不认识字，这里没报纸。我也没看，这么大的事，不看报纸也能听说吧。

画四娘说，你满嘴放炮，你来撒野的吗？宋结衣从扔下映山就没回来过，这个贪图富贵的女人，这个没良心的女人，这个在别人家屋檐下混吃混喝的坏女人，要是让我逮着她，我非扒了她的皮，让她跪在他爹坟前，跪死她！

孙如汀说，我和赵耕田、老土、孙狐狸都相中宋结衣了，这不假，可是宋结衣说她相中我了，也相中赵耕田了，她愿意跟我好，也愿意跟赵耕田好。但是她跟老土和孙狐狸都上床了。她后跟孙狐狸上的床，孙狐狸说她浪得很，老土就敲了孙狐狸的脑袋。你知道吧，那一石头下去，孙狐狸的脑壳都碎了，白色的脑浆和红色的血水流了一地，流啊流啊，流到门口，这事就瞒不住了，你想，瞒不住了怎么办，只能跑了。宋结衣跟老土跑了。后来，老土又回来了，是被孙狐狸的大哥二哥拿绳子捆回来的。孙狐狸的大哥二哥用同样的办法敲开了老土的脑壳，老土的脑壳也像开了花一样，烂了一地。当初孙狐狸的大哥二哥没报警，就是为了等到这一天，他们要的可不是老土坐牢，坐牢可舒服啦，对老土这个懒货来说。所以他们不让他得逞，他们要以其人之道还治其人之身，他们要让他死得跟孙狐狸完全一样，差一点儿都不行。孙狐狸的大哥二哥后来就跑了，跑出了雾云，跑远了。这些你总该听说过吧？

画四娘伸了一下腰背，她有点累了，她说她的身体就是容易累，她得找个靠背。她坐回到当门的条椅上，微微闭上了眼睛。她的身体像倒挂的蝙蝠，四周就是阴湿的洞穴，有些冷。画四娘一点儿都不担心被大风刮走的魂在山顶大树上的鸟窝里是不是安生，她不清楚那只鸟窝能给她多少时间。孙如汀在她跟前喋喋不休，她任凭他胡说，都说出来最好。

画四娘直了直被大风刮走了魂的身体。

孙如汀抿了抿干裂的嘴唇，说，老土死后，宋结衣又回到了我和赵耕田的身边，为了杜绝老土与孙狐狸的悲剧再次发生，我和赵耕田不约而同地要求对方坦诚，不能暗藏杀机。至于宋结衣到底跟谁，这个让宋结衣自己决定好了。宋结衣还是说那老一句，她相中我了，也相中赵耕田了。我俩只能逼她，非选一个不可。哪想到她说她选俩，她说男人能娶俩，女人为什么不能。她不但要选俩，还要让我俩在雾云山上给她造一座大房子，她将在那个大房子里为我和赵耕田生一群孩子，她喜欢哪个孩子哪个孩子就是老大，老大有继承这个房子的优先权。我们也想不出更好的办法，就先迎合了一下宋结衣。然而私底下，我和赵耕田则再次约谈，我们从下午谈到天黑，天边的星星龇着牙，唾液滴在山上，顷刻粉碎。依旧无法解决问题。我变得狂躁，我不断地制造着各种事端，我自身的，与乡邻之间的，跟宋结衣、赵耕田没有任何关系，我不能让他们小看我。争吵和打骂之后，产生的快感，我以为比跟宋结衣在一起不少多少。赵耕田似乎比我有耐心，每天都如拉磨的黑驴，在一个老地方，转着老圈子。宋结衣越来越美了，她依偎在我或者赵耕田的怀里，总是提到山顶的大房子。夸张地是，她能从我这里离开不到十分钟就去赵耕田那里，而假若赵耕田不让她开心，她扭头便又来找我。这让我和赵耕田陷入了巨大的折磨和痛苦之中，我们都太高看自己的忍耐和解决问题的能力了。

画四娘的身体发出鄙夷的笑声，你就编吧，你能从山里编到县里学校，都靠的舌头吧。你是于喜楼的得意学生吧，她都教给你这些？这些什么——学问？学问当个屁用。简直是狗屁。

有口水喝吗？孙如汀说，我从早上赶路到现在，都没顾上喝水吃饭，我怕天很快黑下来，我走得太快了。

画四娘说，门后边有水缸。

孙如汀这才将双脚从门槛外伸进屋里。黑夜已经有了笼罩下来的意图，它先将混沌感拉扯成幕，人就成了幕布上的污点，谷子大小，随风飘荡。映山还没有回家，画四娘也不着急赶走他，她不怕映山撞见他，她甚至要等映山跟他面对面，她将明确而坚决地警告映山，不许这个男人走近。他要是硬缠着映山，映山若是动摇了，她就动绳子，映山怕她的绳子，映山还怕她生气。

孙如汀咕咚咕咚猛一阵灌水，像龟裂的土地，伸着脖子吞吃突然而降的夜雨。他揉了揉肚子，继续说，像三根麻绳，绞缠在一起了，解吧难，不解又不痛快。宋结衣将我俩带到山神庙里，让我俩发誓。我读过书，我说的是永远爱她，不舍弃。赵耕田说，他要做她一辈子的牛，耕好她这片肥地。宋结衣问我们给她什么，我觉得给一个女人就得给一颗心，我就说给她整个我的身心，赵耕田说给她一座大山，早晚有一天，等他有了山就给她山，有了水就给她水，有了什么给什么。我和赵耕田为此争执不下，我的说法是山水都是大自然的，怎么能随便拿去送人？谁也没有这个权力，山神更不会允许。赵耕田说我酸不拉唧，说我的身心就不是虚的吗。我说不是。赵耕田说那你杀死自己，拿你的心和肉给宋结衣，才算你说的是真的。这里是山神庙，我不敢多说，生怕冲撞了他老人家，也怕一语成谶，说多了不吉利。哪想到宋结衣哈哈大笑，说她要一个人的心没用，因为一个人的心是最容易腐烂的，人吃五谷还吃肉，吃得多了就沤出臭气，臭气往里走，就淹了心脏，那玩意儿就坏了。

夜色开始往屋里浸，一点点地如腌菜的过程，气味隐着，盐分往蔬菜的筋骨里爬。孙如汀说累了，自己找了一把椅子坐下。

你了解你的闺女吗？孙如汀问画四娘。

画四娘说，不知道她怎么想的，能扔了自己孩子，一个人在外面逍遥自在，逢年过节也不捎东西，也不寄钱，怕是养了小白脸吧。

你……你怎么能这么说她？孙如汀有点激动，肩膀抖了一下又一下。画四娘觉得正是因为他的魂还在身体里，所以他的抖动沉甸甸的，没有画四娘那样飘起来的感觉。

一个骗子替另一个骗子说话吗？画四娘说。

不是，我告诉你，我跟宋结衣的感情是真的。我不是喜欢读书吗，我不是喜欢缠着于喜楼给我讲史吗，于喜楼很乐意。于喜楼还教给我一个大本领，也不是大本领，算是什么呢，就叫作写诗吧。于喜楼说在雾云之外很远的地方，大学生们将读书当成每天的事情来做，跟我们雾云完全不一样。如果没有于喜楼来村里，我怎么也认识不了一斗大字。她说那些大学生们还喜欢写诗。我不知道什么是诗，于喜楼告诉我，你喜欢一个姑娘，想对她喊出来，又不敢，这就叫诗。我就特别想给宋结衣写一首。经过一番琢磨，我还真写了，这首诗我一直记得，我念给你听吧——

我想了无数个晚上，我踩着星星想，踩着月亮想，我踩着我的心，肮脏的心去想你。你还是白色的。

宋结衣虽然听不懂，但是宋结衣很兴奋。我们彼此感觉到对方在自己身体里扎了根来。而我刚才提过的那个赵耕田，他听了我写的诗之后，他将一口吐沫吐到我的布鞋上，害得我恶心老半天。他说他更恶心。你看，一个用诗歌表达心意的人还不真诚吗？在雾云这座山里，我就是一个奇迹。于喜楼说我是一个绝对的奇迹。所以我才会拼命爬出去，爬到外面去。

黑暗彻底来了。黑暗掩盖下的孙如汀的语速变得飞快，看得出来他轻松多了。

画四娘猜想，这会儿映山应该正在葵哑巴家吃饭。自从葵哑巴出事，画四娘常有意无意地放映山过去，她还允许映山在那里吃过饭才回家，那样在傍晚天色将暗的时候，也能陪陪葵哑巴。

黑色越来越浓，染得整间屋子都有了一种特别的气味，这气味带着侵蚀性和诱导性，使得画四娘和孙如汀都越来越松弛，有剪开喉咙和胸膛倒话的冲动。如果不是这夜里过于黏稠的黑色，不是画四娘突然宣称丢了魂，那么这一切都不能如此进行。他们竟然说出了俩人一辈子都不能跟对方说的话，当然是指数量和繁复的程度。

你当年针对宋结衣造的谣，可比你今天说的这些还要恶毒，还要丢她的脸。画四娘说。

孙如汀说，这……怎么能是造谣呢？这……

你不可能说出全部的实话，你这个造谣的家伙，专门污蔑人的家伙。画四娘说。

孙如汀打了个哈欠，然后向黑暗里使劲缩了缩身体，我夸大了事实。

我也没办法。她后来跟着赵耕田走了一段时间，我简直要痛苦死，我发誓他们再出现，我一定亲手宰了他们。再次见到他俩，我的火气就没了。她偷偷跑来找我，告诉我她后悔跟赵耕田好了，赵耕田办那个事后爱骂人，还爱打人，他常常将她身上拧得青一块紫一块，她的一颗门牙也是他给弄裂的。他推她，她撞到在板凳上，牙齿磕在那上边。

你就没有动过手？画四娘隔着黏稠的黑色，扔出这句问话。孙如汀接住，我不是没有动过手，我也动过手，但我不是跟赵耕田那样下力气，我只是吓唬吓唬她，我哪里舍得真打她。我也没办法，她总是跑，跑来跑去。有时候我就怀疑她不是人，我的意思是她根本就不像一个正常的女人，哪有正常的女人出尔反尔啊，我没说她朝三暮四。她变化得简直太快了，她比天上的云彩都快。我这样说过她，她不以为然，给我一副嘻嘻哈哈的表情，她告诉我真能当云彩就好了，愿意飞哪儿飞哪儿。那天她又缠着我要一个云彩王国。我突然就被她的单纯打动了，我能原谅她跟赵耕田外逃的那许多天发生的事情了。

我怎么听说你打她，往死里打。有人见你剪了她的头发，你用手摁着她的头，摁到水缸里，再拽出来，她的脸上都是血，跟鬼一样。这也有假吗？画四娘说。

你别着急，你得听我一点点往下说，我还没说完。后面的事情，我也得仔细给你说。我的时间真的太少了，我活不过你，你是通过仙的人，我是凡人。孙如汀哈哈笑了，笑毕，他的声音又沉下去，像一下子被人摁到了泥潭里，喉咙口塞了一把滚着泥沙的杂草。他说，实际情况是我真活不过你。

孙如汀叹口气，稍微停顿了一下，接着说，我记得，那天下了一场大雨，整个山林都被冲刷得干干净净。我却莫名其妙地感伤起来，再过几天我就彻底能走出雾云了，我一下子高兴不起来。我去问宋结衣愿意跟我走吗，如果她同意，我就算背着她也得闯出去。我没考虑后来的困难，或者真带她出去以后，在城里见到比她更好的女人，我会不会动摇。人性的东西很难说。之所以说这些，是因为我在城里真遇见了一个更好的女人，更适合我的女人，我跟她结婚了，然后又离婚了。离婚的原因也同样简单，我又遇到了一个更好的女人，这已经不仅仅是适合不适合的问题了，我进入了一个更高层级的追求，对于感情生活。而这个女人能直接进入我的灵魂。当然她根本不会跟我结婚。她是有家庭的人。她对我的表白无动于衷，我只能忍着痛苦。当我扭头离开她，远远地看着她，她却又朝我走来一步。我和她的关系暧昧不明。我就说人性这东西，丑得很，自己跟自己扳来扳去，还得处处找理由。所以就算当年我带走了宋结衣，我无法保证跟她一辈子待在一起。这句话，放在现在说，我保证我是认真的，我不怕被谴责。我的时间已经很少了，我有什么必要说谎呢。

我还是接着说那场大雨之后吧。我约了宋结衣见面。我不能给她在山上造大房子了，我也不愿意赵耕田给她造。我对她说我反正是要走的，就看她了。宋结衣没有急于表态。宋结衣茫然地看着远处的雾云山，我却没有看她。我始终偏着脑袋。孙如汀说到这里，又下意识地偏了一下脑袋，像是怕它会突然丢掉一样。

画四娘说，你偏着脑袋骂她的吧，祖宗八代骂遍了。你还说你念什么诗，狗屁不通的东西。

孙如汀说，我的愤怒是因为她不表态，也是因为她和赵耕田一直藕断丝连，她为什么就不能离开他呢？我必须承认，那些天，我闭上眼睛都会看到一个可怕的画面——宋结衣的脑袋被人敲开了，那手法和场景居然跟老土和孙狐狸遭遇的一模一样。甚至，我还走近那个血肉模糊的场景里，我抚摸着宋结衣的脑壳说，我也有这么一天的，不知道哪个家伙对我下手。我无数次地看见宋结衣的脑袋被敲开了，一石头下去，干脆，绝不犹豫。我握着那块石头，我握着那块石头……可我没敲下去！我仿佛中了魔怔一样，我听见老土和孙狐狸在我的脑袋里敲，不停地敲……咣咣咣……我无法停下来。为了怕出现意外，我让人将我的双手捆起来，不怕你笑话，我实话跟你讲，我跟宋结衣最后一次做爱，我是捆着双手的。等解开绳子，我又出现那可怕的幻觉，我握紧了手里的石块，我冲着宋结衣的脑壳敲下去，一下，两下，三下……孙如汀忍不住小声数起数字。

画四娘呵斥他，你到底要干什么？

孙如汀说，为了避免幻觉，为了避免这一切可能发生的事，我坚决离开了雾云。我是雾云的奇迹。于喜楼改变了我，我到现在都说是于喜楼改变了我。她真不该教会我那么多，让我走出去，是对还是错，我始终说不准。虽然我离开了雾云，但我始终关心着这里的事情，我知道后来宋结衣死了，我知道她被杀死了。

画四娘说，胡说，她活着，活得好好的，生了儿子。如今她倒是逍遥，不知道跑哪儿撒欢去了，只管生，不管养，没一点儿当娘的样子，没良心的家伙！

宋结衣死后，赵耕田娶了我叔的女人吧。听说那个寡妇早看上赵耕田了，他们真是一拍即合，一对儿狗男女。孙如汀舔了舔嘴唇，突然又问，宋结衣埋在哪里？

画四娘说，没人杀她，她也没死。你胡说八道！

孙如汀说，这根本不可能。我有什么必要撒谎呢？我是一个时间不多的人，我快要死了，所以，我必须得告诉你这个事实，我也必须得认回我的儿子。我能感觉到，那个孩子就是我的孩子。我捆着双手跟宋结衣在一起的那次，那个孩子就注定要来了。

画四娘说，你病了。

孙如汀说，又能怎样？这么多年了，你我还不都是一样，不肯面对真相，不能接受事实。你，你残忍地让她一直"活"着。

夜风翻卷。画四娘的身体忍不住颤抖了起来，黑暗也随着颤抖，那些覆盖在她身上的灰尘，发出犹如蚊虫般的挣扎声。她没有接孙如汀的话。她突然惦记起那个在鸟窝里睡觉的魂。

孙如汀突然哭了，虽然那声音不比尘埃噗噗飘落的声音响多少，画四娘还是听到了。

我这病，没办法治，医生说只能熬着等着。我是从医院跑出来的。他们看着我，我还是跑出来了。孙如汀压着一喉咙的杂草和泥沙努力说。

画四娘闭上眼睛。

画四娘的魂待在雾云山顶，也快要睡着了。一阵风吹过来，又吹过去，没有别的痕迹。

画四娘的身体躺在床上，她连续昏睡了两天两夜。

等她再次睁开眼睛，第三天的黎明刚刚到来，映山正坐在床边守着她。

我的魂还在雾云山顶的大树上的鸟窝里，你去帮我拿回来吧，我不打算让它待在外面了，起大风了。画四娘对映山说。

映山点点头，我去了，去了。

画四娘说肚子咕咕乱叫，老骨头还不抗饿。她问映山这些天怎么吃的饭。映山伸手朝门外指了指，画四娘看过去，只见一个身影跟着闪过来。

等那影子近了，她才看清楚，此人正是两天前跟她争吵过的孙如汀。

孙如汀佝偻着腰背，看起来比她还老。

画四娘冲着映山说，过去，喊那个人，喊那个人一声爹。

映山睁着大眼睛，看了看画四娘，又看了看刚刚进得门来正在清扫炉渣的孙如汀。他张了张嘴，没有声音。他又张了张嘴，“爹”这个字他从来没喊过，他不敢发声。他竟有些着急，像咿呀学语的孩子一样，喉咙与舌头拉开了阵势，嘴巴一裂，挤出生涩又温软的一个字来，爹。

孙如汀停住。映山再喊一声，爹。

孙如汀手一哆嗦，一块烧乏的煤球从铁夹子中摔下去。他慌忙蹲下，双手并拢，将碎渣子捧起来。他不知所措，那些渣子再度顺着他的指缝往下落。

他听见画四娘说，映山是万物生的，也算你生的。

他听见映山又喊他——爹。

他听见脑壳破裂的声音。

他听见画四娘对外宣布，她的被风刮走的魂走到村口了，她得再睡会儿，等着它回来。

他感激地看着画四娘。他的脑壳里出现了一条河流，蜿蜒向下，泥沙和清水一并冲刷着过去和他时日不多的未来。

五、姜玉玉

那天，姜玉玉飞走了。

映山对人讲，他看见姜玉玉飞走了。映山说姜玉玉是一只鸟，一只大鸟，姜玉玉飞到她的云彩王国里去了。

于秋茧带人去山崖下找姜玉玉，或者说是找姜玉玉的尸体。本来这事轮不到于秋茧去做，可是姜玉玉家没有顶用的人，她的本家人又刻意推托，于秋茧便领头跟上。于秋茧想，这么做多半是为了自己，也算为了于喜楼吧。

绕绕跑掉之后，于秋茧不敢明目张胆地去寻找他，怕找到了被人带回毒打，她更恐惧王进金对外扬言的那句要剪掉绕绕的命根子。她只能借着找姜玉玉，来山里翻腾，希望能看见哪怕一点点绕绕的痕迹，她只要知道他还活着就行。这个没本事的孩子，要是跑到外面还好，为什么要跑山里呢，山里没有从前那么好藏身了。树木越来越干瘦，鸟兽少了许多，连能吃的野果也不会很丰足。她凭什么就感觉他躲在山里呢，原因有二：首先，小时候给他灌输的思想是山里能养活任何一个人，那些大城市可能毁掉一个人。她说他爹就是被城市给杀的。绕绕虽然不是一个听话的孩子，但同时也不是一个有主见的孩子，尤其在慌乱的时候，他会顺着一种既定的思维下滑。其次，出事那天，有人目睹他朝着雾云山上跑去。这还不是关键，关键在于映山也说，他在山里面看见一个影子跟绕绕的影子一样。于秋茧宁愿相信映山说的话，虽然映山并没有见到那个人的正脸。

于秋茧对一起进山的人说，姜玉玉的娘改嫁到外地后给她捎过信儿，请求她帮忙照顾姜玉玉，她答应了，谁让她和姜玉玉的娘是一起长大的呢。其实她一直觉得那是一个狠心的女人。实际上，她是出于对于喜楼的一份隐秘的情感的回应，才会怜惜姜玉玉。她知道于喜楼一辈子衷情姜树怀，姜玉玉是姜树怀最疼爱的孙女，如果于喜楼活着，她一定会让于秋茧这么做。姜玉玉是雾云数一数二的漂亮姑娘，小时候姜玉玉常在于秋茧家玩，于秋茧就有等她长大了将她娶为儿媳的念头。但姜玉玉长大后脾气却变得古怪，也不肯跟于秋茧家有亲密过往。现在儿子生死未卜，于秋茧不得不将另一个突然冒出来的念头压制住，如果儿子真死了，那么他和姜玉玉正好配成阴婚，省得到了那边孤独可怜。但是这个念头又是多么邪恶啊，于秋茧狠狠地给了自己一个耳光，她诅咒自己不得好死，怎么会期望儿子死掉？对于自己的丈夫，失踪了那么多年，都不曾丧失信心，对于才失踪几天的儿子，怎么就丧失了等待下去的希望呢？说到底她还是觉得屈辱。两者的屈辱合并在一起，将她几乎压扁，搅乱。

找了两天，还是没找到姜玉玉。于秋茧用的几乎是翻山的方式，虽然这多少有些夸张，但于秋茧的卖力，是真实的。

老莫之前也带人找过姜玉玉，姜玉玉的半瘫爹曾救过老莫一回，老莫念恩，帮他找女儿。他神智又不是很清楚，对老莫的热心并无回应。姜玉玉的奶奶也是半途得的傻病，姜玉玉爹四十多岁也成了奶奶那个样子，不排除是遗传的可能。所以村上人才说的，这个姜玉玉怕也逃不过，脸蛋好看不顶用。

于秋茧替下老莫，老莫知道她的心思，就由着她去了，自己也能轻巧地脱身，图一个清静。

映山随着于秋茧往山里跑。于秋茧一遍一遍地问他，真看见姜玉玉跳下去了吗，姜玉玉在哪个地方跳的，姜玉玉说什么没有。

映山说，给姜玉玉带的炒黄豆，她都吃了，一大捧，她吃饱了，她说肚子胀得慌。

于秋茧问映山，什么时候吃了豆子胀得慌。

映山说，她吃饱了，就飞了，飞啊飞啊。

于秋茧问另一个目击者，同村的一个叫张黍的年轻女人。她说，确实看见她跳了。我站在很远的地方也看得清楚，她跳下去还不忘扭着腰，她是扭着腰跳的。真像狐狸精，不过不难看。

于秋茧问，她跳以后，你看见她落入悬崖了吗？

张黍说，我看见她站在悬崖边上，她都扭着腰和屁股跳起来了，怎么能不落入悬崖？你这个问法可真够……

于秋茧说，你真看见她跳了？

张黍急了，你不信还问我干什么？你问那个悬崖啊！

于秋茧说，不是这个意思，真不是这个意思，哪里也找不到她啊。

张黍说，那么多人，你干什么总问我啊，你又不信我的话，你问其他人啊，也有其他人在啊。他们可比我站得近，他们就站在她旁边不远的地方。说不定谁推她一把都有可能。不是吗？谁能保证这种事情不会发生呢？你知道恨她的人很多。不信？她说话多狂啊，雾云哪里还有比她好看的人啊，她不怕闪了舌头，就别怕别人恨嘛。

于秋茧去找张黍说的另外的人，她们一致的口径是没有看清楚，她们站在距离悬崖比张黍更近的位置，居然说看不清楚。她就知道再问下去也没有什么结果。

于秋茧还原当时的场景，她觉得大概是这样的：姜玉玉藏身的地方偶然被发现，被几个采药或者采野果的女人。姜玉玉站在悬崖边上，万念俱灰，所以她做好了跳崖的打算。而映山和张黍应该算是再远一些的旁观者，偶尔看见了这一幕。其他的目击者其实也不能算严格意义上的目击者，因为那个时间点，她们统一一个姿势在撅着屁股挖蘑菇，她们是勤劳的女人。

于秋茧感到心疼，姜玉玉怎么能这么想不开呢。半个月前，她还是那个骄傲的电影放映员姜玉玉，而不是失败的跳崖的姜玉玉。

也许还有另一个通道。于秋茧想起于喜楼告诉她的，凡事都有另一个通道。她心中亮光一闪，姜玉玉的另一个通道呢，她会不会从那里偷偷走掉了。

于秋茧打算去一趟镇上，这个实施起来有些难度。她已经多年没有走出过雾云，重回到那个让她心神不宁的镇子。它如一面水镜，能照见她的屈辱，她怕它晃她的眼。如今水镜搁置已久，她突然有了豁出去的感觉：去就去，怕什么。

她去找一个叫冯一鸣的人。早就听老莫说姜玉玉躲进山里与冯一鸣有关，姜玉玉能做电影放映员也跟他不无关系。

于秋茧找他，并没有打算他会愿意面对她。或者说她就是找他问一问姜玉玉可能不可能去另外一个地方。

冯一鸣是一个长着长鼻子的人，他嗅到了于秋茧的到来，也许他一直在等一个人过来，他也有许多话要说。自从跟姜玉玉闹掰之后，他的心中的石头就没挪开过。当于秋茧敲开他的办公室的门，他丝毫没有犹豫，直接带着于秋茧到了一个可以说话的场所。

那是一间旧的商店，还保留着20世纪80年代初期的木头柜门，打开半身高的柜门，里面是一个小的活动空间。靠墙的石头砌成的两米高的格子货橱，空空荡荡，布满灰尘，荡着一股子陈旧的霉味。冯一鸣说这个店面他早就买下来了，只等改造装修一番便能用。他原是打算跟姜玉玉一起做点生意的。

冯一鸣的叙说，对于于秋茧也像是一场电影。只不过画面由她的头脑自行剪辑：

姜玉玉是莺埝镇唯一一个女电影放映员，另外两个，一个是老头，一个是年轻小伙子。老头是老镇长情人的父亲；小伙子是镇中学副校长的表弟，缺半个耳朵，最不怕震耳欲聋的声效。

姜玉玉是去年考上的乡镇电影放映员职位。说是考试，无非就是被叫到一间很黑的房间，等眼睛适应了黑暗，再被考核者扔到高光的灯下休息，看他们对暗和亮的反应。应该说一点儿厌恶的表情都不能有，更不能抱怨，否则你无法通过那些形形色色的关卡。这个考试内容是宣传委员冯一鸣设计的，冯一鸣为自己的才华深感兴奋，他上报了领导，领导批复，准办。

姜玉玉在十个应征者中不占优势，就因为她的女性性别。原则上冯一鸣是不打算招收女人的。他的头脑里有一个印象，女人一般都怕黑，夜里出去也不安全。所以当姜玉玉坦然面对黑暗，又不动神色地面对着刺眼的光亮时，冯一鸣说这简直是木头人啊。姜玉玉开口说，她才不是什么木头人，她喜欢放电影，如果这个工作给了她，她愿意加倍努力，为推动莺埝镇的精神文明建设做出积极贡献。冯一鸣说一个女人应该坐在放映场的前排，欣赏电影，而不是去做辛苦的放映员。他说放映员在夜里工作，十分危险，对年轻漂亮的女人更是。姜玉玉说她从来不怕，她有一条听话的大狼狗可以随身牵着。冯一鸣说那不行，狼狗会影响人们看电影的情绪，狼狗的叫声也是一种干扰。姜玉玉开始抹眼泪。冯一鸣说就算他同意了，领导恐怕也不同意录用一个女放映员。姜玉玉说你们可没说不要女的，凭什么性别歧视。冯一鸣说他真做不了主，他没工夫继续听她啰唆。姜玉玉说，如果他为难她，他会后悔的。这没头脑的话，竟然软绵绵的，荡着隐隐的风情，飘进一只脚已经踏出办公室的冯一鸣的耳朵。

冯一鸣住在镇政府大院最后一排的宿舍里。下班后他先回房间取了自行车，然后骑上它飞快地朝得月饭馆赶。他和在计生委上班的女朋友约好了一起吃晚饭。

冯一鸣一进饭馆就傻眼了，只见女朋友和姜玉玉并排坐着，看似亲密地聊着什么。还是姜玉玉先看见的他，她伏在女友的耳朵旁说了一句什么，女友咯咯笑了，然后扭头看他，他只得硬着头皮走过去。

女友说姜玉玉是她姑姑的妯娌的外甥女，冯一鸣说见过，女友说如果他能帮忙，她回娘家会很有面子。冯一鸣建议先吃饭，回头再想办法。他没有打算想什么真正的办法，他的肚子实在太饿了。

女友和姜玉玉有说有笑，他在一旁闷头吃饭。

吃完之后，他要骑车送女友回家。他想如往常一样跟她回她的房间坐会儿，肩膀靠着肩膀，他的手隔着女友的衣服放到她柔软的肚皮上。他的手指会试探着往上走，虽然每次都被女友拦下来。他还是无比贪恋女友皮肤的温度和光滑。

女友却说让她送姜玉玉，他表示不悦，女友拿眼瞪他，嫌他不够给她面子。他只得问姜玉玉住哪里，姜玉玉说了一个旅馆的名字。

女友自己回去了，临走前又交代他明天一定想办法给姜玉玉找个机会。他假装答应着。

姜玉玉一屁股坐到他的自行车后架上，他没防备，自行车险些歪倒。姜玉玉哈哈大笑，他紧张地看向女友离开的方向。姜玉玉说，走远了。

他将姜玉玉带到她说的旅馆的门口，姜玉玉却突然说她根本没住这里。他感觉被涮，一怒，将她扔在街上，骑车就走。

他骑得飞快，风呼呼的从耳旁刮过，他的脑子里跳出女友光滑的小肚皮。

喂，你，你可真够快的，差点没跟上。

在宿舍门口，他正在拿钥匙开门，却是听见了从黑暗里蹦出来这么一句，不由得一慌，钥匙掉到了地上。

姜玉玉将钥匙捡起来，不由分说抢着替他打开了房门。他这才反应过来，质问她，你，你怎么进来的?

门岗睡得像头死猪，我当然能进来了。你骑车太快了吧，快累死我了，差点见不着你!

冯一鸣将自行车横在门口，挡住她，说，你走吧，你不能待在这里。

哦，真的差点见不着你！差点跟丢！姜玉玉幽幽地说。

冯一鸣说，要不，我帮你开个房间，还去那个旅店。

不用了，我跑累了，我想喝口水，喝完我就离开。她一边说一边使劲从冯一鸣的身旁挤过去。

冯一鸣只得赶紧将车子推进去，关了门。他从暖壶里倒了一杯水，递给姜玉玉。姜玉玉接过去，手指有意无意地碰到了他。他感觉到她在发抖，这才注意到她真是一头大汗，头顶还冒着热气。

冯一鸣说，你的事我尽力，我会汇报给领导的。你一会儿早点回去吧。

回哪里？我可没地方去。姜玉玉端着水杯，坐在他的床沿上。虽然她在压着奔跑后的喘息，他还是看见她起伏的胸脯。他猛地打开房门，冲她低吼，请你赶快走!

我还没喝完水，你怎么能说话不算数。姜玉玉的屁股牢牢地黏在他的床铺上。

他怕外人看见姜玉玉，只得再次关了门。

姜玉玉吹着水杯上袅袅的热气，又说，我说的是真的，我真怕找不到你，我一路上跑啊跑啊，跑得心脏都快要从嘴里掉出来了，你可真没良心。

姜玉玉的这些软绵绵的话，是冯一鸣女友从没有说过的，在冯一鸣听来陌生又新鲜。

当晚姜玉玉没有离开，她坚持坐在地上，脑袋伏在冯一鸣的床铺上，睡得香甜。

姜玉玉成为放映员之后，与冯一鸣的关系变得亲近，她说他是她命里的贵人，她说她之所以非要当电影放映员，是她真的喜欢那宽阔的屏幕，她想活到电影里去。

她向往电影里的生活，尤其是那些漂亮的女人的生活。她总是说，如果将她贴到电影屏幕上，一开始播，大家就能看到她，那就好了，她就跟着电影里的人跑啊跑啊，跑到哪里呢？她往往又说不清楚。

冯一鸣说她，你去当演员得了，你去应征群众演员啊。她会说，我不是要当演员，我是要活进电影里。

冯一鸣便笑她疯癫，说得乱七八糟。她就说她可没那么好的运气，她初中都没毕业，怎么去当演员啊。

送电影下乡活动要求放映的片子都是一些指定的片子，姜玉玉十分苦恼，她可不愿意这么干。

她让同行的那个年轻人搜集了一些爱情片，有国内的也有国外的。有一部名为《蒺》的片子，她最喜欢。她已经连续在三个村子放过这部电影了。每次，她都哭得一塌糊涂。

冯一鸣知道了这件事，劝她不要这么幼稚，否则会丢了这份工作。她傲慢地说她就要活到电影里去了，为什么要她停止？这实在是残忍。她责备冯一鸣不该这么残忍。

冯一鸣请姜玉玉吃饭，地点还是选在得月饭馆。冯一鸣和女友已经分手了，女友很快嫁给了一家电动车商行老板的儿子。他就想不明白，她和那个男人认识不过才一个月就匆匆结婚，结婚就入洞房，她如何允许他抚摸她的乳房。她曾经拒绝冯一鸣的理由是，不能摸，她害羞，怎么也得等两人熟悉透的时候。他问多久，她回答的并不是新婚夜，而是无论结不结婚，都得差不多一年吧，否则她不敢。如此看来，这一切都是谎言，冯一鸣愤愤地想。

冯一鸣打算跟姜玉玉谈谈，如果姜玉玉不做电影放映员了，他会将她安置在他朋友开的一家小超市做收银员，如果她顺利和他交往，他就再想办法帮她开一家如此类型的小超市。

姜玉玉的回答直截了当，你是电影吗？你不是电影！姜玉玉的意思是，她真的快要活到电影里去了。冯一鸣发火，他无法理解她这些话的意思，什么叫活到电影里去了？电影是戏，是假的，是扮演的，拍摄的，怎么能活进去？

姜玉玉笑他俗，姜玉玉咯咯笑个没完。他等着她自行停下来。

她却突然又说，她在模仿，她先模仿成功了，自然会去外面闯荡，当然她不可能一下子成功，这也不怕，她有的是时间和精力做这些。

姜玉玉就像电影情节一样，变化飞快，先是嘻嘻哈哈的，一番话后又陷入呆滞。她说，我不喜欢看电视里的电影，没有白色布幕，没有意思。白色的布幕多大啊，一个人裹进去，一裹说不定就一辈子。我还是不出去了，外面太大了，我初中都没毕业，好看有什么用。

姜玉玉一会儿支棱着脖子狠狠地说话，一会儿又弯着脊背幽怨地说话。这两种状态的随意轮换，让冯一鸣抓狂，无法从根本上触摸她，又想了解谜底。

姜玉玉拒绝了他，他拿起桌子上的一杯水朝她的脸上泼过去，他是想到了那天她留在他的宿舍，也有一杯水的关联。

姜玉玉抹了抹水珠，一本正经地告诉他，我知道你生气了，实话告诉你，我快要飞走了，我真的不能停下来。

然后呢，为什么她就跑进山里了？处于外围的于秋茧问，要不就是跑到别的地方了，别的地方会是哪里？

冯一鸣说，我们最后一次吵架，她拿碎玻璃砸伤我，她不是故意的，但是她以为我快要死了，她就跑了。她说她不想死，她还没活到电影里去，她还没飞黄腾达。

她对你说过她爹和她奶奶的事吗，她提过她会变成傻子吗？于秋茧突然问冯一鸣。

冯一鸣摇摇头，冯一鸣说，她一直都漂亮又聪明，可……

于秋茧苦笑一声，说，这孩子真会飞，飞走了。

冯一鸣吃惊地看着于秋茧。

于秋茧望了望远处的天空，告辞而去。

于秋茧不再寻找姜玉玉的尸体，她选择相信映山的描述。映山是这样说的，姜玉玉长出了漂亮的羽毛，五颜六色，她展开翅膀，从悬崖那儿飞走了，飞到她喜欢的那个叫云彩国的地方。

于秋茧对雾云人说，映山说得没错，姜玉玉飞走了。雾云山是鸟山，鸟的魂说不定就扎谁身上了，是福气，不用受人间的罪。

映山说她的胳膊那么细，胳膊上的那颗黑痣总是发光，闪啊闪的。

于秋茧和映山，给姜玉玉在山里做了一个冢。于秋茧想，如果有一天自己能有一个这样的去处，该多好。可那简直是奢望，她还得继续等，等两个男人。

六、徐 徐

黎明时分，雾云山上传来一阵又一阵声响，起初是碎的、裂的，后呈密集状，穿过潮湿的树丛和坚硬的山石屏障，嗖嗖地刮过雾云人的耳畔与梦境。

不像伐木，也不像崩塌，野兽的声音更不像。人们做着各种判断。一整个早上，这个话题就没间断。到了午饭时候，村口的老村委会门口蹲着的老人开始商讨，他们虽然胳膊腿都已经老了，不灵便了，但是要说上山走一趟探个究竟，都对自己充满了信心。这信心又让他们兴奋了一把，觉得那些消逝了的青春还没有彻底遗弃他们，他们还有用途。在这个老人和妇女居多的村子，他们的英雄气概再次得到开启。

绕绕干的！徐徐拎着一只背包，经过他们身旁时说，绕绕开枪了，绕绕这个强奸犯开枪要杀死人吗？

绕绕？人群疑惑。

就是那个人，他昨晚上背着枪跑了。徐徐啃了一下手指甲，早上抓东西抓折了留长的小指甲，她没能找到剪指甲刀。

徐徐若无其事又斩钉截铁地讲述起她的所见所闻。从来贪睡的她被半夜叽里咕噜的闹肚子折磨得发慌，连续跑厕所让她非常苦恼，索性就坐起来看书。她也听到山里传出的枪声了，但是她没想到在枪响之后的二十多分钟，一条黑影蹿进村子，经过了她家门口时，她隔着院门看得分明，肯定是绕绕。绕绕背着一杆猎枪，鬼鬼祟祟地跑掉了。大概他觉得回村不安全，总之他又掉头跑掉了，朝雾云山的方向。那杆猎枪在他的肩膀上晃来晃去，月光黏着他的影子，他有点歪斜。

到了中午，整个雾云都知道绕绕回来了，他扛着抢转了一圈，又跑回山里。

于秋茧不信，绕绕哪里有枪？绕绕跟徐徐又不熟，她怎么能在半夜认出他的身影？再说了徐徐跟这里的人都不熟悉，人们凭什么就相信一个陌生的女孩的话？

于秋茧家离徐徐家很近，前后山坡，但徐徐家是一个特殊的所在。这个“特殊”得从大半个月前说起，徐徐突然领着一个男人回来。徐徐对外人说那是她的好朋友。徐徐还让人粉刷了外墙，不许人进到屋里。徐徐前脚来，她的叔叔高卫星后脚就跟到。但高卫星同样没有得到进入屋子的准许，只在门口说了几句话，便匆匆离开。高卫星是莺坳镇的副镇长，徐徐的叔叔。这个老宅便是高卫星的老家。高家弟兄三个，高卫星排行老二。徐徐父亲最大，也是村里最早去煤矿做工的人，当时他带了三五个男人去山西下井，村里老人还骂他不带好，说那井都是长着黑嘴的坏家伙，管你是什么人，一伸脖子就咬。尽管如此，随高老大出去的人还是挣了钱，通常他们挣到钱就不愿意回到雾云，山路实在难走，不如安个新家在镇上，父母养在山里，逢年过节才回来看看。高老大无父无母，长兄带弟，他从十五六岁就一把手拉扯两个弟弟和一个妹妹，所以当他手头有了点钱也想将全家都搬到镇上。他坚决不允许兄弟跟他下井，他送高老二参军入伍，高老三因患小儿麻痹症腿脚不便利就被他一直带在身边照顾。其实那会儿高老二还不叫高卫星，而是叫高旺财，卫星是部队首长给取的名字。高家发生变故的那一年，徐徐刚上小学。有一天，徐徐跟三叔在家里玩捉迷藏，三叔头碰到碗橱磕了一个大口子，她帮三叔捂着伤口，三叔安慰她没事，三叔让她找一条毛巾或者手绢什么的。当时，母亲踉踉跄跄地从外面回来，看了看满手血的徐徐，又看了一眼三叔，她什么话也没说，就像眼前的一切都是幻影，她呆呆地坐到了椅子上。徐徐看见三叔捂着伤口跟她说话，她睁着眼睛，沉默，而后是剧烈的咳嗽。三叔让徐徐给妈妈端杯水，他则去卫生院找大大包扎伤口。母亲问徐徐，要是她死了，她会怎么办。徐徐听不懂，只是觉得悲伤压迫着这个女人和这个房屋，潮湿而沉闷的空气将幼小的她也包裹起来。几天之后，高卫星匆匆从部队赶回。他和徐徐的母亲怒目相对，大吵一架，像两个彼此持仇之人。徐徐渐渐得知，他的父亲死于一场矿难，母亲和二叔因为赔偿金问题无法达成一致意见。

最后母亲离开了这个家，再也没有回来过。徐徐怨恨二叔高卫星，将与母亲离散的痛苦都加在他的身上，她拒绝跟他讲话。然而没过多久，高卫星从部队转业回来，就搬到徐徐家中。高卫星将徐徐当女儿养。徐徐坚持要跟三叔一起生活，三叔劝徐徐要懂事。三叔无奈地告诉她，他就要嫁给镇上的黑寡妇，他不能娶。三叔嫁出去后，她慢慢适应并接受了高卫星安排给她的生活。

徐徐两年前大学毕业，在省城游逛了两年，干过销售，做过家教，端过餐盘，还当过婚纱影楼的托。最后一项是她较为成功的工作，同事说因为她长得没有威胁性。对女人不构成威胁，这话听起来绝对是讽刺。微胖又微黑还微丑的徐徐。她自己给自己定义，全部微过型。再加一个微失败，微抑郁，微不足道。她的微信昵称因而修改为“微微过”。跟徐徐一样的女孩在城市里一抓一把，她们统一将自己归为“没有存在感”的人。为了刷存在感，徐徐冲自己交往的圈子宣言：她要回到山里，做一棵真正的冬凌草。与世无争，红尘静好。

徐徐喜欢冬凌草，她在微信朋友圈里拿冬凌草自拟，先发图，再配文：高温，低温，恶劣土壤，管它多少供养的水分，照活不误。冬日寒，刮冰片，吹也不倒。有人在其后留言：励志草啊。

徐徐是回来了，但并没有直接回到安静的山村，而是被高卫星拦在镇上。她对着镇子远处的峰峦胡乱拍了一气，发到网上，应付那些追踪的好奇心。莺埚镇也是山镇嘛，她自言自语。

到了镇上的徐徐，完全跟在省城的徐徐的遭遇不同。到了镇上，许多人都会介绍，这是高镇长的侄女，比亲闺女都亲的侄女，从小养大，一手栽培送读的大学生。于是人们便啧啧称赞，于是在人们啧啧称赞声中，她发现了那种叫作“存在感”的东西稀里糊涂地归来了，尽管这种回归没有多少是值得说道的。

徐徐没有间断跟外界的联系，她成了他们同学圈子中特立独行的人，成了最懂得生活格调和追求自由灵魂的人，她满足在这样的构建里，每天拎着书本上下课，跟学生讨论梦想，再将他们的梦想折合成感动的文字发到微信和微博上。

大学三年，徐徐做了三年单身狗。这是同学间互相嬉笑的称呼。每每经过成双入对的男女身旁时，单身狗们就会做出吐血状，呼呼啦啦宣称又被虐了，一边还幸灾乐祸地说，趁着自由，没有老掉，没有累赘，尽情撒野吧。徐徐没有撒野，徐徐心中暗恋班上的一个湖南男生，为此徐徐锻炼吃辣椒，简直自虐到了出神入化的地步。她将辣椒称为零食，将辣椒酱搅拌在拿铁咖啡里，去饭店点菜她要求蓝莓土豆泥微辣，水果拼盘麻辣。最不可思议地是，她的衣服统一都换成了鲜艳的红色。一团火，将微黑的皮肤衬托得更加油光。唯一的一次跟湖南男生吃饭，她鼓足勇气表达内心小情感，结果还是被湖南小男生无视。幸好她点了凉拌辣椒碎，让眼泪有了一个不屈辱的又合理的出口。从此，她看见辣椒，肚子便疼痛不已。

回到镇上，一种春天拥吻了全世界的感觉。她被人说时尚，说漂亮，说皮肤细腻。飘飘然上升的途中，她被拉去相亲，虽然那些男人她都没看上，但被追求的感觉还是很享受。直到一天下午，她下班回到家中，她一眼看到一个瘦高的年轻男人正捧着她的漫画看。其实那些漫画根本拿不出手，她胡乱涂鸦的东西，消遣品。她觉得这个人眼熟，又无论如何想不起来。高卫星出来说，这是他朋友谢铁莺的儿子谢鹏，在县医院工作，是一名麻醉师。

高卫星就是这样轻描淡写地将谢铁莺的儿子介绍给她，让他们处对象。徐徐早就听高卫星说起过谢铁莺，不过也是从侧面说的。谢铁莺是县医院的院长，跟高卫星的老班长是同乡，交情不深不浅，来来往往也有多年。

徐徐对谢鹏印象不错。在她看来，谢鹏除了瘦，就是白，别的也没有什么毛病。若说性格，他又是特别温和的类型，正好符合徐徐的口味。徐徐什么口味呢，徐徐曾经想过要一个宽厚的温和的能照顾自己的人，后来又想还是两情相悦吧，别弄一个老头来共度余生为好。徐徐看谢鹏年龄与自己相仿，无非就是大了四五岁，刚刚合适的年龄差。关键是，他们交往以来，一切都比较顺利。谢鹏表示对徐徐满意，徐徐也表示满意，俩人没事时候通通电话，吃个饭，看看电影，倒也符合一般恋爱的程序。这样相处到两个月后，谢鹏提出结婚，徐徐几乎是连想也没想就点头了。她想，高卫星的家是个家，谢鹏给的家当然更是一个家。

徐徐第一次见到谢铁莺吓了一跳，她保养得实在是好，完全看不出真实年龄。徐徐偷偷问谢鹏，谢铁莺是不是亲妈，谢鹏说是。徐徐又问她怎么看上去一点儿也不像五十多岁的人。谢鹏说吃胎盘吃的。徐徐说恶心。

谢鹏本意是开个玩笑，却在徐徐说了一句恶心后跑一旁吐去了。倒是弄得徐徐十分尴尬。

徐徐见过谢铁莺后多次问谢鹏怎么会看上她。徐徐在心中开始跟谢铁莺对比，这个对比让她无比泄气，无论从肤色上从身材上还是从装束上，她都不是她的对手。唯独有一处胜利，则是年轻。她以她年轻的骄傲对视令她莫名嫉妒的谢铁莺。谢鹏一次也没认真说过如何看上了徐徐，或者看上了徐徐什么，他要么温和一笑，要么说缘分吧。有一次，他反问徐徐看上他什么，徐徐也没回答上来。这让他们惊慌，又马上落入一种彼此间的平等状。自此，这个话题便不再出现。

谢铁莺的院长身份带给徐徐的光彩比高卫星的副镇长给予的还明显。她感觉到来自校长和一些同事有意无意地靠近，感受他们艳羡的目光，以及他们含蓄的示好。

没多久，谢铁莺将她的工作安置到了县教育局的档案室，说是暂时性的，只等机会再将正式手续落到局里。她去档案室上班才知道，那是个可忙可闲的地方，应付检查时的大忙时期已过，平日里关着门嗑瓜子的时日多。科长是个肥胖的女人，笑起来眼眯进肉里。科长说徐徐可以休假，徐徐说她刚上班休假不好吧，科长就笑，笑起来的科长的小眼睛和矮鼻头一耸一耸的，显得滑稽。科长说随便，如果想休息了就告诉她，档案室采取轮休制度，她一个人也能做主。那些抽调过来的人，名单都在她手上，听她调控。

徐徐的婚礼安排在县城最繁华的路段的最豪华的九亭大酒店，县里主管医院工作的副县长和卫生局领导班子全到场祝贺。高卫星跟在那些人的身后，高大身躯被遮蔽了，徐徐费力才看到他。徐徐想告诉他一声，三天的回门礼免了算了，况且谢鹏和谢铁莺也同意去繁就简。徐徐能想到高卫星哪怕不愿意，也会面带微笑说好。

新婚典礼上，高卫星和妻子以徐徐父母的身份坐在堂上，谢铁莺独身多年，一人独坐。有人起哄，说没有公公怎么行，纷纷推卫生局局长上台。本来是玩笑，没想到那局长竟自如上台，让司仪搬把椅子，往谢铁莺身旁一坐。众人始料未及，竟一时不知如何是好。谢铁莺大笑一声，说，那局长，当个干爹非得当到台面上啊，一点儿亏不肯吃，一会儿谢鹏给您磕了头，见面礼少了可没脸面。司仪机灵，忙接腔，干爹出大钱，给少了新人不起来。徐徐之前没听谢鹏说过有干爹要出来受拜，她偷偷瞅了一眼谢铁莺，谢铁莺依旧笑如春风，淡定自如。再看谢鹏，谢鹏一贯的面无表情，平稳如白水。认亲改口环节，徐徐脆生生叫了谢铁莺一声妈，又转而对那局长喊爸。谢铁莺给了徐徐一个红包和一个红手绢。红包里是改口费，红手绢里是一只翡翠手镯。谢铁莺要给徐徐戴上手镯，徐徐伸出手，她手腕比谢铁莺的还粗一些，那只大概匹配谢铁莺手腕的镯子就显出了串戴过程中的困难。徐徐深吸一口气，以为手腕也像小肚子一样能微微缩回去一点，但是徒劳。谢铁莺一用力，徐徐配合着不喊疼，那镯子方才戴好。谢铁莺喘了一口气，离她最近的徐徐分明感到那是一种如释重负的喘息，似乎这只手镯是炸弹，她现在将它成功地丢给了旁人，自己安全了。那局长也似进入状态，充分保持了所扮角色的慈祥和庄重，他也将手伸进口袋。司仪忙打圆场，说可以开个口头支票，一诺值千金。众目睽睽之下，那局长还真掏出了一只红包。徐徐接过，又看了一眼谢鹏，谢鹏的眼睛望向大厅的入口，那里坐着收取礼金的人，一个女孩和两个男孩，他们聊得正欢，与热闹的婚礼完全隔离。到了谢鹏给高卫星敬茶，谢鹏叫了一声叔父，高卫星慌忙也掏出红包递过来，谢鹏接了交给徐徐。高卫星感激谢鹏叫他一声叔父而不仅仅是二叔。

婚宴十分排场，谢鹏喝得迅猛。到了晚上，又有要好朋友到家中再续饮，以谢鹏烂醉收场。局散人走，徐徐将谢鹏扶进卧室，收拾一番，已是深夜。徐徐环顾谢鹏精心装修的新房，心中还是满意的，从此这里就是家。这让她满意的同时更加满足。一直以来，有一个属于自己的家是徐徐的梦想，藏着掖着不敢对人言讲的梦想。徐徐感激地看着谢鹏，将他从沙发上挪到床上。徐徐费力地帮谢鹏脱了衣服，又把自己脱的溜光，闭眼躺在他的身旁。她推推谢鹏，小声说一些谢鹏根本不可能听见的话，也不可能让谢鹏听见的话。羞怯得到缓解后，她的身体慢慢热腾起来，然而谢鹏的鼾声渐响，与她的期望构成滑稽对峙。

她索性扭开床头灯，仔细地看他。她将手指划过他的肩膀、脖颈、胸口，指甲狠狠地掐住他一丁点的肉，他浑然不觉。她打了一个哈欠，拍拍自己额头，又拍拍谢鹏的额头。她将已经关掉的手机再次打开。她看了一遍来自朋友圈的祝福，占据了满满当当的一周的时间。她做出一个统一回复：谢谢祝福，愿你们如我一样幸福！她拍了一张谢鹏的肚皮被她指甲掐出的红印子图，图旁配上四字：刻肉铭心。她将它发到了朋友圈里，才几分钟，留言无数，连潜水族都出来点赞。

她忙着做回复，沉浸在虚拟的欢乐和虚荣之中。她的手机铃声猛然响起来，是谢铁莺打过来的，谢铁莺说如果不睡觉就闭上眼睛数数，一个曾经的中学教师对数学应该很在行。没等徐徐有所反应，那边又啪的一声挂断电话。徐徐心说你儿子睡得香甜呢。

徐徐继续翻看朋友圈的留言，突然发现其中竟然有谢鹏的足迹，一串看不懂的火星符号。可谢鹏分明睡得死猪一般，就在她的身旁。她用脚踹了一下他的屁股，他动都没动。徐徐这才明白，谢鹏的手机落在谢铁莺手里。徐徐突然一阵心慌，删了今天发出的所有图文，再没心理会微信上的玩闹呼喊。

谢鹏醒来已是日上三竿，他轻声责备徐徐不叫他起床，他还有一场手术要上麻醉。徐徐说他的婚假应该有十天半月的吧，谢鹏说最多七天。这时候谢铁莺也从另一间卧室出来，看样子她早就收拾好，精致的妆容，得体的深蓝套装，白色细跟皮鞋，衬得她倒像是一个刚刚婚嫁的妩媚少妇。谢铁莺说早餐已经做好，又说谢鹏只能休假三天。三天后的上午有一场大手术，他必须上，跟那局长有关，那局长的老领导特意点名要谢铁莺的儿子做这场手术的麻醉师。谢铁莺安排了最好的主刀医生，没想到他们挑剔到麻醉师阵容。也好，自己儿子上场，还是给足了对方面子。

这样徐徐的盘算就落空了，去省城参加同学聚会的事只能推迟。说是聚会其实无非就是找个由头，让徐徐请请客，徐徐也正好显摆一下自己终于找到比小湖南更高个头也更帅气的男人。除此之外，徐徐再没有别的兴趣。谢鹏的朋友接二连三发出邀约，邀请他们夫妇参加他们的饭局。谢鹏则逢酒必醉，醉酒便酣睡不醒。谢鹏说太放松了，做麻醉师这么多年从不敢放开饮酒，原来被麻醉的感觉真好，早知道这样就给自己打上一针，麻醉到神仙状才好。徐徐提醒他关于那局长老领导的手术，他说头一天晚上他滴酒不沾。

谢鹏果然做到了，周四上午的手术，周三早上他就开始拒绝所有宴请。周三的傍晚，徐徐买了蜡烛，订了饭菜，想跟谢鹏好好吃一顿。谢铁莺还有一套房子，跟谢鹏同一个小区同一栋楼的不同楼层。谢铁莺这两天都不过来吃饭，谢铁莺来不来也不提前告诉他们，是徐徐感觉她晚上不会过来，倘若她来一起吃就是了，至于蜡烛她会收起来。徐徐精心准备停当，换了舒适的保守式样睡裙，坐在沙发上等谢鹏。谢鹏下午出去帮谢铁莺办一份保险手续，还未回来。六点钟，谢鹏电话先至，徐徐心中一沉。谢鹏说医院有急事，无法推托，他作为谢铁莺的儿子不能不在场，所以晚上他可能无法回家，让徐徐关好门窗自己休息。晚间，徐徐给谢鹏发了一条调皮的微信：卷帘望月空长叹，只剩一人在吃饭。徐徐握着手机等，谢鹏一直没有回复。

谢鹏在医院待了一夜一天，再回来时手中拎着一只塑料袋，袋中有水果，还有几只白色小药瓶。药瓶上的说明文字被撕掉了，光秃秃的看不出什么来。徐徐若无其事地询问了一声，谢鹏轻声说身体有点问题，吃几天药。徐徐隐隐觉得这药跟谢鹏连续几天没跟她同房有关，徐徐说不行去医院看看。谢鹏说自己就在医院上班，自己就是医生，还有什么不清楚的，只是身体不舒服也要瞒着谢铁莺，免她担心，希望徐徐理解。

一个多月过去，谢鹏的身体依旧没有好转，徐徐假装不闻不问。谢鹏开始频繁给徐徐买衣服和首饰，谢鹏的眼光比徐徐高，所以他带回的物品徐徐都欣然接受，并喜欢。不知不觉间徐徐瘦下去了，瘦了五六斤的徐徐再穿谢鹏买回的衣服，气质就有了一些提升。徐徐自己都觉得好看多了。谢铁莺时不时地回家吃顿饭，谢铁莺对徐徐的评价是，最近白了许多，比山里的空气湿润吧。徐徐心说，一个破县城哪里就比莺垴镇空气好了，若说湿润，还是雾云山里好，湿漉漉的那才叫滋润人，她是听高卫星的妻子说的。从小到大，她只回去过几趟，也是来去匆匆，给父亲上坟是唯一的主题。后来她在祭奠网给父亲建了网上纪念馆，就再也没回过雾云。

徐徐告诉谢铁莺她在省城读书时曾在美容院打工，美容师说皮肤好坏也是一种人体免疫系统的自我调控的结果，她意思想表达她不仅仅是从莺垴镇嫁过来，她可是一个货真价实的省城师范大学的毕业生。谢铁莺笑笑，说调控得不错。谢铁莺意味深长地看了他们两口子一眼，谢鹏催她赶紧上班走。

徐徐记得谢铁莺夸奖她做的素馅包子好吃。徐徐有意讨好这个时冷时热的婆婆，折腾了一个下午蒸好一笼屉包子，仔细晾好了装进一只食品袋中，拿去送谢铁莺。她想不等谢鹏了，谢鹏加班没早晚，她自己过去好了。隔着窗户她看见谢铁莺的汽车停在楼前的停车位上。她还专门下楼验证一下那车的车牌。抬头，谢铁莺家的窗口透出柔和的灯光。

徐徐提了包子，上到谢铁莺家门口。她抿了一下有些干燥的嘴唇，然后轻轻叩门。无人应答。再敲。她从猫眼往里看，尽管什么也看不到。门开了，险些推倒伏在门上的她。她窘迫地说来送包子，等她缓过来神才发现站在门口的并不是谢铁莺。她疑惑走错。那开门的男人看上去三四十岁的样子，高个子，跟谢鹏差不多少，比谢鹏显得魁梧。

男人先开口，你是徐徐吧，谢鹏的爱人。徐徐愣在那里。男人又说，你妈还没回来。徐徐还是愣着。男人扑哧一声笑了，笑得爽朗但又内敛，在徐徐看来算是舒服的。男人说，好奇怎么是我开的门吧，想知道我是谁，怎么会在这里？我叫秦牧北，你妈的朋友，当然也是你们的朋友。请进吧。秦牧北做了一个请徐徐进屋的手势。

徐徐一只脚跨进了门，另一只脚却还是往后退出。她将包子交给秦牧北，说自己还有事。

谢鹏已经下班回家，正窝在沙发上看电视，竖条字幕打着片名《猫和老鼠之飞向火星》，汤姆假装潇洒，步伐却是慌里慌张。谢鹏问徐徐去哪儿了，徐徐回问，秦牧北是谁。谢鹏将电视音量调大，徐徐撇撇嘴说神秘兮兮，谢鹏像是没听见。

到了晚上，谢鹏依旧躺在大床的三分之一的地盘，他睡觉十分老实，倒是徐徐的腿脚会在半梦半醒之间踹到他，或者压到他的身上。谢鹏从来话语都不多，结婚之后依旧如此，徐徐渐渐习惯。徐徐也不再玩朋友圈，据说谢铁莺用着谢鹏的微信号登陆总能看到她。她不想问谢鹏，本来就没有什么见不得人的秘密，何必自讨没趣。倒是秦牧北的样子总跳进她的脑袋里，她初步断定这个人跟谢铁莺的关系非同一般，大概是那种情人关系。他应该比谢铁莺年轻，尽管谢铁莺保养得不错，但是女人的年龄还是能从举止言谈中看出，更何况谢铁莺的身份造成的她的板正和严肃，使得她怎么看怎么像一个身居高处的大女人，而非普通居家小女人。大女人不容易装嫩，气场使然。如果秦牧北是谢铁莺的小情人，那秦牧北见到谢铁莺的儿媳怎么一点儿也不拘谨，相反倒是她做小辈的难为情起来，谢鹏也刻意回避这个问题，其中一定有深意。

无聊的婚后生活使得徐徐的好奇心在无形之间膨胀，她每天都在揣摩秦牧北和谢铁莺的关系，就算她断定他们是情人关系，她也在头脑里想他们属于那种类型的情人关系。她甚至会想象出他们幽会时的情景。她进过留给婆婆的那间卧室，婆婆的大衣柜讲究得很，分了不同的格子，挂衣服的是主位，侧面内衣架最热闹，挂了五六件文胸，颜色花哨，款式漂亮。尤其是那件酒红色的蕾丝文胸，75C的三分之一罩杯，透明网纱皱的花边，透着性感。她都没见过如此正的酒红色，仿佛沁着真的酒水。她想肤白的谢铁莺穿上它，会如何风情。而她的衣柜里除了白色、肤色、小碎花以及结婚时候买的大红色文胸外，再无绚丽。一瞬间，她甚至想将那酒红据为己有。那天她偷偷将那文胸在自己胸前比画了一下，过程心惊肉跳，如同偷人钱财。她去商场也给自己选了一套酒红色内衣，拿回家一对比，感觉自己的所购绝对廉价而庸俗，就将它们直接丢进了垃圾桶。那是她有生以来第一次浪费东西，且还是以前从来不舍得花大几百购买的文胸。三分之一罩杯的酒红色文胸和秦牧北一起在她的脑子里跳。她突然看到谢铁莺穿着它走在秦牧北的前前后后，秦牧北原地不动，眯着眼睛欣赏，现出惬意的神色。想到这里，她吓了一跳，再顺着幻觉往下滑，恐怕婆婆和情人做爱的情形都要依照三级片的镜头出现。她脸红心跳。身旁的谢鹏鼾声又起。她在他撕掉说明贴纸的小药瓶旁边发现了一盒安眠药，也许他不能让失眠影响了他的治疗。徐徐装作理解，装作不探究，装作体贴入微。徐徐装作不去幻想。她翻个身，三分之一罩杯的酒红色像点着的火，窜在她假装失明的眼底。

婚礼上出现的干爹，家里出现的疑似情人的陌生男人，构成了徐徐对谢铁莺的部分认知。大学时期，睡在徐徐上铺的外号为“情癫女”的大雪曾一本正经地对全寝室的女生宣布，她将长生不老。她的解释是她离不开爱情，离不开男人，分分钟都不行，所以她怎么能老呢。于是，徐徐就联想，谢铁莺的不肯垂暮的身段和脸庞就是大雪言讲的最好的例证。哪里像自己，空荡荡的一个人，空荡荡走过来，进了婚姻，有了家，身边依旧是空荡荡的一个男人。她感觉身体里有无数个跳动的酒红色的蕾丝小兽，她被它们耻笑，她还得顺从着它们，躲避着它们，视而不见是她最有把握的手段。

徐徐猜测来猜测去，绝对没猜到谢铁莺会大方地将秦牧北介绍给她。那天晚上，谢鹏又去值班，谢铁莺打电话让徐徐过去在她的楼上吃晚饭。徐徐推托说感冒了，吃不下东西。谢铁莺说煮了百合莲子粥，清心安神。

徐徐心中突地一跳，总觉得谢铁莺的话中有话。她跑去小区门口的便利店买了水果，左右手各拎着重物上楼，这举止多少显得刻意了些，但她没有办法让自己再如平时一般平静。

果然秦牧北也在。谢铁莺并不给他们做介绍，只招呼吃饭。谢铁莺烧了三个青菜，蒸了一条鱼。秦牧北目中无人般只给谢铁莺夹菜，谢铁莺则是劝徐徐多吃，说她进了谢家门整个人都变瘦了一圈，怕是谢家不养人。徐徐低声说，平日里减肥都减不下去，瘦了好，还真愿意再瘦些。她也不知道自己哪里来的胆怯。秦牧北说她一点儿也不胖，何必都弄成麻秆样，手感不好不说，还没福相。谢铁莺去给秦牧北盛粥，这是秦牧北的第三碗。徐徐直直腰背，借着喝粥长换一口气。她看见穿了一套香槟色居家服的谢铁莺的内衣隐约现出深色，她脸红心跳，慌忙低头大口喝粥。秦牧北哈哈大笑，说她喝粥的样子像动物，完全不注意形象。

饭后，谢铁莺不让徐徐帮忙收拾碗筷，只说让她坐下看电视。徐徐本意要告辞，不想继续闷在这暧昧的气氛中，但谢铁莺说一会儿有个事情要跟她商量，她觉得不能违背谢铁莺。

秦牧北先去洗手间刷了牙齿，隔着开着的洗手间门，她余光扫视到他嘴里的一大团泡沫，几乎要占据了他的大半张脸，那些露头的络腮胡子上覆盖了丰厚的雪。秦牧北梳了头发出来。他当她是空气，自顾在屋里走来走去。

熬到谢铁莺收拾停当，徐徐又暗自长出一口气。谢铁莺搬了一把手工藤墩，坐在沙发的一侧，靠近飘窗的位置。秦牧北整个人却是躺在了沙发的贵妃椅上。徐徐守着沙发的最边角，手中紧紧握着遥控，电视购物节目正在销售厨房刀具，主持人高亢的解说使房间里充满了另一种意味，什么呢，徐徐一下子想不起来，就是觉得奇怪。也许就像她本身，不合时宜地出现在这个房子里。

谢铁莺递给徐徐一只洗好的蛇果，徐徐将遥控器放到茶几上。秦牧北调至一个游戏讲解频道，画面出现的是三维动画版的超级玛丽。

你和谢鹏最近怎么样？谢铁莺盯着电视屏幕上被超级玛丽反复顶起的蘑菇说话。

挺好的。徐徐底气不足。

谢鹏知道你来过这里吗？谢铁莺的眼睛并未离开蘑菇。

哦……知道。徐徐手心有汗，暗红色的蛇果滑腻腻在像要溜走。

也没别的事，就是吧，你的工作。谢铁莺顿了顿，说，你的工作手续的问题，县里对这两年毕业的拥有一本学历的大学生有个说法，可以进入事业单位编制。

我是专科。徐徐说。

你进修的本科什么时候毕业？谢铁莺问。

还有一年，应该还有一年。下半年再有一次考试，考过两科的话就全过了，大概明年六月份就能拿到毕业证吧。徐徐说。

那我再想想其他办法，谢鹏干爹的朋友也答应帮忙，不知道你运气如何，也看造化。谢铁莺说。

谢铁莺眼光里的蘑菇一点点膨大，徐徐注意到电视屏幕上那个吃饱长大的超级玛丽小人儿也正在兴奋地跳着。

徐徐说，不急，谢谢妈。

谢铁莺说，别的没事了。

徐徐赶紧站起来，又恐显出窘态，顺势小幅度地抖抖胳膊和腿，说肌肉都坐麻了。然后看一眼窗外，说不早了，该回去休息了。谢铁莺让她不要胡思乱想，至于工作的事，事在人为，也听天由命。徐徐就觉得谢铁莺朝向她的分明是华丽的双重机关，她能分辨出一些，又无法确认。

走到门口，徐徐借眼睛的余光扫到躺在沙发上的秦牧北也正看她，她急忙离开，进入电梯间，险些按错楼层。

徐徐没再跟谢鹏提起此事。一张迷网罩住她，她自化为鱼，不大动弹，只顺着网里水流方向，摇摆。

谢鹏的药持续吃着，他们依旧各自占据床铺的三分之一。

转眼到了暑天，徐徐已经瘦出了锁骨。徐徐也已经习惯了档案室内部既定的休假模式，有事请假，无事就隔三岔五地过去晃荡一下。徐徐真正成了一个闲人，每日里烧饭做菜，闲暇看书养花，时光看似悠然。

一辈子也许就这么回事了。徐徐在微信朋友圈里发出感慨。

她将朋友圈里的人做了分组，一组是家人和同事，一组是同学和朋友，另外一组是萍水相逢之人，不熟悉的人，偶遇的人，又遥远的人。她最近的言说都是发在第三组可见的范围。

徐徐顺着时间的河流飘荡。

徐徐一路飘到了雾云。原本只是一个打算，飘着飘着整个人就到了。

随着时间的水流而来的还有徐徐屋里的男人，除了身影，雾云人都没见过他的正脸。

徐徐将高卫星拦在院外，她不再接受高卫星带来的物品和质问。徐徐的第一笔稿费已经到账。她的银行卡关联着手机，手机信号时断时续，头天银行系统发出的短信，似走了一夜山路，第二天才跳出来。五千多块，足够生活所需。徐徐托韩醒岩从镇上捎回粮油和日用品，韩醒岩是徐徐一面之交的朋友，徐徐给他好处费，他不要。

徐徐在雾云村里住下，除了写作就是写作。她也没想到自己能成为一名写手，这绝对跟婚后县城生活的空荡有关，她拿敲击键盘作为消遣自我的最好方式。她取了网名也当笔名，叫作“再别冬凌艹”，后觉得辱没了心中喜欢的植物，但是网站站长告诉她，名字很有意思，以此署名发表的文章点击率涨高，不必更改。本也是玩乐，何必当真。站长问她性别，她一直谎称自己是男人。站长从此称呼她草兄弟，说有朝一日她定能出名。站长举例说明，说某某知名作家，靠荷尔蒙出道多年，一直不温不火，最近写了一部禅师与尼姑的小说，把××写到冲天，搅动寺庙与朝野，那叫一个狂放不羁。卷钱风暴啊。站长所说的作家她知道，曾是她大学室友的偶像，崇拜到连做爱都喜欢偷偷叫对方为作家的小名。至于作家小名是否真如室友所喊，无从考证。站长说那作家都活到四十岁了，阳具一直肿胀充血，荷尔蒙爆满，二十多年了，这哪里是厉害，分明是病，永久性勃起障碍。站长又笑说，但愿写得一手绝妙色情文的草兄收放自如。徐徐对着电脑屏幕就像对着夜空，那么黑那么阔，谁管她到底是不是草兄，她以草兄的口吻说，放心，弹性良好。

她习惯了夜间的敲打，对着宇宙和万物，她成为草兄。起初，她随手发在该网站的一个短篇小说《黑叶子》点击过十万。那是她初到网站之时，她并没打算写什么东西，就是看看小说，留个言，偶然才起了要要的兴头。《黑叶子》是她的模仿之作，站长也看出来了，不过站长还是发邮件找她，坚决要跟她签约。站长说他们网站的色情小说都不是纯色情小说，有一部分还是相当有文学价值的，所以才会在许多网站被关闭禁止之后仍然可以存活。她不关心这个，在网站上她就是一个“再别冬凌艹”，玩玩够了。

第二部小说取名《失守的黑色》，写一个男人和三个女人的周旋。不得不说她具有天然的描写性爱的本领，她写那男人的身体的魅惑与女人灵魂的颤动，时而小桥流水，时而波涛汹涌。他们之间，以仇恨做爱，以柔情做爱，以狂暴的自虐做爱。接吻细腻到吻过彼此的耳郭，在乳房上玩蜻蜓点水，在身体上练钢琴指法，于细微之处描画无尽想象。写到男女行至共融，连她自已都被感动。感动之余，越发觉得人生无常，人性无常，她从未领受过一次真正的性爱，却能写出盛宴的感觉。她紧闭的身体并未在写作途中完成任何一种高潮的行进。她是冷静的，旁观式样，因此才写得凶狠，决绝，无碍。

有一次站长问她，是不是有恋物癖，对酒红色内衣感兴趣。她才猛然发现她键盘敲击下的女人一旦脱掉衣服露出的都是清一色的酒红。她搪塞道，初次做爱女友就是穿了一套酒红色内衣，那叫印象深刻，销魂万分。站长建议她再挖一个坑，篇名直接就叫《那些年，穿酒红色内衣的女人们》，她说俗气，站长说大俗大雅，食色，性也，直接步入主题免人猴急也算功德无量。

《失守的黑色》已经写了三万多字，以每天五千的速度跟进，打算写上一个月。但是山里没有网络，她无法在线更新，她的要求只有一点，一个月后交稿，再由站长以每天五千的速度上传。站长问她可有更好的办法，他担心时间久了她的草粉跑掉。她则说吊人胃口也是一种本事，她已发出公告：一月之后，盛宴来袭，你从未见过的招式，期待井喷吧。

她甚至还拿出撒手锏，贴了一段情节预知，雨水动情版：一场大雨突然而至，整个院子里只有刚刚争吵过的A和B，一只花猫躲在远处的屋檐下。A慌忙跑起，跑了几步扭头看见B还站在原地。A不忍心扔下还在负气的B，调头跑回到B的对面，还是原来的位置。两个人对峙着，雨水浇灌而来，两个身体像两株植物，散发着含混不明又异常清新的欲念。水滴在A和B的脸上挂成珠帘。A的脾气没了。A先蹲下去，又躺在地上。雨水浇灌着A的所有孔洞，眼睛、鼻子、耳朵、嘴巴……A微微闭着眼帘，侧着耳朵和鼻孔，只有嘴巴里不断灌满雨水。A咕咚咽下。A打开了身体。另一只洞穴，埋藏着秘密的洞穴噘起嘴巴。A身上单薄的衣服已经湿透，它被褪去。洁白的A在水里漂浮了起来……（请问，你想知道接下来B的举动吗？

你想做B，还是偷窥的那只C？哦，C是一只黑猫。雨水继续，含蓄就此打住，下一步的狂风暴雨任由你虐。敬请期待别样的《失守的黑色》，给草十二分之一年的时间就行。）她响应粉丝呼应，自称为草。

站长看过草粉热情高涨的留言，只得同意她的要求，她再提起预支稿费的事宜，站长说得到月底结算。站长许诺给《失守的黑色》的报酬除了站内打赏分红之外，还有额外奖金五千。

雾云的夜色是真正的夜色，黑透就真黑透，有星月就泛水光，不比城里一切都含混不清。徐徐沉迷于这种写作，嬉笑称要确立超越劳伦斯的目标，而至于那个阳具肿胀了二十多年的国内中年作家，她觉得不比也好，她不能冲撞要好室友的偶像，算作仗义。

这期间，徐徐一再回避的谢铁莺也来过一趟雾云，徐徐同样将她拦在了院外。谢铁莺扔下一只行李箱，全是徐徐的衣物。徐徐收下箱子，对谢铁莺说谢谢。谢铁莺让她随时回家，谢铁莺说她不会跟她计较。徐徐从谢铁莺的折叠的语言里寻到了原谅，但徐徐没觉得她可以被原谅。徐徐有生以来第一次跟人抢东西，抢的居然是男人，还是婆婆屋里的男人。她是失败的。

谢铁莺第二次进入雾云，是在傍晚。天色越来越暗，下山的道路变得难走，她请求徐徐让她留宿一晚。徐徐看她眼睛里曾经的蘑菇一再地缩小，缩小成绿豆形状，徐徐便打开了院门。但是徐徐不可能让她进屋。徐徐搬了两张老式躺椅，跟她一人一把，分别坐在院子里。半夜，徐徐又进屋拿了棉被，一人一床，盖好休息。徐徐不知道如何跟她讲话。徐徐只是睁着眼睛看繁星眨来眨去。

谢铁莺终先开口，他在屋里吧，让他出来不好吗？这总不是逃避的办法。

徐徐说，这个你别管了，他见不见你是他的自由，他现在每天都在昏睡，我也搞不清楚他怎么了。

谢铁莺说，我是医生出身，我当然清楚，你就别一意孤行了。

徐徐说，你下山就什么事也没有了。

谢铁莺说，秦牧北说的是谎话，他不值得你这么做，他……我没想到事情会发展到今天这个局面……所以，我就是要见你，跟你好好谈谈。今天就算你撵我走，我还会再来，直到你肯听我讲清楚为止。

我没有你说得那么复杂，我就是想跟谢鹏好好过日子，你为什么……徐徐没说下去。

谢铁莺说，县里已经闹得满城风雨，你出来躲躲也是给谢家面子，只不过……事情不是你看到的样子。

徐徐压了压长久以来习惯的顺从，狠狠质问，你跟谢鹏光着身子抱在一起难道是假？谢鹏大声喊叫你是一个变态的女人难道有假？

谢铁莺说，没什么真假，但完全是另外一种真相……

秦牧北说你是个恋子狂人，我还不信。秦牧北跟你好了好几年，不对吗？

不完全是这样……

徐徐冷笑，你讲话从来开着双机关，我很糊涂。不过，谢鹏说的话我得听进去，他当过我的丈夫。

谢铁莺说，如果，如果我告诉你另外一种真相，你会不会相信？

不！安慰谁都没用，糊弄谁更没用！徐徐压低语调，最后一句更像自语，谁又是真相？

谢铁莺说，好吧，我只告诉你，你被骗了。

徐徐做出一个嘘的动作。

屋门打开，一个身影飘出来。

秦牧北！谢铁莺喊。

是我。秦牧北拖着疲惫的腔调应答。

徐徐说，谁让你出来的，回去睡觉吧。

谢铁莺扔了被子，站起来，秦牧北，你跟不跟我走？

秦牧北说，走，怎么不走，这鬼地方不能洗澡，连个泡面都变了滋味，硬，水硬，石头硬，什么都硬邦邦的。

徐徐没料到秦牧北会说出如此一番话来。来之前，是秦牧北求着她，秦牧北几乎是要给她下跪，他说再也不愿做谢铁莺的男人，徐徐当时正处于谢铁莺和谢鹏拥抱的阴影下，为了报复谢铁莺，她决定带走秦牧北，在内心深处她并不排斥他。秦牧北的哭腔与现在的做派，简直让徐徐一百个看不起，徐徐说，真他娘的没骨头。这也是徐徐第一次脏口骂人。

秦牧北嘻嘻一笑，隔着将亮未亮的夜色对徐徐说，承蒙你多日来的照顾，我也算享受了一番世外桃源的生活，每天小安眠药一吞，倒也逍遥自在，可现在爷爷烦了。

徐徐骂，狗改不了吃屎。

秦牧北丝毫不在乎，依旧嘻嘻哈哈状。徐徐根本不是他的对手。徐徐只能任凭他像女人肚子里怀了一个月的胎，再次流掉。

秦牧北最后说，不管怎么样，徐徐，我欠你的。

只剩下徐徐一个人在雾云流淌。

徐徐常常失眠，秦牧北留下的安眠药已经吃完，她的《失守的黑色》也写不下去，她常常半夜在院子里转悠。

她梳理谢铁莺、谢鹏、秦牧北三人的关系，越想越混乱。谢铁莺变态恋子，使得情人秦牧北醋意大发，一次争吵后，刺伤谢鹏。谢鹏躺在手术室里，安然享受被药物缓缓地麻醉神经的感觉，作为一名老麻醉师他觉得更应该心无旁骛地配合给他实施手术的麻醉师。谢铁莺脸色铁青，打发走了公安局的人。徐徐的报案给她带来的麻烦，让她颜面扫地。她对外称谢鹏和秦牧北是哥们儿，一起喝酒了，但绝对没有刺伤之事。谢鹏苏醒过来，也拒不承认被刺。徐徐为无意间抖落了谢家家丑而深感不安，那不安甚至压过屈辱和愤恨。就算徐徐可以原谅谢鹏与谢铁莺含混的暧昧，也无法原谅自己冲谢鹏的那一顿怒吼，她在病房里骂谢鹏乱伦。她又想起谢鹏自结婚从未碰过她一指头，更别说圆房，便觉得委屈加重，她说了她只在网站连载小说时才会说出的话，她说难怪硬不起来，吃天药也好不了，一辈子软家伙。她在气头上的话，让谢鹏的脸色从苍白变成通红再变成更加的苍白，谢鹏却是一字未说。她这才发觉说出一个男人那样的病根是多么的残忍。尽管谢鹏后来提出的离婚更加残忍，但是她只恨谢铁莺，对谢鹏的感情始终错综复杂。可如果不是谢鹏的模糊不清，谢铁莺会持续暧昧吗？秦牧北作为弥补她情感的小情人已经足够。徐徐被他们的关系绕得头昏脑涨，她又无处可诉说，只得一个人分解，再分解，就是无法消化。

大半夜的雾云，让她茫然不知所措。

大半夜的雾云，同样笼罩着不知所措的于秋茧。

于秋茧一直没有去找徐徐问询，她看见的究竟是不是绕绕，如果不是，为什么说绕绕有枪，私藏枪支可是犯法的。强奸未遂加上私藏枪支，必定送绕绕蹲进大牢。

于秋茧留意着徐徐的举动，也许从她身上能查出什么线索。

所以，当徐徐半夜在院子里转悠的时候，于秋茧也站在自家的院子里观望着徐徐。两处依山坡而错落修建的院房，刚好于秋茧家在徐徐家的上方偏南。

徐徐会在院子里奔跑，跑一阵，停下来，蹲坐地上休息，而后起来再跑。往复循环，通常当她转悠三十多圈的时候天色就亮了。于秋茧搬把椅子坐在院里，看她。

第二天，徐徐没有沿街说绕绕扛着枪回来了。第三天，徐徐也没有再如此。到了第四天，于秋茧断定她说得是个谎话，且又不再提起，便放松监视，熬到天擦黑就打盹睡去。

第四天过后的早上，村人纷纷又说夜里听见枪响，先是一阵接着一阵，后来变成单发子弹，声音不大，但也能听清楚。

绕绕会不会杀了王进金？一不做二不休。村人有猜测。

不会半夜真闯进葵哑巴家里吧？听说上回没弄成，就啃掉了葵哑巴的一个奶头。

要不就是来吓唬人的，看谁还敢带头往他家闹事。

徐徐如果碰上人们在议论，肯定凑上去，加一句，可怕，太可怕了，兔子急了还咬人。

于秋茧不得不整夜整夜醒着，只等绕绕的枪声再响，她就循着枪声的方向去追，去找。于秋茧还是不相信那是绕绕开的枪，可又不得不跟随着大多数的猜测做最糟糕的打算。

于秋茧年龄不比徐徐，半夜不睡觉第二天依旧精神很好。她不行，几天下来，整个人跟脱水的萝卜一样，越发的枯瘦了。于秋茧坚持着。

这天晚上，于秋茧冲泡了一杯又一杯自制的冬凌草茶，反复从苦味喝到甘淡。冬凌草茶协助她提着精气神。

果然半夜时分，她也听见了村人所说的密集的枪声。她慌忙往外跑，却一时间又摸不着枪声打出的方向。她等在路旁，等待密集枪声之后的单发响动。大约五六分钟之后，从雾云山偏南的方向再次传来了枪响，于秋茧判断了风向，拔腿追去。

于秋茧只觉得脚下也生了硬风，她必须赶上他。朦胧的月亮挂在头顶，追着她不停地跑。那枪声却不再响起。

她趺趺撞撞与迎面的什么撞了个满怀，她慌忙站稳，定睛一看，是个陌生人形，再看过去，才认出那人竟是徐徐。

你……怎么是你……于秋茧气喘吁吁地问她。

徐徐也同样气喘吁吁，只见她使劲摁了摁嗓子，缓出一口淡定，说，我看谁打枪。

你……你胆子不小，半夜不怕被狼吃喽。于秋茧也缓下来。

不怕，绕绕在山上，狼都跑了……什么不跑？徐徐说。

别胡说！于秋茧打断她，你说绕绕比狼都唬人，你知道绕绕是个啥东西？听说过就得小心点，是不是？

我带着防狼喷雾呢，狼近不了身。徐徐说。

于秋茧说，别管闲事吧，徐徐。你家的事也够乱的吧，最近没人上门了，就好好歇歇。

用不着你管。徐徐说。

这就对了，谁家的事也不用旁人家多管，于秋茧说，绕绕不是东西，我不会饶他，我会管。

于秋茧突然想到，她应该追上枪声，而不是跟一个从县城回来的姑娘饶舌。可已经晚了，一丝光亮穿透天空的帷帐，星星也要躲起来。

山风刮透汗津津的衣背，于秋茧打了个寒战，徐徐看到，说，我已经找过了，没发现人影，回家吧。

于秋茧挥挥手让徐徐先走，她已经没有多大力气，又卸了精神，只能拖着疲惫的步子慢行。徐徐有意在前面时不时地停下来等她。

于秋茧冲着她的背影说，你跟绕绕从小没见过几回面，也没怨仇，婶子求你别再说绕绕放枪了。对你有什么好处呢？

徐徐扭头说，行啊，以后不说了。

于秋茧无奈地摇头，也不知道这个年轻女人犯什么病，但愿她只是睡不着，喜欢半夜瞎折腾而已。

背后的雾云山逐渐清朗，新一天的黎明准确来临。

雾云山的鸟叫声此起彼伏，逐渐繁密起来。徐徐担忧，再过几年，这山还会不会有如此的模样和如此的鸟鸣。

徐徐去拜访坐落在半山腰的皇家围场的场长许玲，一路上露水打湿她的裤脚，脑海中跳跃构思的《失守的黑色》的一些情节，零碎，没逻辑。连续三天一个字也没写出来，她在丧失写情色小文的兴致。

她跟许玲是在进雾云山的路上相识的。那天徐徐拖着秦牧北和行李，正走得大汗淋漓，许玲开着一辆小型越野停在他们身后。许玲摇开车窗说，路太窄了，让他们让个道。徐徐将行李包扔到秦牧北怀里，秦牧北没接住，提包掉在地上，秦牧北慢慢悠悠地捡起来，拍拍土，抱住，没动。徐徐已经站在了路边。许玲再次伸出脑袋说，拜托让个路。秦牧北往回走几步，站在车头前说，妞，搭个车。许玲哈哈大笑，半个脑袋从车窗口挤出来，喊谁妞呢？徐徐心说，他那老情人恐怕比你岁数还大，你当个妞怎么了。许玲挥挥手，打开车门。秦牧北坐到了副驾驶位置，徐徐钻进后排座位。许玲说她的车要开往雾云山脚跟下，那里有一个新建的停车场，是她的。许玲还说这条盘山公路也是她参与修建的。徐徐鄙夷地看了她一眼，在徐徐的印象里，这条半拉子工程的盘山公路原是一个南方开发商承揽的，当时他要在山间修建庙宇，便提前修了进山的公路。只是这条公路跟雾云人寻常进出山要走的不是同一个方向，这条在山背后，绕大圈，路途远。后来，南方开发商又突然撤回资金，不知问题出在何处，这条山道就修了一多半，也没有完全通到雾云村中。它在山后距离雾云村四五公里的地方戛然而止。许玲说，通往村里那一段就不修了，通往山脚下还有一公里，她已经找人先做了平整工作，等一过雨季就动工修整。

许玲雄心勃勃地向徐徐和秦牧北介绍她的项目，她说利用雾云山天然的山林优势，建一座方圆五百里不会再有重样的围猎场，名字已经找取名馆先生给算好，就叫皇家。她说那老头给出了两个跟她生辰八字合拍的名字，一个叫皇家，一个叫云缎。她说听起来还是皇家气派，要做就做独一无二的，手头资金充足得很，只差一个合适的机会，她就能将大山的财富打开，关键是弄这么一个地方，也给大人物们寻到一处隐秘的休闲场所。

秦牧北说牛X，徐徐说如果叫云缎会显得更有品位。许玲扭头看了一眼徐徐，说，　看你就是个大学生，一个月挣多少工资？要不跟姐干吧，发年薪。徐徐笑笑，她从侧面刚好看到她的脖颈，苍老的皱纹已经无法掩盖，使劲拖着她鲜亮的珠光宝气。徐徐不再说话，仔细打量这个叫许玲的女人，她穿了一套棉麻质地的套装，看料子和裁剪应该是上好的品质，可她偏偏搭配了一套与之冲突的黄金红宝链子和吊线耳坠。

许玲充满自信地向他们描绘皇家围猎场的未来场景。山林葱郁，山泉潺潺，梅花鹿、山鸡、兔子、狐狸……四散奔跑，人骑矮马追逐围猎，打到的猎物可就地烧烤，也可拿到围场配套的餐厅请厨师烹饪，三十六种吃法招招见能耐，尊享富贵与逍遥。当然如果有的“猎人”拜着菩萨，她则转变营销模式，视猎人为上帝，让围场转瞬变成慈悲场，她会临时增设新的项目，撒一群受伤的兔子等小活物出去，让那慈悲的猎人追上、救下、治伤、放生，做功德。那么，这一天，她还会对着那慈悲猎人反复念诵大悲咒，会适当地忏悔，说自从遇到该猎人才发觉以往的人生多么浅薄啊，她要从正向善，做该做之事。

你们以为我在演戏吗？许玲讲至此，回头问徐徐和秦牧北。徐徐笑了笑。许玲语调透出几分得意，知道什么叫技巧吗？做生意不懂技巧岂不是白瞎了？智商，智商懂不懂。徐徐还是笑了笑，说，手段吧。许玲说，看来邀请你加入有点难度，给我干活，我得让你提前看到未来。你说你是本地人？我正缺一个本地美女，土山里的那些个提不上台面。

许玲的话兴正浓，她继续描叙她的围场。她说配套设施是关键，打完猎，得休息，得睡觉，所以她请人设计了原始融合现代派的客房，采用木材与石头混合修建。每一处都与另一处拉开距离，反正山上有的是空间。透明的屋顶可以观赏夜空的星星、月亮，下雨天还能看雨点滴答，遇上大雨更是过瘾，如住水帘洞中。如果需要隐秘，则拉动头顶的幕帘，顷刻间营造一个严实的所在。

许玲说累了，就停下来问徐徐名字，徐徐告诉她，她改口直呼妹妹，说俩人都有一个相同的发音的字，就是缘分。许玲则叫秦牧北哥哥，一口一个哥，口齿里的黏糊劲就像刚刚喝过蜜糖。秦牧北说他表哥在临县也承包了一座山头，只不过是以他表哥的妻子的兄弟媳妇的舅舅的名义做的，秦牧北不经意道出他表哥曾任市委常委的官职，惹得许玲哥哥长哥哥短，叫哥叫得更欢快，大概还顾虑跟前有一个徐徐，否则真恨不得黏到他身上。

分开后，徐徐对秦牧北说许玲轻浮，哪有管一个自己哥哥之外的男人这样黏糊喊叫的，秦牧北说她少见多怪，看来秦牧北十分享受。徐徐冷笑，一个比你不见得年轻多少的女人，模样和水平都平庸至极的女人，就把你整迷魂了？哥，哥，哥……好卖力啊，人家叫亲哥亲爸都不知道有没有这么带劲。秦牧北哈哈大笑，伸手点着她的额头说，你变了，我记得你可是小山羊啊，什么时候嘴巴子整这么刻薄？徐徐轻巧地躲开他，说，软柿子还不是让你们捏来捏去，捏死了都不还手，孤魂野鬼，连个胎都投不了，我不活该吗？徐徐忽然话锋一转，你们，你们的关系可真混乱。她又将话题绕到秦牧北和谢鹏、谢铁莺的身上。秦牧北听明白了，却是完全不理会，一副事不关己状，这也是刺激她继续口舌发飙的一个主要原因。于是徐徐摆开架势，呼啦啦扇动着舌头，就像那舌头并不是她的，是借的，到期限必须归还的。

徐徐后来又跟许玲见过一次，是许玲到雾云村里找人干活。她要拿铁丝网围住她承包下的山头，也是她的皇家围场的第一步动作。她找到徐徐让徐徐帮他给村上的男人说，一天三十块。徐徐告诉她这里的年轻人大多都下山去了，她可以到镇上找工人。许玲说这活儿年轻人干不好，熟悉地形是关键。徐徐说刚下过大雨，山体容易滑坡，还是过些日子比较好。许玲就与她约好一周后再谈。许玲说最近几天都待在山上，她的皇家围场的第一个铁皮屋已经弄好，铁皮屋不做客用，只是她临时的休息场所。她让徐徐抽空去山上找她，看看她的围场的规划图。

越往上走植被越茂密，换转另一条向东的山道，树木被修剪成规则的形状，立在两旁就像蹲守的野兽，也像呆头呆脑的什么三角形物件。行至一处标示着“皇家围场”的木头招牌的前方，四下空阔起来。徐徐从横腰拦着的绳索下钻过去。不远处，一个红色铁皮屋前许玲正在逗弄一只半大的狼狗。

徐徐挥挥手，许玲已经看到她，也冲她亲切招手。

荒郊野地的，不害怕？徐徐绕着铁皮屋转了一圈，又用手拍拍铁皮，问，这么个铁家伙，怎么弄上来的？

组装货，好弄。开车运到山脚，再让人抬呗。许玲轻拍着狗头说话。那只狗因见到陌生人而从喉咙里发出的呜呜的警惕声慢慢变小。

弄个帐篷也不错。徐徐提议。

帐篷，那不是有一个吗？许玲指了指她身后五百米之外的一棵大树，说，他们住帐篷，我住铁皮屋，再住两天就下山。这两天那两个人在研究怎么造树屋。

什么树屋子？徐徐问。

许玲说，走吧，过去看看。

走到大树下的帐篷处，许玲拍了一下手，没有动静，又拍了两下，还是没有回应，于是对着帐篷喊，起来了起来了，都快中午了，还睡？

许玲解释说，里面的张工程师和倪设计师，都是业界的顶级人物，关键他俩还都懂风水，在香港一个什么什么大学毕业的。他们联合设计的作品我看过，在一个国外的网站，真气派，有味道。当然，他们的价钱也高，脾气也怪，不过这不算什么问题，让我摊上也是好运嘛，我可算惜才如命的人。关键是，他们不给一般人设计，看不上对方，绝对不合作。他们是我一个初中同学介绍认识的，没少花功夫。还有一个关键，他们对雾云山感兴趣，造树屋计划就是他们提出的，他们还给我看了几张国外建造成的树屋图片。

就是在树上搭建一个木头屋子吧。徐徐说。

是啊，不过搭建这个也不容易，不光要造型好，要结实，还要讲究风水。妨碍谁了都不行，老天爷和山神可是最爱给人开玩笑的。许玲说。

帐篷里钻出两个男人，一个低矮，戴一顶奔尼帽，穿改良版的迷彩装；另一个清瘦，穿布衫，梳着一头小麻花辫。徐徐暗自数他的小辫子，结果还没数清就快晕了，那颗光怪陆离的脑袋晃动得太频繁。

奔尼帽慢吞吞地说，昨夜观星象，睡得太晚，一下子就睡过头了。

徐徐扑哧笑了。许玲看她一眼。徐徐捂下嘴，又摇了摇头。

小麻花看了一眼奔尼帽说，老倪，开什么玩笑，那是你，我可早起来了，我去山里转了一圈，又测量了一下围场里和围场附近适合造屋子的大树。

怎么样？许玲问。

你那个保镖跟猪一样，什么忙都帮不上！小麻花抱怨。

许玲说，他，他就是一看门的，哪能跟大设计师比。

奔尼帽说，今天，我俩再测一下土质。

土质？又不栽树，测土质干什么？许玲问。

你就别管了，明天给你拿可行性报告出来，一周后出设计图，预付金你随便给，这倒不是主要的。奔尼帽说，这山上闹，让人睡不安生，多待一天都是受罪。

怎么了？这不是挺安静吗？徐徐问。

奔尼帽瞟了她一眼，没搭腔。奔尼帽接过小麻花准备的手提工具箱，俩人一前一后向南边的密林走去。

许玲请徐徐到她的铁皮屋小坐，徐徐说山风那么好，不如站在外边聊聊天。徐徐说她看那工程师和设计师都不靠谱，总觉得哪里不对劲，又说不好。许玲说她心中有数，这个事情就不劳徐徐操心，她只是让徐徐给她弄一个能来干活的人的名单，口头说说就行，听到就安稳了。

徐徐说村里最近出了大事，一个哑女被人咬掉了乳头，还差点被强奸。听村里人讲，他之所以没得逞，并不是因为那哑巴力气大，而是他突然发觉哑巴身上有一股子猪粪味，他最受不了那个，就放弃了。否则凭他的身手和恶胆强奸三个哑巴都不是问题。那哑巴从没出过雾云，最远走到镇上，不会收拾打扮，又丑又笨，哪里会是绕绕的菜？那绕绕是个什么东西！游手好闲、好吃懒做的家伙。听说他连强奸寡妇老太太的念头都有过，他说给别人听，显摆一番，然后当真晚上去了一个老太太家，不过他什么也没干。他一定是在想，总不能胡吃海喝吧，啃了烂白菜帮子算一辈子耻辱。还有人说，他得逞了，他进入哑巴的身体后就后悔了，可他还是得逞了。谁知道呢？

许玲说雾云出不出事与她无关，她才没工夫管别人的闲事。徐徐说关键问题是，绕绕要杀人，绕绕扛着枪躲在山里，就在围场周围不远的地方。至于不远到什么程度，她不清楚。雾云山上她也不算多熟悉，而那绕绕就不同了，自小从山里长大，摸爬滚打都在这儿。所以他要是存心躲起来，谁也找不到他，的确还没人找到他。

徐徐说她之所以知道绕绕扛着枪在山里转悠，之所以知道绕绕要杀人，是因为村里有人看见他，看得真真亮亮的。她当然也看到了。这消息还是她说的，先看到的人胆子小不敢，生怕绕绕找他报仇，一枪子先喂他吃。徐徐说她可不怕，她现在除了人什么都不怕，绕绕是鬼，她不怕鬼，绕绕是恶鬼，她也不怕。她就是要跟鬼打个照面，被迷魂了才好，就不至于天天伤心。她问许玲知道她为什么伤心吗。许玲说因为小白脸跑了。许玲指的是秦牧北。徐徐说也对也不对，就是最近有点扛不住了，就跑出来管闲事，只要不是面对自己的事就好，她现在最怕自己的事，其他都不成问题。

许玲说女人有钱有底气，就不怕男人跑了，许玲让徐徐给她当秘书。

许玲说找个女秘书更容易让人觉得她纯洁，她要的就是这个劲，她说她本身就很纯洁，乌七八糟的东西沉淀沉淀、过滤过滤，留下的照样是清水。徐徐说那个绕绕这次的杀人名单里有许玲。许玲一惊，表示出极大的疑惑。许玲说她跟绕绕根本素不相识，又无冤无仇的，凭什么就要连她一起杀了？徐徐说那个杀人名单也没文字证据，她只是听另一个人说的，另一个人让她保密，她就不能供出那个人。她跑到山上来，就是要告诉许玲，凡事小心为好。

许玲指指拴在铁皮屋门把手上的狼狗，说除了这家伙还有一个保镖。头两天她让保镖跟设计师们一个帐篷睡的，大不了让保镖跟她一个屋子待着，她可不怕什么恶鬼绕绕。她还是感谢徐徐提醒，她打算给徐徐一天工资，算作酬劳。徐徐拒绝，说自己又不是靠贩卖消息赚小钱的人。

在巨大的山石跟前，两个女人站立着聊天，四周是不可触碰也不可依靠的山风，脚底是深不可测的黑色的孤独，两个身形就显得更加渺小。渺小到俩人聊着聊着就生发出了半真半假的惺惺相惜感。徐徐给许玲讲谢铁莺、谢鹏和秦牧北的关系，当然她隐去了自己的身份，安插在一个大学同学的身上。许玲惊讶不已，她完全不能理解谢鹏妻子的不离婚的举动，有什么可以等的啊。许玲说要是她一脚踢死那男人和那婆娘，然后烧一把火毁灭现场，这等手段在宫斗剧中常用，放到现实里还得做更周全的考虑，提防警察和铐子。许玲分析宫斗方法的活用案例，徐徐便知自己已经扯远，及时掩回才是正经。

许玲给徐徐看了围场的整张规划图。许玲说如果树屋再搞成功，就更完美了。许玲说简直能听见钞票过机器的唰唰声。徐徐说野兽成精吃了你围场里养的动物怎么办，许玲说吃完了再买，徐徐问如果吃了人呢，许玲说吃了再生嘛。俩人哈哈大笑。

许玲要带徐徐下山吃午饭，徐徐说不愿意折腾。许玲就让她保镖去山下买回熟食。

下午，许玲带着徐徐依照规划图上的标示走了一圈，许玲不无得意地在那些标示地段刻意多做停顿，意在抒情言志。徐徐说山这么深，太玄了。许玲说请过风水先生。徐徐忙问那风水先生说什么，许玲说风水先生说这是鱼脉，在鱼的肚子的部位。徐徐说那风水先生又不是雾云人，怎么能看清雾云山真正的脉络啊，如果，大吉他两三眼看清了，雾云就不叫雾云了，雾云山也不叫雾云山了，雾云本就是迷雾之境。这些年光在雾云山上山下发生过的离奇的事就数不清，那些故事可不是一般的故事，说出来个顶个的骇人。

许玲提议徐徐说来听，她想从中选找几个，渲染加工之后用作对围场的宣传。现代人喜欢探险，热衷揭秘。许玲说平地无趣，深挖才有意味，人活得越来越寡淡了，不弄点刺激不行。她说如果嗅觉敏锐，好好操作，就算是一座山一条河的传说都绝对能转化成金钱。徐徐说看她挺有文艺范，她说她练毛笔字已有三年之久，徐徐开玩笑让她赠送墨宝，她说给她写四个字。徐徐笑。许玲说三年就练了四个字，不信不像样。

徐徐开讲，首先是关于雾云的骷髅头坡。两百多年前，有两个家族发生纠纷，一方将另一方的女儿误杀，另一方报仇杀了对方的儿子。本以为血债扯平，谁知当天深夜两个家族差不多四十多口人被杀，幸免的两个人被吓哑。还是旁人帮忙，被杀的人才被埋葬。徐徐说骷髅坡就在围场的南侧。

许玲说管它南北西东，整些炮仗轰轰晦气。许玲要求徐徐讲点关于凄婉爱情的故事，不管男的殉情了，还是女的陪葬了，都容易找到泪点。徐徐想了想说，明天她问问画四娘，画四娘是村里了解最多传说故事的人，那双眼睛可比风水先生的眼睛还亮。徐徐建议许玲去请画四娘给看看，转念又说恐怕不行，画四娘最近有病在身，肯定不来。徐徐跟许玲要了生辰八字，说等她先上门一探，让画四娘给说道说道。

许玲迟疑了一下，说如果画四娘能帮她转运，她愿意重谢。徐徐以为没听清楚，盯着许玲的眼睛看了又看。那眼睛缝隙太小，徐徐无法捕捉到任何一种可靠的光点。

徐徐说，你运气不是挺好的嘛，你的皇家，还有你的未来，哪里需要转运？

许玲神色有变，陷入迟疑。徐徐看她一眼说，不方便就算了，我跟画四娘的交情也没多深，她给不给面子很难说。

徐徐暗自观察，许玲的脸上掠过一丝不易察觉的愁容，轻飘飘的，无着无落的，又很快被风吹散。

许玲将生辰八字写在一张纸条上，递给徐徐。徐徐卷起就走。许玲在她后面连声喊，着急个鬼啊，这么快，说走就走，着急个鬼啊。徐徐走了十多步，又猛然站住，回头，笑一下，对许玲说，生怕忘了，所以我得赶紧回去。天快要下雨了，还是一场大雨啊。

许玲抬头看看天空，莫名其妙，哪里有阴雨的迹象。

两天之后，许玲的保镖匆匆忙忙来找徐徐。

徐徐问他，许玲让你来的？

那保镖说，不是，是设计师让来的。

原来是戴帽子的和扎小辫的那俩家伙。徐徐轻蔑地说。

保镖说，他们让我来找你谈判，他们说知道你是一个高手，比他们还高。

那你是什么？一条走狗？还是一个热心肠的人？徐徐有些抑制不住心中的厌恶。

我什么也不是，我哪里有身份？我跟着谁干活就听谁的话。保镖说。

不是跟着许玲？徐徐问。

跟着许玲是昨天的事，今天我得变了，要不然一分钱也拿不到。实话告诉你，我虽然是许玲的手下，但我也是许玲的债主啊。保镖说到此处，语调竟有些颤抖。

见徐徐一副不屑状，那保镖将声调又拽了一下，尽量显得平稳下去。他告诉徐徐，许玲这几天躲在山上，根本不是什么只为专心研究树屋，她哪里有那个闲情雅致。她只是为了躲避。她在县城的集资公司遇到问题了，大问题，资金链条突然卡断。她这个一夜暴富的女人一下子落得只剩下虚张声势和作假、躲避。她托各种关系，找人担保，求人帮忙，正在运作一批银行贷款，成不成两说。那保镖扔在集资公司的钱不到十万，却是全部家底。他更不能这时候离开许玲，只指望许玲有钱了能第一个给他。许玲承包山头和要兴建皇家围场的事都不假，但也是一个月之前的事情了，现在她就是维持一个局面，假装繁荣的局面而已，若说动工动钱，她还不敢。至于她到雾云村找劳动力就是看中了一点，雾云人老实，工资可以先拖着，什么时候有钱了才还上。

保镖说，这些也不算重点，重点是许玲昨夜发疯了，又唱又跳闹了大半个晚上，天快亮时，整个人瘫软下去，然后变得神志不清，只颠三倒四地说一些胡话。张、倪两人见势不妙，忙催她转账，但徒劳，她根本没有。张、倪商议后，将他这个保镖拉进他们战队，派他过来找徐徐。

你们之间的纠纷，找我有什么用？徐徐说，大不了你们去打官司解决。

没用的，我也不愿意来找你，可是他俩说了，公安局给不了我们一个子儿，许玲的车也被山下来的人扣走了，现在就算许玲有钱也不会给我们，更别说她都装疯卖傻了，不，不，是真傻了，保镖说，他俩还说你能给点儿是点儿。

什么意思？徐徐问。

保镖说，实话告诉你吧，那两个人是骗子，他们才不敢去公安局。我也不敢去。我怕去了，我的钱还是要不回来，我那几个钱虽然少，可是我的血汗换回来的，我怎么也不能让它有打水漂的任何机会吧。哦，我实话告诉你吧，那俩人说掌握了你的秘密，真掌握了你的秘密。

秘密？呵，什么秘密？徐徐轻蔑地扫了他一眼。

你别着急，听我慢慢说。我也是被迫的，你可别恨我。保镖认真地看了一眼徐徐，说，许玲的疯病跟你有关，你这两天晚上干的事情我们都知道。

你想要挟我？徐徐冷笑，你们掌握了什么秘密？有本事说出来，说出来吧！要不然，你告我，告我吧！

不，不，不，你别误会，我是一个实诚人，我才不会呢，我说了我是被迫的。保镖说，你的枪是假的吧？你放的录音还是鞭炮？这个我不是很清楚。我们就是看见一个穿白衣服的人出现在铁皮屋周围，那只傻狗叫都不叫。他们说看影子就知道那不是你还能是谁？你开枪吓唬人，还亲口告诉许玲，有人要大开杀戒，说山上有恶鬼，说一个叫绕绕的人扬言要杀人，他变态了，见谁杀谁，他就藏在山里。你还告诉她，她的八字被批过了，有不祥之兆，远有大灾，近有恶魔附体。是你说的吧？

是吗，你又是听谁说的？徐徐问。

许玲，是许玲念叨的，她要不是连续多日吞服过量安眠药，她才不会出现幻觉。这个心又狠又硬的女人，她知道我一定会保护她，她知道她能让我服服帖帖，但是现在不行啊，我的钱再拿不到，家里边就要出事了。

你有什么证据。徐徐说。

保镖说，你说哪件事没证据？你跟那个姓秦的公子哥在一起，肯定也不会很穷吧，你只要给我一万块钱，我就什么也不说。我还得赶紧赶回去，我得带着许玲进城看病，我说了她知道我会保护她。

我没钱。徐徐说，我没扮鬼吓唬她，什么白衣人也都是你们想象的，许玲说的八字什么的也是她自欺欺人，我只是对她说远离雾云山才能安宁，雾云阴气太重。我唯一要承认的是，鞭炮声是我弄出来的，只有绕绕是恶魔一事是我说的。别的，都是她自己的幻觉。她精神紧张，心虚，胆小，跟外人没有关系。

一万块，就一万块。保镖伸出一根食指说。

没钱，徐徐说，你可以去告我，我说过了，去告吧。其他免谈，请走开。

保镖见徐徐态度强硬，实在没有能拿到钱的可能，就狠狠地放下一句话，等许玲好了，她会收拾你，她可不是好惹的！

请便！徐徐说，顺便告诉你们，打雾云山的主意休想，打算在山里大开杀戒更休想。山神看着你们！

保镖摔门而去。

徐徐没有半点轻松，她可没有想到许玲会出现那保镖所说的幻觉，被乱魔斩首。徐徐只是制造了乱枪声和绕绕这个恶魔的形象，吓唬她离开就行，虽然她将围猎场项目说得热闹，但是徐徐看出她是一个虚张声势的人，并且她无意间一个电话透露了她的犹豫，她说她还没有最后拿定主意要不要投资。于是徐徐想拦腰截断她的预想。

事已至此，徐徐松了一口气，内心却并不能真正轻松起来，总觉得有什么东西压着胸口。

第二天，又下起了绵绵细雨，整个雾云山笼罩着一层忧伤的雾气。

徐徐躺在床上发懒，她的骨头酸疼得很，一点儿也不想动弹。烦了，徐徐就背完乘法口诀背唐诗。当她第十几遍背诵到“林表明霁色，城中增暮寒”时，肚子发出的阵阵咕咕声才拎起她的骨头，将她从床上拖起来。

家中的方便面已经吃完，她懒得生火，便想到于秋茧家讨一顿。自从俩人半夜山行遇见，她对于秋茧莫名地平添了一份亲近心出来。大概是那晚的夜色太深重了，她一个被遗弃的人，就要被黑色和自己淹没，而于秋茧在她身后紧追，她一转头都能看到她，听到她。

再说她也必须面对于秋茧了，她当然有必要去一趟于秋茧的家。

于秋茧正在缝补衣服，缝补完了两三件后，又在一件蓝色布料上绣花。

徐徐进门，开口就问是不是有吃的，还说自己早饭和午饭都是凑合的。于秋茧忙问她想吃什么。她说随便都行。

于秋茧将碗橱打开，拿了一瓶黄桃罐头递给她，说是镇上的特产。徐徐说她哪里能不知道，她只是想吃一些面食。于秋茧这才想起还有一张葱油饼，搁在馒头筐里。油饼是绕绕最爱吃的东西，于秋茧隔三岔五地做出来，心中还是希望他突然回来，回到家中。她想好了，绝不会狠狠地打他，她要让他自己发觉错误，自己磕头认错，如果法律不饶恕他，也是他自己选的。

于秋茧将一只圆形铁烙子放到煤炉上，淋一层油，等烧热，再将油饼放在上面。少顷，空气中便飘起一股葱花的香味，因为是二次加热，那味道不浓郁，却有另一种面皮的焦香。于秋茧用锅铲将油饼卷起来，盛在一只盘子里。然后又在铁烙子上放了薄油，将两只鸡蛋打开，摊成蛋饼，撒一层细盐，再铲起来，裹进加热好的烙饼里。

徐徐好一番狼吞虎咽，吃完又往铁烙子上瞅瞅。于秋茧已经将铁烙子移到炉子一旁的台面上。她洗了几个鸡蛋，放进炉火上蹲着的水壶里。她对徐徐说火正旺很快就能煮熟。徐徐说不饿了。

于秋茧邀请徐徐坐会儿，徐徐自然坐下，没有吃饱就蹿的道理。徐徐看到于秋茧扔在桌上的绣花，问是做什么用的。于秋茧说帮画四娘绣一件去往另一个世界要穿的新衣服。

于秋茧给徐徐泡了一杯冬凌草茶。徐徐接到手中，先看那汤色，又闻了闻，吹吹杯子口的碎浮叶，试着小喝一口。

啊，苦死了。徐徐咧嘴说。于秋茧就笑，将徐徐的手中杯拿回，徐徐不知道她要做什么。

于秋茧又拿出五个空杯子，将徐徐的茶水倒进第一个杯子。这样徐徐的茶杯就只剩下杯底的冬凌草。于秋茧往冬凌草茶中冲入热水，稍候，再将那茶水倒入第二个空杯子。同样的操作步骤，往第三个、第四个、第五个空杯子也都倒入了依次冲泡好的茶水。

于秋茧指着五只杯子说，尝尝。

徐徐依次品尝。第一泡，苦。第二泡，还是苦，仔细分辨那苦感稍微轻了点。第三泡，苦味又淡去些。第四泡，再淡一些。第五泡，几乎感觉不到苦，落到嘴里，可能还有一种细细的甘甜。

是不是只这最后一杯发甜？徐徐问。

于秋茧笑了笑，那就喝完吧。

如此几杯冬凌草茶下肚，徐徐的精神好多了。

徐徐看看窗外的雾气，说，那个……前天晚上，他又回来了。

于秋茧心头一紧，谁？

徐徐说，还能有谁啊。

于秋茧站起来，说，你在哪儿见到他了？夜里……夜里静悄悄的，我是说……我是说根本没人开枪，我可没听见什么枪声。

徐徐笑了，我又没说绕绕，我说的是凶神。以前叫恶鬼，现在被我逼成凶神了。

于秋茧说，你这孩子，你怎么总是神神道道的，你到底想怎么样？

徐徐说，秋茧婶子，我叫你婶子对不对？我也不知道我家在村里排什么辈分。秋茧婶子，你知道雾云山上的那些野鸡野兔子为什么越来越少吗？你知道雾云山差点被人修成一个围猎场，招一批城里人过来射杀吗？他们还要在围猎场附近建酒店和KTV，这、这都哪儿跟哪儿？还有，你知道雾云人为什么总受欺负吗？

是，越来越不安生了，可是……于秋茧说。

因为，山里人太老实，太懦弱，太逆来顺受，所以他们就想着法欺负我们。我就想，弄一个凶狠的人吓吓他们。

所以你就拿绕绕说事？

绕绕对那个叫什么葵的人做过什么我不知道，我只知道我们迫切需要一个恶人保护。

你……唉……你这孩子啊。于秋茧叹气，说，上大学这些年，你就学到这个？

跟上大学什么关系？徐徐说，我做了多少年好人，还不是被欺负来欺负去。我一赌气不搭理他们了，他们到心虚了，还千方百计找我说好话。

你……于秋茧又叹一口气。她很想跟眼前的年轻人好好讲讲道理，突然又不知道从何处说起，怎么说才能让她愿意听。

于秋茧给徐徐的水杯续了开水，问，你什么时候走？

走？离开雾云吗？徐徐问。

是啊。于秋茧说。

没准。徐徐说。

那你跟我学做茶吧，冬凌草茶。于秋茧心想，也许人人都需要一个慢慢翻晒、烘烤的过程。

徐徐的网文彻底写不下去了，以前对万事万物都抱持有一些幻想，包括对无望的情感，对谢鹏。现在，那发泄某些隐秘欲望的写作仿若不见天日的霉菌，使得她的感染面积渐大，而她真正病了。

徐徐已经答应跟谢鹏离婚。在来雾云的前几天，她就答应了。只是她还没有签字，她不能主动去签字，她得等谢鹏将协议书放在她脸跟前，她想再最后一次真真切切地确认。

徐徐在雾云的日子百无聊赖，她预想到谢鹏会拿着离婚书找上门来。从当众揭开谢鹏病根的那一刻，她就知道那一天是必须到来的。她只能等待。

狗血喷头地骂他一场，绝对不能流眼泪。她不止一次在心中这样说给自己。

在雾云，她每天喝于秋茧自制的冬凌草茶。她也认识了葵和映山。葵虽然不说话，坚硬得像一块雨后的石头，但她从她的眼神里看到一种草叶的光芒。草叶是什么光芒呢？尤其是在雨后的石头旁，闪着。她觉得她从来没有过。她软塌塌地如同石头旁的一摊鸟粪，大概前身是金黄的谷物，如今却好生无趣。有着水光一样清澈眼神的映山总笑话她爱皱眉头。她竟然从来没有觉察到，究竟是从什么时候开始的呢？她无法应付生活出现的各种难题，她顺从，也不行，她反逆，还是不行。她不起褶皱，谁起褶皱？反正石头是不会的，流动的河水也不会。

在雾云，她等于退到了最后，感觉再无路可走，便不再挣扎，不再自扰。

那天，谢鹏顶着太阳进山，不知道他有没有搭车，还是自行走进来的。谢鹏额头的汗水一直没断。

伤口好些没有？这是徐徐的第一句话。

没事，很小的伤。谢鹏说。

谢鹏走进她居住的屋子。

她请他坐下来。谢鹏将小凳子靠在门板上，这样，他的身形就显得天真了许多，像个孩子一样。他是在以这样的姿态乞求她的原谅吗？

拿出来吧，我签字。她也坐下来，坐在屋子的最中央。没有几件家具的屋内空荡荡，她如同蚂蚁盘踞中心，显示着主人的位置。

不着急，我的意思是，等你回去拿东西时再签吧。你的首饰我给你放进一个盒子里了。

怎么不带过来？

没有。

那就算了，反正也是你买的。

可是，那是你的，送你时是真心觉得好看。

不。

徐徐，我知道你觉得我跟妈妈……

我已经不愿再想这些……这些……你知道我不愿用那个字眼来形容你们。

肮脏，对吗？徐徐，你错了！我跟妈妈哪会有你想的那么无耻……

我说不出更难听的……徐徐想到此前所蒙受的羞辱，还是无法长久地保持平静。

上回妈妈过来，她想告诉你真相，但觉得那也是伤害你，她没能说出口。谢鹏的头完全靠在门板上，眼睛看向斜外的天空，一丝风都没有。

我以为你来签字，要是别的事，不用讲了。徐徐说。

还真得告诉你，要不我真不安心啊。谢鹏说，其实，开始跟你在一起，是妈妈逼的，她让我找一个姑娘结婚，县城里的姑娘我一个也看不上，我为什么看不上，一会儿就会告诉你。总之我的婚姻是个难题。你来自镇上，还是读大学的，妈妈认为再合适不过。

原来一开始你就在骗我？徐徐的身体忍不住轻轻颤抖起来。

徐徐，我还是给你讲个故事吧，虽然这样的坦白方式很老套，但是我没有别的办法了，我给你讲个故事。你别着急，你听完，也许你会原谅我。谢鹏的眼睛从天空处挪回屋里，仔细地寻找着徐徐的眼睛，徐徐并不看他。他的眼光黯淡下去。

空气有些黏稠。徐徐的呼吸黏着尘土，鼻孔像被什么紧紧捂住。她不得不像感冒症状的人，张开了嘴巴。

谢鹏将头重新贴到门板上。

谢鹏的故事跟射进屋子里的那道光柱一样，可能也布满了卑微的尘埃的颗粒，他迎着那光柱，有些眩晕。

谢鹏读初中一年级那年，谢铁莺和谢建国离的婚，谢鹏选择跟了母亲谢铁莺生活。谢建国那个云游诗人，则跟随他的梦想去了南方。谢铁莺跟谢建国是两条分叉道上的人，无论从性格还是生活态度。关于这些，少年的谢鹏已经有些理解，所以这并不构成他以后性格转变的原因。倘若谢建国在，一直在身边，一切也不见得逆转。之所以这样说，他实在不愿意给远方的谢建国套一个罪名。

他只是想从那个年代说起。那个年代，他和谢铁莺还住在市里，谢铁莺还是一家市区医院的妇产科的护士长，谢鹏则在离医院不远的一所中学读书。一般情况是，每天下午放学后，他先到医院。如果谢铁莺没有晚班，他们则一起回家；如果她赶上值班，他则跟她在医院食堂吃晚饭，饭后她送他或者他一个人回去。那个年代的市区医院的后面有一个小公园，老式的围墙，老旧的健身设施，植物却是郁郁葱葱。平时也没见多少游人，呈现一副寂寥落寞之态。一天，因为班会提前结束了，早早离校的谢鹏就拐到了小公园玩耍。刚刚下过一场阵雨，小公园的空气里到处都是腐败叶子的酸味，被风吹落的花朵和树枝横七竖八地躺在地上。谢鹏看见一种球状的植物，并不知道名字，就一路捡拾起来。他走啊走啊，似乎走了很远，也不知道走到了那里，只觉得肩膀被人狠狠地拍了一下，他才猛然抬起头来。原来是一根沉甸甸的树枝落在了他的肩膀上。他捡起树枝，使劲扔出老远。然后蹲下来，擦拭沾了污泥的鞋子。他因为蹲下来，看到再往前三棵树的树后面，一个中年男人和一个看上去比谢鹏大不了多少的男孩抱在一起痛哭。谢鹏心中一惊。他还没见过如此悲伤的男人，还有这种表达方式，他觉得心中有一种异样的东西在扎他，扎在他的无知的皮肉上。他快速离开了。他还是没忍住扭头，这一扭头，他简直吓呆了。那男人狠劲地抱着男孩的头，狠劲地亲吻着。谢鹏逃也似的离开。而那个小公园里看到的一幕，却烙在了他的心底，每次想起，都觉得心惊肉跳，不可思议。他甚至还做梦梦见那个男孩被那个男人狠狠地勒死。他后悔当时怎么没有报案。

这影像伴随着他度过了青春期，当他第一梦遗，摸着身体下面那一摊潮湿的东西，他竟然觉得那个梦里被勒死的男孩又活了，在一旁嘲笑他。他恨他一直看着他。到了大学，他开始谈恋爱，他掐头去尾地将小公园看到的一幕讲给女友。女友说这没什么，她曾在公交车上遇见过一个露阴癖。女友本是安慰他，他却觉得和女友隔着很远的距离。他不再跟她讲什么。女友明白过来，提醒他去看心理医生。他说不用。他跟女友的分手比较平和，彼此从来没有过盟约，所以也不必解除什么，只挥挥手就好。他没想到女友开始散布他有心理疾病的信息，一些心仪于他的女孩也对他敬而远之。他不恼，反而觉得轻松。

毕业之后，他没有马上到所学专业的对口单位实习，而是进了一间酒吧做鸡尾酒师。他擅长调制经典鸡尾酒，按部就班地在基酒中添加辅料，还镇住过不少客人。直到有一天，店里来了一个挑剔的客人，非要他在龙舌兰里加黑胡椒，他觉得好笑，没有照做。那客人竟找到老板，亲自上手调制。那一晚，他见识了那个人天马行空的想象之于鸡尾酒的精彩。这些道理他懂，但是他不敢太随意地去调制，他按照固有的别人研发的模式进行，以防出错。

能错到哪儿呢？那人问他。无非就是改变，出现另一种从没尝试过的口味。那人说他不适合调酒师工作。他也承认，关于调酒，不过是在大学期间学习过，并不为主业，也没研究。他坦诚地告诉那人，他的专业是做一名麻醉师。那人反而雀跃，觉得他就是一名麻醉师。

那人叫秦牧北，比他大几岁，开了一间画廊，倒卖字画为生。赶上一些人利用字画市场洗黑钱的时机，挣到了几笔钱，就将画廊交给人打理，自己又玩起了艺术。所谓艺术，连秦牧北自己都讲不明白自己到底要的哪样儿。玩嘛，就是掺和。

混得人人看你眼熟，圈子里没你不热闹，你就成了。这是秦牧北的话。然而秦牧北掺和进他所谓的艺术圈子也没多久，就又转做别行了。他的随性在谢鹏看来，如同他调制鸡尾酒的方式。这些，至少是谢鹏身上没有的。谢鹏被秦牧北的自由不羁吸引。

谢鹏跟秦牧北的来往越来越频繁。秦牧北甚至都要求搬到谢鹏家里住。谢铁莺去县里任职了，市里的房子只剩下谢鹏一个，谢鹏就同意了。

俩人出双入对，在外人眼里情同手足。

谢鹏开始他的实习生涯，在谢铁莺曾待过的那家医院做实习麻醉师。后来，各县医院招人，谢铁莺让他报名。他没有打算去她所在的县。也不知是她的运作还是别的什么原因，他却真成了她的兵。他去问谢铁莺。谢铁莺解释说，她是院长，根本不可能徇私舞弊，她说她完全相信儿子的实力。

谢鹏知道，谢铁莺是要分开他和秦牧北。谢铁莺曾经警告他不要和秦牧北来往过密。谢鹏不以为然。谢鹏征求秦牧北的意见，只要秦牧北说一句，不希望他下县工作，他就不走。谢鹏精心布置了晚餐，等待秦牧北的挽留。昏暗的灯光下，秦牧北只顾狼吞虎咽，并不停地点评哪道菜美味哪道菜欠了火候。谢鹏说要去县里上班了，秦牧北说去吧。谢鹏说可能比较远，秦牧北说没事。谢鹏说如果关系落在那里，就不好调动了。秦牧北说正好接你妈的班嘛，做个副院长也不错。谢鹏心冷，说，明天报到。

谢鹏带着失落来到了县里。没过多久，秦牧北竟然找来。秦牧北喝醉了，吵吵嚷嚷地说非得跟他在一起。他感动得一塌糊涂，随即领着他回家，给他清洗干净头发，帮他冲了澡。晚上，谢鹏躺在秦牧北的身旁，他觉得那感觉是他前所未有的，踏实，安宁。他发现原来他最在意的竟然是他，他以前有感觉，只是不敢面对，不忍承认。

一旦放开欲望的闸口，泛滥成为必然。他终日和他腻在一起。

谢铁莺彻底被激怒了。谢铁莺不容许自己的儿子和一个男人纠缠在一起。谢铁莺以各种手段要挟，谢鹏都坦然面对。始终没有效果，慢慢下来，谢铁莺便睁一眼闭一眼。

秦牧北参与医疗器械倒卖，让谢鹏去求谢铁莺帮忙，谢鹏不愿意去。秦牧北自己去找的谢铁莺，他们究竟说过什么，谢鹏不知道。那次之后，谢铁莺对秦牧北的态度有所好转，这让谢鹏的疑虑被愉悦冲淡。

后来，秦牧北栽在了一批假冒医疗产品上，还是谢铁莺替他灭的火，秦牧北得去外地躲避些时日。秦牧北临走时，郑重地对谢鹏说，他终于解脱了，这次事故让他彻底清醒，其实他根本不想过这种没有未来没有光明的生活，他需要正常的情感关系。所以他也希望谢鹏正常起来。

谢鹏不知道什么才是所谓的正常，他陷入新的沼泽。

谢铁莺就是在这个时候将徐徐介绍给他的。他只想逃亡，完成内心的一种逃亡，徐徐就恰巧成了他成为“正常化”的一种媒介。再加上他对徐徐的印象也不错，觉得也许这个看上去普通的女人能够拎着他过上最普通的生活。他需要被人拎着衣角。他只能赌一把。

他和徐徐结婚之后，当两个人需要面对面的呼吸，还要同床，行男女之亲，他就无比慌乱。他开始后悔不该将徐徐扯进来，他还是扳不动自己。他每天最恐惧的就是黑夜，一看到饱满的妻子等待在床，他就崩溃。他想了一个主意，让徐徐误以为他有性功能障碍疾病，无法行丈夫之实。但是，又能隐瞒多久呢。他甚至都打算将自己弄成真正的软人，无性无爱，守着徐徐过一辈子。尽管那念头无比自私。

秦牧北的再次出现，刺破了他的幻想和茫然。

然后，一切该发生的都发生了。这个世界就是如此，该发生的总要发生，不是在此时，就是在彼时。

谢鹏坐在雾云布满尘埃的光线里，像贝类吐泥沙一般吐出他的故事，也是一种必然。

徐徐从没料想会有这样一种状况，跟她预想的任何都不相同。为了让淤积的头脑清空，好给谢鹏的故事一个站立的余地，她陷入长久的呆滞状。

她一路顺着那些气流，奔跑。却总是跌得头破血流。好不容易缓过神来，她深深地吸了一口气，将眼睛扳向谢鹏。

你讲的……你讲的跟秦牧北讲的不一样。徐徐不是为了辩驳，而是为了将另外一种也可能是真相的东西呈现出来，呈现给自己，也给谢鹏。

徐徐说，我不知道谁在说谎。就算我相信你，也不代表秦牧北说的全是假话。

徐徐试图还给谢鹏一个故事，就像侠客交手，你来我往，不得已的必行的招式。

徐徐告诉谢鹏，秦牧北说他在跟谢鹏相处之前，就跟谢铁莺在一起了。谢铁莺是他的情人，他从谢铁莺那里得到温暖和食物，谢铁莺消费着他的青春与激情。他说他从来分辨不清男女之爱。在他眼里，最好的男女关系就是互相有交换价值的关系，哪怕不是物质方面，精神方面也好，总要具备一种。所以他和谢铁莺刚刚好符合这种最好的关系。秦牧北说谢鹏纠缠着他，让他几乎要失去这种最好的关系，沦入一种混乱的连他自己都分辨不清的网中。

哪里有绝对的真假！谢鹏说。谢鹏的头部连同后背都靠在了门板上，他的双腿蹬展，似是无用之力。

你妈房间里的酒红色内衣是你买的？徐徐仍有不甘，索性狠狠追问。

谢鹏说，是。

那些内衣都是？

是，不过那不是她的房间，没结婚前我住那里。她从来没住过那间房。

你来就是要告诉我这些乱七八糟的关系？无非就是签个字，何必都说出来。徐徐说。

也不是，我没办法对任何人说。谢鹏说。

于是，我这个倒霉蛋，又二次成了你的垃圾桶？徐徐说。

也不是。我后悔。谢鹏说。

后悔什么？徐徐不禁心头一颤，她不舍追问，后悔什么？你说后悔什么？

谢鹏没有说话。

一丝光亮迅速穿透布满尘埃的房间，又在长久的沉默里暗淡下去。

七、河公子

韩醒岩没能说动画四娘，当然不能带走映山去办所谓的画展。韩醒岩的老师孙如汀也没能带走映山。孙如汀只在雾云做了短暂停留，没跟韩醒岩打照面，只是给韩醒岩留下口信儿：人，身有归属，魂有归属，万事不可强求。

韩醒岩如释重负，孙如汀查出肺癌且是晚期的事情只有他一个人知道，孙如汀不让他告诉映山和画四娘，只考虑如何给映山在城里安顿一个好的生活。如今孙如汀反过来劝解他，他便觉得老师的痛苦得到了缓解或者叫做缓冲也好。

映山更加执迷如何捏出一条河流。韩醒岩能做的便是给映山画出他能想到的各种河流的形态。

映山问他鹅的肚子里会不会有一条河，蛇的眼睛里会不会有一条河，人的脑袋里会不会有一条河。映山的问题稀奇古怪，那些疯癫言语在韩醒岩看来却是透着哲学意味的东西。放在山村，他是傻子，放在哲学讲堂，他可能是苏格拉底。当然，韩醒岩无法将谁是苏格拉底讲给映山，那是异常困难的事情，比捏出一条栩栩如生的河流都难。

画四娘的身体一天不如一天。天转凉，又平添了咳嗽的毛病，且一咳上来就止不住，需要缓半天劲。画四娘的魂去了山上又返回之事，是画四娘讲给映山的，映山又讲给韩醒岩。韩醒岩并不惊讶，只是问画四娘需不需要他请人给她抓药。她虚弱得很，关了门户，再没精力应对前来问卜的人。

她不再冷对韩醒岩，只是小声叮嘱映山，万万不能乱跑，半晌必须回家。映山点头，他的野性突然收敛，他大多数时间会守在家里，守在画四娘的身旁。他给画四娘烧水煮饭，只是还无法独自炒成一个熟菜来。画四娘将腌好的一坛子咸鸡蛋搬出，让映山煮了。她在一旁看着。映山顺手将他捏的泥鸡蛋也扔进煮锅，水变浑浊，画四娘没有像往常一样暴跳，也没有动手打映山。她对映山说，你的泥鸡蛋，不是活的吗？怎么扔进去？映山想了想，就要伸手去滚水里捞。画四娘手快，一把扯住他的胳膊，烫死人，烫死了就真死了，回不来了。画四娘的眼泪不停地流啊流，映山以为闯下大祸，吓得发抖。画四娘耐心地说，放到火上的东西，都不能再碰，得端到一旁等它晾凉，听见没有，记住没有？画四娘指着沸水和铁锅给他看。映山点头。画四娘又说，你娘回不来了，真不行了。映山还是点头。映山突然说，我跟你，我俩。画四娘惊喜映山的这番答话，一把将他搂到怀里，说要是不傻就好了。转念又说，傻也好，傻也好。

画四娘把宋结衣的衣服找出来，拿到太阳下晾晒，晒好了又洗，洗了再晒干。然后她将那些衣服铺在炕上，手指比画着，像咔嚓咔嚓的剪子穿行。又拎起来前瞅瞅后看看，打量一番，重新下手比画。

映山从葵哑巴家带回的那件朱红色衬衫，之前被画四娘拿真剪刀剪了两个洞，画四娘将它找了出来。因为破洞的地方正好是两朵白色花朵，所以画四娘想用自己纺的白线去缝。白线有些粗糙，落在薄薄的雪纺衫上，会露针脚，有随时会裂开的可能。画四娘就在那个破洞下衬了一块白布，然后换最细的针去缝，还是裂开了针眼。画四娘想到裁缝于秋茧，她让映山拿上衣服去找她。她对映山说要是于喜楼活着，能把花儿绣活，风一刮，扑棱扑棱就开了。

映山一蹦老高。自从衬衫被画四娘剪坏，他很长一段时间都不开心。映山紧紧抱着衬衫，箭步冲出门外，画四娘又迟疑了一下，低声跟出一句，缝好了给葵哑巴送回去也好。

映山兴冲冲地跑到于秋茧家。于秋茧让他进屋坐下歇歇再讲话，映山抿着嘴笑，摸了摸自己的喉咙，又吐吐舌头。于秋茧说，傻孩子。映山还是抿着嘴笑，他将衣服推到于秋茧怀里，于秋茧接过去，抖开，看到上面的两个破洞，冲映山努努嘴，映山使劲点头。

于秋茧让映山坐下等她。她搬出一只盛放各种碎布头的小笸箩，放映山跟前，映山弯下腰，将手指插在花花绿绿的碎布头里。他又双手捧起一捧碎布头，手指一抖，哗啦哗啦，碎布头如花蝴蝶般翩然起舞。映山咯咯笑了，于秋茧说让她选两块布头，他像没有听见继续抖动着手指，当手头的碎布全掉落了，又重新捧起，再抖。于秋茧笑着看他，心想如果绕绕是傻子，哪怕就像映山也好。过最简单最安宁的日子，是于秋茧的愿望，然而现在愿望一一破灭，她如何能不伤感。看着眼前戏耍碎布头的映山，于秋茧心中五味杂陈，竟不自觉蒙了一层雾气，眼睛和心中哪里都是。

于秋茧很用力才从那团雾气中穿过来，映山手中已是捏了两块布头，一块橙色带圆点，一块月牙白。她很惊讶，这两种布都是她给自己裁剪衣服剩下的零星布头，并且年头已久。那块月牙白布头，是人绵绸的料子，轻薄，比棉布更服帖，却也没有骨架，是她夏天做的一件无袖无领汗衫用的。那件汗衫早就洗坏。而那件深橙底色点缀圆点的是块棉布，她从镇上买的，当时很流行各种圆点图案。她记得在布摊前，她纠结到底选深橙色还是大红色，见一位更年轻的女人选了大红色，她便选了深橙色。她拿它做了一件衬衣，圆领的样式，穿出去让人觉得年轻不少，但她只穿过没几回，就觉得太艳丽了，她就将它收了起来。她还用裁剪衣服剩下的布料做了两只手提袋，上窄下宽的矩形状，上面收口处用从集上买来的两只塑料圆环串起，作为提手。雾云女人看上了手袋的款式，她们托人买布或者自己去找，都没有买到跟于秋茧手袋的深橙色一模一样的布料。她们纳闷，难道那花色就生产出了一匹不成？于秋茧之所以对此事印象深刻是因为她当时也奇怪为什么再也没有跟她的花色一模一样的布，明明简单得很，一个深橙色布满圆点图案而已。后来一次偶然机会，于秋茧才明白过来事情的原委。那是一个秋天，于秋茧进山采野蘑，为了找到更好的东西，她往深山里走了又走，她沿途做着记号，生怕天色变化后容易迷路。不是所有的蘑菇都能吃，但是有些毒蘑菇的漂亮还是让她忍不住想伸手触摸一下，她心里清楚这种菌类其实是最柔顺的，它们再毒也不会毒害一个给予它们爱抚的人，你不张开嘴巴和欲望，它们就不会主动攻击。所以当遇到艳丽的别致的蘑菇，于秋茧都要停下来，仔细看看，感叹它们为什么要这么美。越往深处走，环境越显阴郁，植物却是更繁茂，一些叫不上名字的野花野草擦着她的眼睛。一路走下来，于秋茧穿着的那条浅色裤子的裤腿被沾染的脏兮兮，分辨不出究竟都是些什么。回到家中，于秋茧先卸了筐子，然后换洗衣服。为了着重将最脏的部位搓洗干净，她将换下来的裤子的裤腿打了肥皂，双手使劲揉搓了好一阵，放进注满清水的木盆里。她仔细检查那些泥污的部位，生怕留有残存。最后又将整条裤子摁水盆里漂洗干净，挂到院里的尼龙绳上，等风干。第二天早上，她起来第一件事就是去收衣服，她拽下那条裤子，发现裤腿部位虽然没有明显的泥污，但是颜色加深了，也仅仅是加深了一点，不仔细看看不出来，可倘若跟整条裤子的颜色对比，就比较明显了，显得鲜亮，是一种说不出的柔和色泽，这对于一个裁缝来说，是难忘的。于是，于秋茧猛然想起她的深橙色布料，那种饱满的柔和的色泽，也许跟某一种或者某几种植物有关。她记得裁剪制作前，那布料曾被儿子绕绕当包裹皮拿出去用过，至于包了什么她没问，她只是洗去它的污脏，又仔细熨烫好。于秋茧不由得感叹植物的力量，感叹雾云山深处的力量。

这两块好看吗？于秋茧问映山。映山抿嘴笑着点头。

怎么就这么高兴？于秋茧也学他抿嘴，笑着从他手里拿过布头。

于秋茧将两块布头放在朱红色衬衫的破洞上比画，她本是想那月白色大概合适，可惜料子不结实，而深橙色可能跟朱红色放一起比较刺目，怕不协调。做了许多年的裁缝，她对颜色还是有一种近于天然的了解的。但是，这回，她的先期判断与实际状况并不相符。那深橙色放在朱红色的破洞下，犹如一只大花朵当中的花蕊，白色圆点是花蕊上灵动的触角。精灵般的感觉。于秋茧抬头看一眼紧跟在她一旁的映山，映山笑着点头，于秋茧没忍住在他额头轻轻拍了拍，说就选深橙色那块了。

先是打上补丁，用缝纫机细细走上一遍针脚。破洞虽好了，但于秋茧并不满意。于秋茧拿出针线盒子和绣花用的绷圈，她觉得有必要在那上面密密地绣一片花丛，这也不难，难度在于如何不绣得杂乱。她以每个圆点为中心，即花心，旁边处的半个圆点则跟相邻的圆点合并成一个，这都需要各色丝线来帮忙。于秋茧心中画下图案，手中的针线就自如许多。

半天工夫，于秋茧才将两处花丛绣好。因为绣得专注，她都不曾注意映山走没走，在她的感觉里映山应该早就溜掉了。她站起来伸伸腰，酸，疼，不舒服。年岁大了，并且好几年没做这么细致的活，时间一长，还是有点力不从心。

好了，好了！映山像突然从地下冒出来的小人儿一样，伏在了于秋茧的胳膊上。那动作里的亲近和感激，普通人不会轻易如此表达。

吓死个人。于秋茧笑着拍着他的肩膀说。

映山将朱红色衬衫拿在手上，左右看那两个花丛处，脸庞也似绽开的花朵一般。

葵的。映山说。

你想要？于秋茧突然问映山。

映山用力点头。

于秋茧又问，那衣服怎么在你这里啊？

映山想了想说，给我的。不让要。还给她。于秋茧大概听明白了，于是安慰他，你要是喜欢带花朵的衣服，我给你做一件男人穿的，这个衬衫不行，还回去，给她，给葵。

映山脸上顿时现出不悦的神情。于秋茧说，这不是给你做的，不合适啊，不合适就不能穿，对吧。

映山想了想，大概是从于秋茧的话里想到画四娘的确不让他穿甚至不让他摸这件朱红色衬衫，映山的不悦顷刻又变成一股挥之不去的忧伤。孩子般的情绪说起就起，跟雾云山常常弥漫的雾气一样。

于秋茧说，专门给你做一件，你知道什么意思吧，就是给你做新衣服啊。别人的东西可不能乱要。

映山撇撇嘴，又重重地点头。

于秋茧哄他，这就给人家送回去吧，我跟你一起去。我一会儿还送你回家，我带两包点心，一包给你，一包给葵。我自己做的，野花蜂蜜，酸枣泥馅儿，可香了。

映山吸了吸鼻子，笑着说好。

于秋茧从柜子里拿出来两包用牛皮色草纸包好的点心。于秋茧想了想，将其中的一包打开，从里面捏出一块点心，要递给映山。映山笑着，摆摆手。

此刻，葵哑巴正在猪场给小猪梳毛，在整个雾云也只有她会这么做。拿一把木头梳子，在小猪的皮肉上毛发间梳过来梳过去。那些小猪也是犯了邪劲，只要葵哑巴一拍它们的脑门，它们就像听懂号令一样，安静下来，等待随时可能降临的福利——来自梳子和主人的安慰。

出事之后的葵哑巴更不开口了，以前一个星期说的话现在一个月也说不了那么多。其他方面，倒没有什么异样。她照旧独来独往，只跟饲养的猪和映山交流。劁猪的活儿也不轻易接了，实在推托不掉才肯出门。

映山远远看到她，就冲她挥舞手中的朱红衬衫。她蹲在地上，专心于梳理，并未发觉。

于秋苗越到她近处越紧张，她不知道怎么开口跟她说话，如果不说点什么又觉得不心安。

映山喊了一声，葵哑巴才看到她们的到来。这时候她们已经站在猪场的门口了。葵哑巴慌乱地站起来，手中的梳子险些掉到地上。她将那梳子塞进了裤子一侧的口袋，双手使劲搓了搓，然后去赶小猪崽，要把它们关进围栏内。

映山将衬衫举到她跟前。她推给映山。映山又推给她。如此三五回之后，她接了过去。她的脸被日头晒得发红，太阳穴附近浮了一层干燥的蜕皮。

于秋苗将一包点心递给她，她半垂着眼帘，并没有伸手去接。于秋苗说没花钱，都是自己做的。于秋苗将点心硬塞到她手上。她不想让点心的油渍沾染她手上的衣服，她往后缩了缩手。于秋苗叹口气，说，你还是怨啊，也该生气，该生气。

葵哑巴的目光疏离，没有看她。

于秋苗本想问关于她哥嫂的提议她有什么看法，这个关键性的问题始终困扰在她的心头。可一站到葵哑巴的跟前，她却觉得难堪，那些到了嘴边的话又硬生生地被咽回去。

一头小猪崽从围栏里钻出来。映山指着那个被顶坏的破洞对葵哑巴喊，快点，快，它，就要跑了。葵哑巴将手中那件朱红色衬衣搭在肩膀上，她弯下腰去捡了碎裂的几块木板扎在漏洞处，又从一旁滚过来几块石头拦在外面。那头小猪崽并没有跑远，只见它正撒欢，拱着地上的泥土。葵哑巴又忙去追赶。

于秋苗将拴点心的草绳打了一个结，挂到一棵小树的树杈上，她指指天色喊映山回家。

另一包点心，她交给映山拿着，一路询问映山画四娘的身体情况。一提画四娘的咳嗽，映山的眼睛里就要冒泪水，慌得于秋苗忙安慰他。映山突然问她，要是画四娘的魂再回不来怎么办？于秋苗一怔，说那就送她回家，她还有一个家，那个家很远，翻过大山再翻过另一座大山，还要漂洋过海，穿过大片大片的森林，才能到。她那个家又暖和又凉快，一年四季都不用生火烧炕也不用打蒲扇。映山对于秋茧说的画四娘的那个家产生了浓厚的兴趣。他吸了吸鼻子，问于秋茧。他和她能不能跟画四娘一起去画四娘的那个家看看。于秋茧说不行，因为她还没有魂，走不远。她说映山有魂，可他有任务，他得守着雾云山，那些鸟都是他的朋友，他要离开它们，它们就没有领袖了。映山不懂领袖一词，他还是揪着画四娘的那个家的话题，他说如果他留下来陪小鸟就没有人陪画四娘了，画四娘看不见他也会哭，会骂。会着急，于秋茧跟他说不会，不会了，画四娘也最愿意让他陪着小鸟，而画四娘那里有她的女儿，也就是映山的母亲宋结衣陪着。映山对宋结衣已经很是陌生，再次听见于秋茧说那是她的母亲，映山像是想起什么一样，问绕绕的娘跟映山的娘长得一样吗。于秋茧马上说，一样，就是这个样。于秋茧停下来，拿映山的手掌抚在脸上，对映山说宋结衣跟自己一样，不过还是宋结衣更好看。映山笑了，笑得像一湾清水。

画四娘吃了于秋茧送的冬凌草炖鸡汤，气色渐渐见好。冬凌草是野生的，于秋茧从山上一株一株采来又风干，再细细地用温火烤过。在蜂窝煤炉子的炉口上支一块铁板，烧热，放置，静待稍冷却一下，将风干的冬凌草放上去，反复翻转，烘炒。手不能停，手腕要集中力量，掌握一个均匀的力度。待叶子微微发干发焦，便迅速将它们收进一只平底敞口的细网箩筐中。摊开薄薄的一层，再翻一遍，就好。蜂窝煤炉子的火候有讲究，一般需要等到摞起来的三块煤球之中的第二块烧乏，在最上面一块火正旺时，放置铁板。这样最旺的一块用完火力，快乏未乏时，往往铁板也滚烫了。然后关闭炉子的风口，整个炉膛的温度就会降下来。靠煤球的烧乏过程操作烘烤，比较省心。鸡，是于秋茧自家养的一只老母鸡，已经不会下蛋，常常窝在别人家的鸡窝里胡闹。走丢过好几次，映山找回的。于秋茧将老母鸡宰了，切成小块，分放在几只方便面的塑料包装袋里，再拿纳鞋底的绳子拴好袋口，留出一根绳子尾巴。塑料袋被她放进清水桶里，绳子拴在桶提手上。每回炖一袋，随时取用。

最近，于秋茧常常往画四娘家跑。在雾云，人人都知道于秋茧的娘于喜楼跟画四娘有着特殊的关系，说她们亲近一点儿也不为过，俩人年轻时闲来就腻在一起做针线，虽然一个是见多识广有文化的人，一个是从未走出大山半步大字不识几个的人，但是话题总也能有，毕竟两个女人之间永远有第三条或者第四条通道，总能找到一致看法的时候。但要说俩人要好则又有些不实，俩人为好几件生活当中的事发生争吵，甚至到了大打出手的地步。这又多么匪夷所思，尤其是对于于喜楼来说，她怎么会动手？她的解释通常是完全被画四娘所激，晕了头脑。吵闹归吵闹，两家的关系从未真正断过。到了于秋茧这一辈上，两家的来往虽然少了许多，却还是不断。

画四娘一辈子孤苦，甚至比于喜楼还要孤苦，至少于喜楼心中有一个惦念的人，有一个闺女陪着，为她养老送终。而画四娘呢，画四娘的苦是说不出的，说不出的变了形状的才是真苦。于秋茧可怜她，眼见她的身体一天不如一天，就想着能多照顾一下就多照顾一下。

于秋茧除了常常给画四娘送去补品，还帮着画四娘想着日后如何安置映山，虽然帮着打算，但是俩人都没明说，太难，就心照不宣罢了。

老莫的护林员没有弄成，于秋茧开始想另一条出路。本来她想如果那个皇家围猎场修建好了，就让老莫出面给映山讨个活儿。映山可是对大山最精通的人。她只是忽略没想那围场是要杀戮的，而映山怎么会去做？一个傻子的内心清透起来比寻常人都甚。几天前，徐徐告诉她，皇家围场散伙了，她那镇长叔叔为此十分恼火，雾云山连续经历的两次撤资让他觉得没有颜面。他费力拉进来的第三个项目，正在紧锣密鼓地进行中，那开发商看中了雾云山的清静，想在山上建一座公墓。如果到时候徐徐还在跟她学做冬凌草茶，或者徐徐即便走了能给她留一个联系方式，她都会去找她帮忙，将映山介绍过去，看看公墓或者修剪一下植物，映山都能干好，就像平常你托付给他任何一件事，只要认真对他讲，反复给他讲，他能点头，那他就会做好做结实。

于秋茧试着问映山，如果让他住到山里面，他是不是愿意。映山问是不是山洞。于秋茧说盖一个大屋子，住进去，然后守着旁边的许多个小屋子。映山问那些小屋子里有什么，于秋茧一时不知道如何回答他，只对他说了一句好多魂。映山说画四娘的呢，住不住哪里。于秋茧说画四娘的要住在云彩里，也有时候住到那个小屋子里，歇息歇息。映山便说好。其实于秋茧还是没给映山讲明白，但现在讲明白又为时过早，等以后事情真成了再解释再叮嘱也不迟。

映山越长越像宋结衣，以前于秋茧只觉得有些像，现在来往的频繁了，于秋茧得以有大段的时间盯着映山做事干活，于是就从那些细微的动作和神态里发觉到宋结衣的存活。有时候，于秋茧竟会恍惚，映山就是缩小版的宋结衣，宋结衣虽然是一个女人，但身高有一米七多，丰满又不失苗条。映山如果再吃胖一点儿、长高一点儿，如果再走路快一点儿，如果在笑的时候爱捂鼻子，如果喜欢白眼瞪人，如果再泼辣一些，那他就是宋结衣。于秋茧不敢继续想下去。

映山也越来越依赖她。以前她将绕绕不穿的衣服多送给映山，并且也给映山做过新套袖织过新围巾什么的。现在她打算正经给映山做几件衣服。映山不会嫌弃她的手艺，映山不会向往去集市上挑选衣服。这让她满足，也激起了心劲。

她家存有一些布匹，是头些年从莺垴镇买回来的，方便村人选用。雾云女人似乎并不买账，对她做出的没有集市上那些花哨款式的衣服不再热衷。她一气恼，将布匹塞进菜窖。想了几天，又想明白，取出布匹存进大衣柜。她打算自己用，每年做一件新衣服，一直做到老去。现在，她想起那些布料，她心中盘算着其中哪些颜色适合映山，要给他做出怎么样的款式才好看又舒适。

她还是没忍住对映山讲了想法，映山听说要有好几件新衣服穿，又是十分高兴。映山表示绕绕的衣服他不喜欢，他喜欢葵哑巴的衣服。于秋茧知道他是说那件朱红色衬衣。于秋茧说，不适合的不能穿。

一连数天，映山都沉浸在快要有新衣服穿的兴奋中。画四娘知道了事情原委，脸上露出不悦，但碍于于秋茧的殷勤照料，她也不好明说，只对于秋茧讲不要惯坏他，以后他一个人了怎么生活都是个难。于秋茧了解画四娘的心思，便安慰她，又说做不了几件的，一件春秋天厚褂子、一件棉袄罩衫、一件夏天的汗衫、两条厚裤子，两条薄裤子。画四娘说他衣服不缺，虽说破旧点但也不露屁股不露腰背的。于秋茧就笑，说映山多大了，还没穿周正过。于秋茧的头脑里始终在盘算着她的布匹和布匹的颜色、质地，她的手指翻动着，剪刀飞舞着，她的缝纫机咔咔作响，她的双腿卖力地踩着踏板。

画四娘见于秋茧坚持要做，便不再推辞，只提出一点，款式一定要跟绕绕的差不多。于秋茧摇摇头。画四娘说那就跟老莫的款式差不多。于秋茧还是摇头。画四娘说总不会跟你穿的差不多吧。于秋茧忙说哪里会，她觉得那个小韩老师的衣服都好看，可以借来看看款式，要是怕借衣服显得不妥，她只需要围着他转几圈，那款式就明了了。

于秋茧盼着的韩醒岩已有多日没来映山家，于秋茧对这个外来的男孩生出隐隐的惦念之心。于秋茧问映山，映山说不知道。平常都是他来找映山，映山还一次也没有跑去联办小学找过他。

于秋茧说他再不来，她就自己想样式了，但是又怕自己想出的样式有偏差，好多年没上手，怕是眼光也停在许多年前。

于秋茧的念叨声里，韩醒岩敲开了映山家的门。那时候于秋茧并未在那里，她在家中教徐徐制茶。她在自家院子搭了一个石头火窑，又将制茶工艺改进，手把手地教授给徐徐。且她也在一边教授的过程中一边自我探索，不断地改进方式方法。其中乐趣，将两个不同年龄不同境遇的陌生女人紧密地拴在一处。徐徐也似上了瘾，每日午后，准点过来。

映山一溜小跑去叫于秋茧，于秋茧以为画四娘出了什么状况，就也跑起来。

韩醒岩当然没弄清楚是怎么一回事，他被映山晾在院子里，正打算丢下东西就走，画四娘在屋内说了一句挽留的话，他便留下来。画四娘的态度让他放松下来，他才得以环视小院，这个生长了艺术映山、原始映山的地方，一切都简陋得很。不过，他也不是城里人，他的老家在一片平原之上的一个农村，也是简陋的房屋，简陋的家供养出他这么一个大学生。

映山嗖地跑掉，又嗖地跑回来，就此小事，已足以让韩醒岩感叹。他能够吗？显然不行，他已经跑不起来，凡事都是谨慎了又谨慎，思量了再思量，他的身体是重的。

于秋茧跟着出现在他眼前，于秋茧竟也像个孩子般气喘吁吁，韩醒岩不禁乐了。您这是赛跑呢？韩醒岩笑呵呵地打趣道。

于秋茧看到韩醒岩就已经明白映山跑去找她的原因。她也跟着笑起来，怕小韩老师跑喽。

映山催促于秋茧快点画。韩醒岩疑惑映山让于秋茧画什么。于秋茧解释说，画衣服，画衣服的款式，她以为衣服是画出来的。于秋茧将要拿韩醒岩衣服做样子的事原原本本讲给韩醒岩。她不觉得韩醒岩是外人，在现在这个小小的院子里，她觉得她是他们俩人的母亲。这种古怪的念头伴随着另一个可怕的念头，她突然觉得绕绕已经不在这个世界上了。她使劲咬了一下舌头，将自己弄疼，慌忙钻出幻觉。

韩醒岩那天穿的并不是一件多么有特点的衣服。他穿的是一件青灰色的布褂，竖领，老式盘扣，宽宽大大。韩醒岩自己先说了，今天这件衣服是他最喜欢的，但不属于他，是他跟学校里的一个老师换的，他给了人家一件深蓝色夹克。韩醒岩说，穿上这土制的大褂，他的心头舒坦。可是想通过一件衣服改变一个人的内在情绪，那是难的。他清楚地知道自己的浮躁任凭这安静的衣服多宽敞也一下子装不下去，他得慢慢分解。

于秋茧望着这个可爱的小韩老师，频频点头。她虽然没有完全听明白韩醒岩所说的话，但是从他的神态上她已经感受到他在经历什么，他一定在心里正经历着什么。她就特别想帮助他，但又插不上手脚，自己到底是外人。

于秋茧临时起意，她决定给韩醒岩做一件老土布褂子，得比他身上借来的那件还要合身。

于秋茧目测了韩醒岩的身高和胖瘦，心中盘算他比绕绕矮那么两三厘米，比绕绕的肩膀窄，但是比绕绕的腰围似乎要大，他的小腹已经有了微微凸起的倾向。

小韩老师，穿多大腰围的裤子？于秋茧进一步验证。

我？问我吗？韩醒岩说，二十五寸，好像是二十五寸吧，在商场买衣服时测量过，大概这个数，如果不对，就是我记错了。最近发胖，不知道胖成什么样子，还没来得及照镜子。

于秋茧被他逗笑，说，应该是二尺六左右，差不多，你说的也差不多。不会有错的。

没错什么，婶子你要做什么？韩醒岩问。

做衣服，画衣服。映山插话，给你，给韩老师，穿上好看。

我可不要。韩醒岩急忙说。

这四个字却让于秋茧有些失落，她实在怕他嫌弃。

见于秋茧表情变得不那么自然，韩醒岩忙补话，我的意思是，不用麻烦婶子，我也穿不出好来，再说我就要走了。

去哪儿？于秋茧被他最后一句话点了穴。

映山也跟着问，去哪儿？你，要去哪儿？

韩醒岩笑笑，说，我的支教期早到了，我得回去交报告，然后等待新的工作。

要分配工作了啊？于秋茧问。

这些年早没分配工作这么一个说法了。我也不去参加什么工作，我是说我得回去做点事。韩醒岩回答。

什么时候走？于秋茧的心头泛起一阵酸涩，眼前的这个年轻男人，与自己命运毫无关联的男人，也将离去。

再过三天，周末就走。韩醒岩说。

还回来吗？于秋茧问。

韩醒岩说，如果要回，大概也是回我老家。我老家在磁县，离这儿不算远。

映山立在一旁，一直没有吭声。这会儿，他突然哭起来，他完全听明白了韩醒岩的道别。

韩醒岩没想到他会如此这般，慌乱间拿手去帮他擦眼泪。突然，屋内的画四娘走了出来，她喊了一句韩老师，韩醒岩的手便垂了下去。

画四娘咳嗽，于秋茧忙扶她进屋。画四娘扭头看一眼韩醒岩，韩醒岩伸出的手指又往回缩了缩，真是莫名其妙，他很怕她，怕她的眼神里的剑光。

好了，映山，要是有机会，我就回来看你。我知道你不去城里，姥姥也不让你去，但是我可以把城里的风景画给你看，你要做好思想准备啊，我可能画一些你没见过的东西，不过呢也没什么稀奇，一个模子拔出来的高楼大厦，一个模子整出来的相貌，一个模子抠出来的人情世故。你做好准备了吗？韩醒岩安慰映山。

映山已经不哭嚷了，继而转为极小声的啜泣，那是发自胸腔里的低鸣。呜呜呜呜，像马上要生死离别的小动物。韩醒岩真想跟他一起，滚到地上，大哭一场。

韩醒岩从斜挎包里拿出一卷白纸，递给映山，说，这些都是河流的模样，我画的。它们变化不大，在我看来都几乎一样，当我画了三条之后，我才发现它们有着非常大的区别，我想要表现出来，画出那些细微处，可又做不到。你看看，你的眼神跟别人不一样，但愿能看出不同。

映山两眼放光，将鼻涕和泪水一把抹去。俩人坐到石桌前，将画平铺在上面，一张一张地翻看。映山看得分外仔细，眼睛始终不离画面，偶尔抬头也是一副迷茫状。韩醒岩问了一句，你觉得你想象的河流跟我画出来的像吗？这样说吧，你觉得你做梦看见的河流跟这些纸上的一样吗？

韩醒岩自问自答，应该是一样的，也不是一样的。你看见的和我看见的，还有别人看见的，都不是一样的。所以，有难度，你看着办吧，你的那条河迟早是要捏出来的。

映山似懂非懂地点了下头，轻轻地。

奔腾的黄河在映山看来，那就是打架的黄牛；蜿蜒的长江在映山看来，那是一条被截断又重新长长的蚯蚓；那些不知名的小溪小流，映山看到它们的肩膀上、脚背上，落满了小鸟，各种各样的小鸟，当然还有蜻蜓和蝴蝶，一种放臭屁又迅速逃跑的虫子。

映山将韩醒岩给他揭开的河流一条条抚摸。他说感觉到手指头冷飕飕的。韩醒岩突然想起孙如汀，他小声说，有一天，有一个人，也要去往那里。他的遗嘱给他看过，水葬，清洗他曾经肮脏无比的灵魂，清洗他骨头和血肉里的尘埃和渣滓。

他希望映山也能随着他为孙如汀感伤一把，毕竟他们差点成为有血缘关系的亲人，差点儿相认，差点儿一起生活。同时，他也知道这种判定不可靠，没有任何有力的证据作为支撑。想当初孙如汀要他帮忙寻找儿子，劝儿子跟他一起生活时，他就觉得此事有隐情，有活人无法扒开的巨大的旋涡。仅凭他跟宋结衣好过这一点，就断言宋结衣生下的孩子是他的孩子，并不可信。他酒后曾对韩醒岩说过，他当年离开雾云时曾发誓再不回来，他仇恨宋结衣，在雾云的石头墙上刷了辱骂宋结衣的话，恶毒的话。他说如果那会儿宋结衣生一个孩子，绝对分不出父亲是谁，恐怕连她自己都不知道。到了最后，他却回来寻找，他能断定那是他的孩子吗？

如果有一个人，顺着这条河去了远方，你会怀念他吗？也就是说你会不会想他。韩醒岩终于说出口来。

哪一个？映山问他。

你见过，前些天在你家待着的那个男人。韩醒岩说。

爹？映山眼睛里的光突地一跳，又快速地散开，就像落入水流的火焰。

你认他了？你叫他了？韩醒岩问。

我是万物生的。映山像是自言自语。韩醒岩想起画四娘曾经说给他的那段话：映山真是万物生的，那座山是他爹，月亮是他爹，风是他爹，千万只鸟魂是他爹。

他是爹。映山又说。

韩醒岩仿佛看见了孙如汀躺在一条奔腾的河流中，神色安详。

三天之后，韩醒岩离开了雾云。临走前，他收到了于秋茧托人带给他的一个手提袋，里面是一件崭新的老土布褂子。他看着那细密的针脚，精心的裁剪，领受于秋茧的心意。不用试穿，他也知道它很合身。

那天，映山跑出很远送他。他一直没有回头。一只泥巴捏就的小水壶就放在他的口袋里，他用手摸了摸，又摸了摸。

风一卷，脚步加快。很快，雾云就在身后了。

映山拿着韩醒岩送给他的河流图，每日里反复看，反复看。画四娘说他痴傻又狠，画四娘没有呵斥他。画四娘的脾气像她的身体状况一样，越来越小。她都能感受到那来自肉身的收缩。

映山再也不出门去，在屋子里一待就是一天。除非画四娘喊他吃饭，他闷着头出来，一见画四娘端碗筷进进出出，他的脸上又立时现出悔恨的神情。画四娘明白他的意思，前些天画四娘病重时都是她指挥着他做饭，并且他已经能熟悉一些简单的操作，他也觉得该他伺候她，但是他总是忘记。尤其是这糟糕的河流的事情，吞掉他尚不成熟的心智，让他又回到一种混沌状态。

画四娘也许不知道，映山的心中有一条从没有见过的河流，那里有什么呢？映山的世界不是寻常人的世界，所以任何猜度都不可靠。

画四娘怕他忧愁，也常常借故叫他。她的脾气越来越好，她对他的管教也越来越松。她时常催他去葵哑巴家和于秋茧家玩耍。她松开了手，他却收敛着懵懂的翅膀不乱飞了。这让她忧心忡忡。

一天夜里，画四娘将被褥搬到他的床上，画四娘要跟他一起睡。画四娘打算跟他说说话，怕他再不吭声就会变成雾云的第二个哑巴。

那天夜里的话题完全是画四娘扯开的，她拽着一根线，扯啊扯啊，哪里都是线头，哪里都有纠缠，到了后来竟是密密麻麻，无头无绪，形似破败的蛛网。

画四娘从一条河流开始讲述，那是一条带着宋结衣来到这个世上的河流。那条河流成片段形式。第一段，画四娘站在一盆清水里，恰逢初秋的阴雨天气，她的骨骼咯吱咯吱发出响声，丈夫捏着一只棍棒，站在一旁。只适合用“捏”字，他的身板太魁梧，小小的棍棒看上去那么不起眼。她浑身发抖，提防着那棍棒的突然落下，落在她脚底的水盆里。丈夫得了精神病之后，常常怀疑她的脚底下踩着怪物，至于是什么怪物，他常常会说出不同的形状，不同的本事，都是于他有害的。他认真地告诉她，他不能让那怪物给祸害了，这个家也不能。他等着她脚底下的清水变色，那一回，他说是一只吸血掩面蝙蝠，喷射腥臭的毒汁。他不打算将它打死，他只想让它回到深山，不要再出来害人。她哭笑不得，由最初的怨恨到愤怒到不畏再到无奈，最后竟然是习惯。她习惯了他的这种精神病状。有时候她会觉得他犯病犯得蹊跷又怪异。他从不在冬天犯病，天气一冷，他就像变了一个人一样，跟村里的那些老汉一起坐在太阳底下抽一袋旱烟，唠叨唠叨来年的收成，山里的奇闻逸事。他变得正常而又庸常了，却不像他了。一到冬天，他身体里的那些过剩的力量和脸孔上的诡异神情都消失不见了。这些，她怎么也想不明白，至今不明白。然而，他到底是无害的。春天万物复苏，他也开始频频犯病。事实情况是，在他犯病的时候，他也从来没有做过更过激的伤害人的举动。他仅是捏着棍棒，咋咋呼呼，敲击水面。过程中，他的说辞丰富，有一种莫名的暴力。第二段，她生下一个男孩和一个女孩。男孩比女孩年长三岁。男孩夭折的时候女孩正躺在她的怀里使劲地嘬她的奶头，另一只乳房也饱胀到往外滴答乳汁。她不敢看男孩最后一眼，她知道她一定会被他带走。女孩使劲地嘬她，她恍惚看到乳汁变成血红色。那个女孩就是宋结衣。第三段，她丈夫病死在梯田里，得的是急病，一口气没上来一个大活人就没有了。她知道不是急病，是各种各样的怪病，压迫了他许多年，他从来没有如一只小牛犊般健康过。丈夫死去的那一年，宋结衣十一岁，还不理解她为什么会哭晕在地上。第四段，宋结衣跟几个男人好过，一个不如一个，从相貌到家境，尽管山里人家不讲究门户，只认同勤劳。宋结衣被钉在耻辱的河堤上，泥沙灌满了她的嘴眼口鼻，她渐渐变了形状。有一次宋结衣掉进一个山洞，作为母亲她竟然盼望她摔死。第五段，宋结衣将生下的傻孩子送回了雾云。宋结衣是沿着一条河流来的，宋结衣的确如此说过，当时画四娘完全没有理会她的说辞。她俩不亲。甚至可以说，宋结衣跟外人于喜楼的关系比跟画四娘都近。

这些河流的碎片，压在画四娘的舌头底下。在她的肉身包括舌头即将萎缩之时，借助映山的反复念叨的河流，她向他打开。这是一个身世和过去的问题，得记着。她对映山说。她又自言自语：那里说得清楚？映山，是万物生的。

映山的床是一只老式的木头床，床头上粘贴着年画，一只抱着公鸡的白胖娃娃。还有多年前的旧挂历，单张六月份，一望无垠的麦田，翻滚着丰收的波浪。画四娘与映山并排躺着，画四娘在床铺的最里面。画四娘一边说话一边将后背靠向墙壁，稍停又转回来，再转过去。来来回回，辗转反侧。映山看不清楚她的脸。她的呼吸里泄露着一种衰老的气味，如一根游丝，悬挂在屋顶上。最后她选择了平躺。

映山看见月亮从外面挤进来，试图插在他俩之间。映山赶紧往她衰老的散发着腐败气息的身体上靠了靠。

八、柳叶黄

那天，柳叶黄看见于秋茧和映山提着糕点去葵哑巴家，她悄悄跟踪，猫在一棵大树后面，偷偷观望着他们的一举一动。

柳叶黄算是雾云女人当中活得最惬意的一个。之所以如此说，是因为她一天的时间大多在睡梦中度过。这一点儿也不奇怪，她像被风吹起来的气球，圆滚滚的，只有趴在床上才舒坦。

柳叶黄原本不叫柳叶黄，但唱戏的人得有一个能让人容易记住的名号，于是她就叫了柳叶黄。她在十多岁的时候拜师学唱本地戏剧平调落子。她师傅说柳叶黄这个名字好，她姓刘，谐音“柳”，多顺嘴。她却说柳叶青可能更好一些，柳叶黄怕是被人误以为她年纪轻轻就已人老珠黄了。师傅说走乡串村唱那么几嗓子，还指望唱成角啊，别妄想了，还是一个黄字好，吉利，跟黄灿灿的麦子一样，饿不着，说不定还有富余。于是，她就认了柳叶黄。

说来这已是十多年前的事。自从跟气球一样鼓起来，她就不唱了，也不出门，心中的野台子自然也崩塌了。不过，她也暗自庆幸，幸亏退出得早，还多少有些体面。像她的师姐，如今四五十岁的人了，还追着戏班子唱，也挣不到几个钱。关键是憋屈，她那师姐讲，一个台子上一会儿唱平调落子，一会儿又上那些狠劲扭屁股的现代流行歌，真是不伦不类。为什么要拿穿得严严实实的唱戏的人，和穿得少得不能再少的跳舞的人放一个台子上呢。师姐感叹说，也没办法，如今哪户人家出钱办红白喜事不图一个人气旺，不弄些搔首弄姿的表演没人看。最羞人的还是脱衣舞，一个个老大不小的女人画着眉眼，穿着紧身裤衩背心扭过来扭过去，扭累了就脱，一件一件地脱，真像蜕皮一样。

柳叶黄当然不需要操心这些，她的大多数时间都是在床上度过的。这没办法，她那过于肥胖的身体里总是发出咔嚓咔嚓的声音，如果长时间站立或行走，那声音就会加重腔调，犹如石头从高空下坠，落在一片水面上，且那汪水又是极浅的。于是，闷声惊人，又有痛感，真像要切入肥肉里一般。柳叶黄弄不清楚那些发出古怪声音的东西是什么，它们为什么要顽固地盘踞在她的身体内。白天还好，它们也有打盹的时候，柳叶黄摸准了它们的脾性，趁着它们松懈，她就下地活动，四处走走，也不走远。她总能赶在它们发怒之前放稳身体。一到晚上，它们就异常活跃，尤其是到了后半夜，柳叶黄硬闭着眼睛也无法入睡，它们的动静太大了，咔嚓咔嚓，一下下地咬噬着什么，像牙齿敲打在瓦缸上、木头上、铁板上。有一次，它们大概是以为她睡着了，竟然偷偷跑出她的身体，它们通体发光，黄豆粒大小的体积，圆滚滚的。她眯缝着眼睛，从那一条细线中窥视着它们的举动，然而没多久，她就坚持不住了，她的眼皮紧紧地黏在一起。到了第二天，她能回想起的仅仅是有限的片段，依旧无法解释和揭开发出咔嚓声的东西是何物。

那些发光样的东西，也不是全无用途的，它们跟她越来越熟悉之后，竟然就开始通过一些手段让她看见她的一些过去的事。这很奇异，且是荒诞的，那些往事到了她现在的时段去看，竟然都像是外人的，与她毫无干系的。那些发光的虫子一样的东西，就轻松地将她分裂成了无数个柳叶黄。第一个柳叶黄，年轻苗条，柳眉凤眼，有着水波一般的风情，举手投足完完全全的令人着迷。她最擅长扮演《桃花庵》里的小尼姑，在情欲的灰烬里煎熬一生。台下喝彩一片，她陷在另一处桃花庵里出不来。卸了妆之后，还是忍不住愁肠百转，不知身往何处。一根看不见的小麻绳，总想套住她细长的脖颈，再轻轻地打一个结。她就在舞台上不停地跑来跑去。第二个柳叶黄，从厨房里拿了五个馒头，她悄悄走到野外，那里有一个被树枝遮蔽的纸箱子，纸箱子里有一只奄奄一息的小狗，那小狗口吐白沫，根本吃不下她咀嚼的馒头。她一口气咀嚼了五个馒头，伸着脖子咽下去。这还不够，她回到戏班的厨房，又吃了三个馒头。那个小狗没有活过来，她从此跟那个小狗的主人也做了决裂。这破碎的影像，如果再努力拼凑一下，就能从馒头和小狗的背后拉出一个男人。那男人曾经赌誓如果有一天背叛了她，将被五马分尸，她说五狗吧。因为戏班养了一只大狗，而那只大狗当时正好下了四只小狗。没多久，那个男人跟别的女人跑了，那条大狗和小狗也随即死去。戏班的人觉得奇怪，只有她心中明白，狗是她毒死的，她无处发泄愤恨，拿馒头蘸了老鼠药给它们吃。最小最瘦的那个没有当即死掉，她将它偷出去，但是它还是死了。第三个柳叶黄，骑在师傅的脖子上。她忘了她拔刀没有。有时候那些闪光的虫子一样的东西给她看见，她当时拔刀了，狠狠地划下去，师傅的血喷了她一脸。她说扯平了。有时候那些闪光的虫子一样的东西又让她看到另外一幕，她的刀子就藏在棉裤里，她动了动手指，没有力气。师傅伸手摸了摸她的脸，鹅蛋形的脸。他无比感伤地告诉她，他的万般不得已。他向她张开温暖怀抱，她激动地扑了过去。除此之外，还有第四个柳叶黄，第五个柳叶黄，第六个柳叶黄，第七个柳叶黄……那些闪光的虫子一样的东西，给她看见无数个柳叶黄，真假难辨的柳叶黄。她就陷在这样的旋涡里，越来越肥胖。

要不是那些闪光的虫子一样的东西刚好打盹，她刚好站在院子里伸展着酸胀的胳膊，她根本看不见于秋茧和映山从她家门口经过，也根本听不见于秋茧嘴里说的那些关于葵哑巴如何如何的话。她就追了出来，追上他们。她肥胖的身体配合着她的躲闪，竟也轻盈起来。

她躺在床上，听大丫讲过葵哑巴和于秋茧儿子的事。大丫说，如果他是葵哑巴，他一定让于秋茧给他找个好人家嫁了，当干闺女一样嫁了，而不是嫁给那个畜生绕绕。被欺负了再嫁给欺负你的人，还有没有一点儿骨气？

大丫是她的丈夫，一个身材像麻绳的男人，每日里嘚啵嘚啵嘴巴不停搅动，将雾云发生的大情小事都要拨弄一遍。柳叶黄不出门，捡一捧大丫嘴巴里掉出来的渣子就掌握了大半个雾云。反正所有的事情都蒙着面纱。

柳叶黄觉得有必要找一趟于秋茧。柳叶黄趁着那些闪光的虫子一样的东西睡着了，才偷偷溜出门。

柳叶黄飘飘悠悠，圆球一样的身体就飘到了于秋茧的家。

于秋茧坐在院子里看天。就像天上能突然掉下来一个绕绕或者一个男人一样，她的眼睛就是箩筐。

柳叶黄倒也不客套，她对于秋茧说，给她一把大面积的椅子。她说她还要喝口水。

于秋茧对这位从来不串门的女人也保持了她一贯的礼貌，她慌忙给她搬来家里最宽敞的那把太师椅，按照她的意思摆在院子里的枣树下。然后，她给她端来一杯凉白开，水里放了一块梨冰糖。

柳叶黄将圆滚滚的身体放进椅子里，又小口喝下冰糖水。于秋茧不知道她要做什么，面对这个女人，她可不敢贸然开口。

柳叶黄说，你不能毁了那个叫葵的哑巴。

于秋茧一怔，说，是啊，绕绕对不起人家，是绕绕这个畜生对不起人家。

你知道就好，你知道就好办了。柳叶黄舔舔嘴唇说，喏，还有这个甜水没有？

冰糖，冰糖水，有。于秋茧说着就要起身给她再加冰糖加水。

不是，不是冰糖，我说蜂蜜水，我觉得还是蜂蜜水好喝。柳叶黄舔着嘴唇。

于秋茧从她手里拿过杯子，进屋给她冲了一杯蜂蜜水。

野花蜜？还是柿子蜜？哦，就是枣花蜜嘛。柳叶黄自问自答。

于秋茧没有接话，只静静地等待她的发问或者她又站起来突然走掉了也可能，像她突然光顾一样。

我是说，葵哑巴，她最好嫁给一个人，哪个人比较合适？柳叶黄说。

我……我没听明白。于秋茧的确有些迷糊了。

好吧，你想想，再想想，我可是来帮你的，你给我一壶蜂蜜做报答行不行？柳叶黄说。

蜂蜜？家里还有半壶，你带走吧。我不爱喝那个东西，你喜欢就给你，可你说的事是什么？

我说的是你不能娶一个老儿媳妇吧？你得想想办法。要是你给葵哑巴家人好好商量一下，说不定行。

他们恨我，我说什么都是错的。

要是你说，就是让绕绕蹲大狱也不娶葵哑巴呢，你这样说，他们就死心了，你还得下狠心说话才行。

你的意思是……

再来一杯蜂蜜水，少放点水吧，都不甜牙。

我怎么能说那话？于秋茧叹口气，接过柳叶黄的水杯。

你是那么想的吧，你就不敢。柳叶黄在她身后说。

你为什么管这个？于秋茧问。

葵哑巴不能嫁给绕绕，柳叶黄说，拿来我的蜂蜜壶，我该走了。

柳叶黄急匆匆地往家赶，她觉得在于秋茧家待的时间太久了，那些闪着光的虫子一样的东西已经开始在苏醒。

第二天清晨，柳叶黄像一个肥胖的幽灵卡在于秋茧的视线里，于秋茧走到哪里，她黏到哪里。

真早啊。于秋茧打招呼。

不早了。柳叶黄说。那些闪着光的虫子一样的东西比她还早，它们在晨星未退的时候就睁开了眼睛，现在又打盹了。

柳叶黄嗅嗅鼻子问，你家早饭吃什么？

于秋茧说，南瓜小米粥，在锅里焖着呢。

柳叶黄跟去厨房，揭开锅盖说，要不，我在你家吃一碗南瓜小米粥？

于秋茧笑了笑，说，十碗都行。

柳叶黄说，我可不是大肚子汉，你看我胖吧，我年轻的时候比你瘦，跟那个映山差不多。

于秋茧笑着说，女人胖点是风水，是福气。

柳叶黄说，这样吧，你赶紧给我盛一碗南瓜小米粥，我吃了给你说个正事，我得赶时间。

于秋茧已经领教了她昨天要东西吃的气势，也见怪不怪。于秋茧拿一只搪瓷大碗盛了粥，递给她，看她三下五除二吃完。

柳叶黄抹抹嘴，从口袋里掏出一只手绢，四下望了望，悄声对于秋茧说，补给葵哑巴一点儿钱，然后说个狠话。

于秋茧赶紧推她的手，说知道她的好意，但是钱不能拿。平常，于秋茧跟柳叶黄家来往不多，谈不上邻近。再加上柳叶黄天天闷在家中并不与人走动，她那男人大丫又一副爱惹是非样，于秋茧更不愿意招惹。

慢慢想办法吧，都是天命。于秋茧连连叹气。

柳叶黄急了，说，我时间很紧，你非要跟我推吗？

于秋茧说，坚决不能要你的钱，我能再筹一些补给葵哑巴。

柳叶黄没办法，只得生气地离开于秋茧的家。

如果仅仅就柳叶黄昨天的举动，于秋茧还理解为她的心血来潮，无非就是串串门，说说闲话，看看热闹，再或者就当是她神经发作。但是她接连着又来，还带钱过来，她不得不用心思想了，她究竟为什么这么做。

于秋茧留了心，仔细想柳叶黄这个女人，对她印象却并不深刻，倒是她的男人大丫，雾云人人都熟知。要说大丫当年娶柳叶黄，也是费了周折的。据说柳叶黄唱的一好嗓子平调，大丫迷这个，发誓非她不娶。大丫不托人说媒，觉得那样没用，对柳叶黄这样的女人，必须死命去追。于是大丫就撵着柳叶黄的戏班，柳叶黄去哪儿，他去哪儿。撵了一年，柳叶黄突然不唱了，身体吹气一般鼓鼓囊囊。大丫欢喜地把她接回来。人都说大丫能娶个媳妇就不错了，更别说还娶了一个想当年的美人儿。

于秋茧正在家中寻思，却又有人敲门。于秋茧以为还是柳叶黄，忙起身相迎，她不愿意让柳叶黄觉察出她的厌烦。

来人面熟，于秋茧仔细看了看，却是一下子想不起来。那人开口说，他是劁猪刘，大名刘通。于秋茧这才联想起那个骑着一辆车把上插着红布条的自行车的劁猪匠。可眼前的这个刘通跟平日里那个刘通还是有差别的，眼前的这个似乎更瘦一些，更矮一点儿，络腮胡子也剔了，衣服显然是新买的。

家里没有活儿。于秋茧客气地说。

不是，我是找你，大姐。刘通说。

你也找我？于秋茧问。

啊，我找你。刘通说。

有事吗？于秋茧说。

有是有，你也听说了吧，那个柳叶黄是我妹。刘通吭吭哧哧地说。

你妹？于秋茧心中想，听说柳叶黄年轻时候也算得貌美的人儿，而这刘通又黑又敦实，眉眼混沌，怎么也不像一家人。

我妹肯定来过，不是我要花招让她来，是她自己来的。我听她念叨，她也没辙了。这不，我才上来，找你说说。刘通说。

于秋茧说，有话尽管讲吧。

刘通说，那个，你不要答应葵哑巴什么事。

我答应什么事？于秋茧想了想，说，实话告诉你，我这不叫答应，这是一个良心问题。我们家对不起葵，得赎罪。你的问题关键还在葵。

刘通说，我这不是没办法吗，才来找你。

于秋茧不明白这些跟他刘通有什么关系。

刘通说，他女人半年前得了一场急病，没救活，他现在一个人过。他早就对葵哑巴有意思，但那时候他觉得自己有些不配她，如今葵哑巴被绕绕欺负了，他觉得是时候跟葵哑巴提提。听说葵哑巴家提出让葵哑巴嫁给绕绕，他便觉得希望没有了。他摸不清葵哑巴的心思，只能来于秋茧这里问个究竟。

你该去碰碰运气，问问她。于秋茧说。

我去过了，她根本不说话。刘通说。

于秋茧说，我也没办法。我跟柳叶黄讲，这是天命。你自己想办法吧。

刘通说，我给你一笔钱，你就当帮帮忙，不也算帮你自己吗?

于秋茧听他这一句刺耳，便冷冷地说，你给王进金送钱岂不是更管用？说完，又觉得哪里不对劲。她想可不能将对王进金的恼恨讲出来，讲出来就是自家小气了。再若传出去，让人误以为她怨王进金拿赔钱要挟他们。

我的意思是，你求亲，该去求王进金帮忙。于秋茧的语气明显柔软了一些。

刘通说，解决问题的关键不在于王进金，就在于葵哑巴，我觉得她念着绕绕能回来娶她，才不搭理人。我找她的时候，给她说如果她愿意，我把这些年挣的钱都给她。说实话，我跟我那命短的女人生活这些年，我都不舍得拿钱给她管，我也不怕你笑话。

于秋茧想，他所说倒也真诚，但仅凭这一点他根本无法与葵哑巴站在一条道上，更别说结合。于秋茧不愿意继续跟他纠缠着讲这些，对葵哑巴没好处，也没用。她便再次下了硬话，都是天命，要是绕绕那畜生回来，要是葵哑巴愿意，全听葵哑巴的，我是什么也不管的。

刘通没料到好话说尽，于秋茧反而更拧巴了。刘通说，当心生不了儿子。

于秋茧替葵哑巴感到委屈，也感到万幸。

于秋茧打开大门，下了逐客令。

到了晚上，柳叶黄又来。这次柳叶黄直接走到于秋茧的屋里，她一屁股坐在炕上。

我哥来了吧，你别管他，我可不是光为了我哥才跟你说那些，才给你钱的。柳叶黄说。

于秋茧立在桌子前，说，这件事，我不想再说它了。

其实我就是觉得不般配，你家绕绕跟葵哑巴不般配，我就管。我哥跟葵哑巴才不般配呢，我不管了。柳叶黄绕口令一般。

于秋茧心中疲累，应和，什么配不配的，我管不了，太乱了。

柳叶黄突然说，于秋茧，我看你像个好人，这两天我看你像个好人，我跟你讲，你能不能救我？

于秋茧已经被她颠倒的言辞弄得迷糊，只说，救你？谁救我！

柳叶黄说，我当真的，你知道吗，我时间很紧，我得赶紧将真相告诉你，一会儿就晚了。

于秋茧打了一个哈欠，说，好吧，你说。

柳叶黄几乎就要哭出来，掩着声音说，你应付我，你没当真，连你都不相信我。

于秋茧看她伤心样子，只得打着精神，说，好，好，好，我现在好好听你讲，你讲吧。

柳叶黄从炕上磨下来，走到屋门口往外看了看，再将屋门关了，重新坐到炕上。

柳叶黄一副紧张的神情，声音明显往下坠落，我对你说，我把我师傅杀了，他跟别人的女人跑之前我就将他杀了，没人知道。我谁也没告诉。所有人都以为他们私奔了，连他们的家人都这么以为。

于秋茧没有料到她讲这些，当听到杀人的字眼时，禁不住打了一个寒战。

柳叶黄继续讲，那天下很大的雨，他们戏班赶到一个村子，因为那个村里有人请他们唱戏，连唱三天。请戏的人家有儿子在县城做生意，出手十分阔绰，给了平时唱一个月也挣不来的钱。师傅将大家召集在一起，说这回一定要十分卖力，唱得好了，另有赏钱。师傅着重交代柳叶黄与白菊盏，千万别治气，好好搭戏。柳叶黄不痛快，她死活看不上那个叫白菊盏的女人。她挑衅地说，有本事从别的戏班逃出来，没本事自己搞一个戏班啊。她厌恶她那一副楚楚可怜的模样，明明是投奔而来，偏偏搞得像整个戏班都欠她一个人似的，还要百般安慰她，惦记她，生怕她受到伤害，哪一日再不辞而别。论身段、论功夫、论嗓子，那白菊盏也跟她不相上下，这倒是让彼此都难堪的局面。一个戏班子，只能有两个台柱子，一男一女。现在，男柱子是师傅，女柱子在柳叶黄和白菊盏之间飘摇。本来，戏班的人还是偏向柳叶黄，奈何柳叶黄跟白菊盏吵了几次架后，人们清一色地站在了白菊盏那一边。情形很明显，柳叶黄趾高气扬地骑着白菊盏的脖子骂人，那白菊盏只暗自饮泣从不还手口，这如何不让人可怜。柳叶黄气得鼻孔痒痒，说你们受骗了，她就是一个装可怜的主。柳叶黄越是咆哮，越是辩解，越是被人看不起。无形当中，她的地位受到了动摇。这些她也不很在乎，她等着师傅最后的定夺，或者是等待他一个明确的态度。毕竟她和师傅之间不单是师徒关系，还有一层爱恋关系。她觉得即便全天下都负她，只要师傅一人站在身后不离开，她就知足了。她去问师傅，要师傅给她一个答复，到底她错在哪里，如果她没错，那么不能一味地偏袒白菊盏，该撵走她就得撵走她。师傅说，你们都没错。师傅说无非是斗气，唱戏的哪儿有不斗气的，斗气就是斗戏，免不了，也不用计较。只要掌握一个火候，不闹僵就成，无非就是混碗饭吃。师傅暧昧不明的态度深深刺激了她。她觉得委屈，觉得痛苦。直到一天夜里，她起床去师傅的房间送药，她才发现了一个让她震惊的秘密。那天师傅感冒了，问她有感冒药没有，她正在生气随口就说没有。到了晚上她躺在床上翻来覆去却是睡不安生，心中惦念师傅，便翻出感冒药去送。她想要是他还生气，就轻轻地往他身上一靠，保证他的心都软了。这一招以前十分奏效，她知道他喜欢她浑身酥软地靠向他。她揣着药片和羞涩，走到师傅的门口。她将手指轻轻地放在门扣上，她屏住了呼吸。突然，她听见一种细微的吵闹声从屋里传出来，像是压着喉咙的争吵，又像是人受伤后的痛苦呻吟。她心中一急，撞开了本就没插紧的房门。那夜的月光实在可恨，若不是那月光，她怎么能看清楚床上的人呢。白菊盏躲在师傅身后，还是那副楚楚可怜样儿，她将手里的药使劲朝他们身上扔去。药片冲出瓶口，花花绿绿，在空中翻飞。

你说这样的人能不杀吗？他跟我发过誓的。柳叶黄说。

大概也跟夜色有关，这时候的柳叶黄完全与白天的柳叶黄不一样，这时候的柳叶黄身上的硬冷不像一个肥胖的女人身体里所有的东西。

于秋茧听她像讲故事一样讲述自己的经历，不免有些意外。于秋茧搬了一把小凳子，坐下。

所以，我杀了他们。柳叶黄说。

你乱想的吧，杀了人怎么还能在这儿？于秋茧说。

我知道没人相信我。大丫说相信我，可最后我就跟他结婚了。还是没人相信我。你救救我？柳叶黄说。

你的意思是什么？于秋茧问。

我想离开这儿，我想离开这儿！柳叶黄说。

离开了这儿，你能去哪儿？你哥哥家吗？于秋茧问。

不行，他也不相信我。你们都不相信我说的话！柳叶黄说，你知道吗，大丫会把我关到地窖里，那就哪儿也去不了了。

大丫他不敢。于秋茧说。

突然，柳叶黄一阵惊慌，不好了，它们该醒了，我得走了。

谁？于秋茧说，也好，你要是有事，明天再来吧。

于秋茧突然觉得她可怜，先不说她讲的故事的真实性，就是她惊慌失措的样子和那句“没人相信我”都让于秋茧心酸。

柳叶黄赶在那些闪着光的像虫子一样的东西睡醒前回到了床上。她的身体已经越来越重了，这让她觉得恐惧。如果重得像一块石头，她便不能出门了，就得砸在床上一辈子。那些分裂的柳叶黄也将一个个枯萎，最终死掉。

趁着可以移动，她一定要把那些闪光的虫子一样的东西演示给她的情景和她自己演示给自己的情景，对比一下。怎么也分辨不清楚绝对的真相。

她趁着那些闪光的虫子一样的东西犯迷糊的时候，给了自己一刀。她躺在床上，等天明。如果于秋茧这样的人能来看看她，就好了。

她心想，反正给人们喊精神病喊了那么多年了。

她觉得自己变成了一只萤火虫，厚壳的萤火虫，望着那一群闪光的虫子一样的东西，对骂。

九、张　黍

秋天很快过去，冬天尾随而至，很快一场大雪封了山林。等到第二年的立春，人们几乎就要忘记了譬如有关姜玉玉、有关绕绕和其他一些糟糕的事情。

坦然迎接新一季的景色和无法预知的未来的荒芜，是雾云人安然在做的事情。

料峭的春风已经卷起了花边，掀开了泥土，轻扫裸露的山石。雾云掩着安适，一步步地熬着。可是就在这个时候，一件意想不到的事情劈将而来。

此事跟映山的一次失踪有关。

张黍带他下的山。一天后，又带他回来。

张黍回到雾云的第一件事，就是对人嚷嚷，受骗了，整个雾云都受骗了，映山根本不是男人，也不是什么阴阳人。

映山是什么？

张黍说，货真价实的女人。

为了使人们信服自己的话，张黍打算还原她如何发现此等秘密的过程。当然，有些对自己不利的部分，她是要自动遮蔽的。

大概半月前的一个下午，张黍在葵哑巴的猪场外碰见映山，映山鼻子通红，像是刚刚哭过。张黍尾随映山走了一段路，等离葵哑巴家稍远一些，才停下来喊住映山。张黍和葵哑巴向来不和，这是村人都知道的事情。也有人表示纳闷儿，一个话多的见了墙头才不开口，一个话少的比哑巴强不到哪里去，这样截然相反的两个女人怎么就成了冤家。有人说葵哑巴的话都让张黍给说光了，说不定葵哑巴家的风水被张黍婆家压着，说不定又正巧压着祖宗的舌头根。这么一来，弄的王家养个姑娘不说话，冯家则是娶个媳妇比八哥还八哥。张黍婆家姓冯，她嫁给的是冯家老三冯全有。有人如此说，就有人反过来说，反过来的说法是，老王家偷偷改了风水，压住了张家坟地的鱼尾巴，张家老三就生不出孩子。说葵哑巴一个女人干劁猪活儿不是损元气嘛，元气损了就不能生养，但她不用怕，她家的风水已经改过了，就损到张家。张黍跟冯全有典礼已经有四个年头，肚子的确空空荡荡，从不起波澜。张黍开始不以为然，后来还真就将气归到葵哑巴头上。每当婆婆指桑骂槐说她不能生养，她就必定要在心里骂上葵哑巴一二十遍方才解恨，骂完葵哑巴再找个理由扭到婆婆跟前，摔个盆子砸个碗，然后又赔不是，只说不小心。张黍从恨上葵哑巴的那一天起就有意无意地从葵哑巴家门和猪场外面经过，她真想找碴儿，又不知道具体找个什么碴口。

如果俩人顶头，我就挑事，你不是不爱说话吗，不爱说话爱动手也行，你要能碰我一下，我就跟你拼了。张黍已是抱定大干一架的念头，事实是一直也没有这样的机会，让想象变成现实。因为那葵哑巴太不喜欢出门了，即便在外面碰到张黍，也是远远看见了就躲开。她尤其是厌烦听她扭着脖子和腰身叮叮咣咣没完没了地喷唾沫星子，天上的星星月亮都恨不得自杀。实在躲不过了，她从张黍身边绕过去，也是对张黍的无论是亲昵还是挑衅的喊话充耳不闻。张黍在她背后骂一句死哑巴，她听得真真切切，从不回头。

张黍追上映山，拍了拍映山的肩膀。映山一扭头，还是一脸哭相。张黍忙问映山怎么了，是不是被葵哑巴欺负了。映山跟张黍不算熟识，但知道她是冯全有家的人，冯全有给过映山一些画册，那上面的字映山认识很多，映山从小跟于喜楼读书算是没白读，于喜楼居然教会他小学语文上的全部生字。

映山说葵哑巴也哭了，所以他就哭。一听葵哑巴哭了，张黍兴奋地差点跳起来。张黍连连追问，她哭什么，她哭什么呢。映山说这不能说。张黍就哄映山说，要是葵哑巴有难处了怎么办，要是她需要帮助怎么办，得知道她到底怎么了。映山咬着嘴唇不说话。张黍就说她很愿意帮助葵哑巴，她也想哭了。张黍的眼圈竟然真的就红起来。映山说她想家了。张黍没听明白，问映山她想什么了。映山说家。张黍说她守着家呢想什么家，分明就是想男人了，想结婚了，还装什么装，让人以为她真要做老姑子呢。映山说她的家很远，她过不去，她就难过。张黍冷笑一声，对映山说葵哑巴的家就在雾云，远个屁，简直是在胡说八道。

张黍追着映山问葵哑巴和他什么关系，是不是葵哑巴看上他了，要嫁给他。映山瞪大眼睛，不由得向后退了好几步。张黍没料到映山反应这样大，以为抓到了一个取笑他们的好把柄。张黍暗笑，一个哑巴跟一个傻子倒也般配。她套映山的话，问映山对葵哑巴什么感觉，想不想娶了她，跟她一起睡觉，生娃娃。映山慌忙摆手，头摇得像个拨浪鼓。张黍哈哈大笑，心说，真真一个傻子，那哑巴想着够不着的野男人也不会去抱一块现成的糟木头。

张黍从对映山的取笑中得到自我安慰，她越是说他们俩般配，越是心中兴奋，似乎那葵哑巴真就嫁给一个傻子，也生不出一个孩子来。

映山似乎有些生气，再不搭理她的问话，飞快地跑走。

她隐隐觉得时机到了。

她的计划拉开帷幕。

她先是托人去买连环画册。那人回话，她要的那种巴掌大小的连环画册早已经没货了，那种版式太老，应该是二十世纪八九十年代的东西。现在县城的书报亭里卖的多是一些16开本或者32开本的漫画书。她想了想说必须要巴掌大小的连环画册。那人也是费了周折，才将一个朋友去一处名叫荷花淀的风景区游玩时买的纪念品即三本画册捣鼓来。那人是她父亲带过的一个学徒的表弟，倒是尽了心力。她以一个木匠女儿的身份，得到了优待。

画册一到手，她就打算将映山叫到家中。她开了雾云唯一的小卖铺，去年开的张，售卖一些酱油、醋、盐和肥皂、卫生纸类。货物很少，统一摆放在冯全有自己造的一个木头货架上。那货架看起来摇摇摆摆，只能背靠墙壁，再在左右各用一把椅子夹住。她之前是嫁过人的，嫁过去半年就被婆家人轰出来。她嫁的第一任丈夫是一个左脸有一道蜈蚣疤痕的身材魁梧的退伍兵，结婚第四天就因急事匆匆返回他所在的工地，据说他在那里是一个小头头，她想着等有一天跟他进城，那生活一定比山里强很多。她被婆婆轰出来的理由很简单，她有癫痫病，那病是她家瞒着婆家的。她已经很多年没有犯过，没想到结婚之后的头一个月就犯了一次。婆婆最忌讳她这病症，说羊角风冲人福。在山里他们管癫痫病叫羊角风。她倒在地上，四肢抽搐，口吐白沫，头脑一片混沌。她却知道婆婆拿着扫把站在远处冷漠地盯着她。她从那状态里平复下来，躺在地上喘息。这时她已经清醒过来，她只是没有力气马上站起来。院落里空空荡荡的，婆婆早已不知去向。隔了几天，婆婆便给她娘家带话，让领人。娘家人心虚，没敢多说。她跳到婆婆屋里，跟婆婆对骂了一番，才逃也似的离开。没有结婚证就省去了办理离婚手续，只拎着一只小包裹她就回了娘家。再后来，她嫁给冯全有，开门见山直接告诉冯家她有羊角风的毛病，冯家没有计较，冯家的两个儿子都光着没有婚娶，冯全有能正巧遇上张黍这样的离婚茬也算不错。再说那张黍除了满脸雀斑之外，模样还算周正，身段也是生得妖娆。冯全有只一眼便相中她。她见冯全有也算有模有样，就提出一个条件，开一个小卖铺，冯全有答应下来，在家忙活数日，铺子赶在结婚典礼之前收拾停当。

小卖铺是卖不出去多少东西的，待在雾云的年轻人越来越少，老人和留守的女人又都喜欢托人从城里带日用品。她的小卖铺成了摆设。摆设也好，起码时常也会有人过来打个酱油醋，或者仅仅路过也要扭头看看，她就待在里面，常年开着售卖的窗口。

映山穿着一件深蓝条纹的薄棉袄，走过窗口。她喊他从院门进来。他绕到院门处，她已经手拿画册等在那里。

看看，看看。她将画册递到映山的手上。

映山打开那些画册，好奇地问，怎么不是大闹天宫？冯全有以前送他的那几册是《西游记》版本。映山只对其中的《大闹天宫》印象深刻，那里面的故事他都能讲给别人听。

总看大闹天宫多没意思。这个，这个，是从荷花池子里捞出来的。张黍本来想说荷花淀，但是一下子又想不出名字，只记得送书的那人说那个地方长满了荷花。山里不种荷花，但是张黍知道荷花这种东西，何仙姑手里握着的就是。

哦，哦。映山欢快地应着。

张黍让映山到屋里坐，她炒的黄豆刚刚出锅，再晾一会儿就能吃了。张黍说画册是从很远的地方弄来的，从县城捎到镇上，再从镇上捎到雾村里，可不容易。

天气转暖，山上的积雪已经化尽。张黍家的火炕还在热腾腾地烧着，屋里真是一股炒黄豆的焦香味。映山坐在炕沿上，耷拉着双腿，晃来晃去。张黍去给他盛黄豆。

映山觉得热了，脱掉条纹薄袄，里面是一件土色绒衣。张黍逗他，再热就脱光上身得了。映山呵呵直笑，接过黄豆小碗，夹在两腿间。映山刚要去捏豆子，张黍就喊烫。映山看看碗里的黄豆，再看看站在一旁的张黍。张黍说再晾一会儿，映山将小碗放到窗台上。

张黍将映山放在炕上的画册再次递给映山，说，你翻翻，翻翻看看，喜欢吗?

映山翻了几页，见里面一些小人儿很是热闹，跟他的画册不同。映山问什么叫游击队，张黍说打仗的。映山问什么是小英雄，张黍说打仗得胜的小孩。

张黍问映山喜欢不喜欢，映山说还是大闹天宫好。张黍本想讨映山欢喜，没想到落在空处。张黍转念一想，立马有了新的主意。她对映山说，她知道那儿有彩色版的《大闹天宫》，她带他去买。

映山的那本掉了半个角的《大闹天宫》是黑白插图，淋雨发霉之后图画已经有些模糊，为此映山伤心了许多天。如今听见张黍说要给他找彩色的大闹天宫，自然十分欢喜。他想，彩色应该有彩虹吧，孙悟空的筋斗云下面就是彩虹。

张黍反复交代映山，下山去找彩色的《大闹天宫》的事情不能对外人说，否则那画册就会被人抢跑了，那画册只剩下一本。对画四娘也不能说，画四娘会担心他，不让他下山，其实他都那么大了，下山买本画册怎么了。

映山连连点头。

事不宜迟，张黍打算当天下午就带映山下山走一趟。临近午饭时间，张黍本打算让映山在她家吃，然后一起下山，但想到午饭如果不让映山回家，画四娘定绕着雾云找他。于是，张黍将黄豆再次端给映山，又从碗柜里拿了核桃酥点心，催映山尝尝。映山喜欢黄豆，也觉得新鲜核桃酥的味道不错，不自觉就多吃了一些。张黍看着打着饱嗝的映山，让他回家转一圈换双鞋，然后再过来找她。她生怕映山忘记，再次叮嘱映山，不能对别人说，画册可就剩下一本了。

映山托着饱肚，回到家中，画四娘刚刚煮好手擀面，唤他端碗吃饭。映山说不吃了，肚子太饱，画四娘就没搭理他，想着等他饿了再吃吧。映山回到自己屋里，换了一双布鞋，悄悄出门。他的心中一直惦记着那唯一的一本画册。

张黍等在家中，坐卧不宁，她判断着映山来到的时间，但是很长时间过去了映山都没有出现，她怕他变了主意，就出门迎着。她站在院门口，望着门前小道，恍惚觉得像在等她第一任丈夫一样。她经历过那种焦急。当映山突然出现，从远处慢慢走来，越走越近，她一颗心才放下来。

张黍仔细拴了外门，便领着映山，绕开人群，一路走出雾云。

天色擦黑，俩人来到了山下的镇子。张黍告诉映山，天黑了，商店都关门了，那卖画册的也回家了，得等明天再买。映山虽然失望，但很快被镇上那些悬挂着彩灯的店铺吸引，他说那些彩灯的眼一眨一眨地晃人的眼。

张黍带映山走进一家客店。那老板娘模样的人上前嘘寒问暖，说好像见过她。女人自行介绍，这家店和后街的店都是她的，这家店的店主欠了她一笔钱，拿店铺抵债还她。三五句之后张黍也已经猜到，她曾经住过这女人开在后街的客店。张黍便后悔投错了住处，脸色变暗。老板娘一边热情地跟她攀谈，一边安排服务员给她开房。服务员问开几间，老板娘飞快地瞟一眼张黍，并不等张黍开口，抢着说，一间。等待无聊，张黍问她最近生意怎样。老板娘说饿不着，也发不了财，凑合过。映山东瞅瞅西看看，客店大厅的墙壁上挂着一些装饰画，内容是大漠风情，他的眼睛和心神被黏住。老板娘瞧一眼映山，跟张黍开玩笑，大妹子，我可记得你头几年来住店，身边跟着的是一个大块头男人啊。我为什么记住你了呢，因为你长得俊嘛，穿一件水红绸缎棉袄，那叫一个水灵。那棉袄可比什么羽绒服啊人造丝棉服啊好看多了。对了，对了，那大哥呢，那大哥咋就下岗了？张黍脸孔一沉，不觉语气硬起来，盘查？老板娘扑哧笑了，你多心了，大妹子，我哪里敢盘查妹妹。派出所的不来查，我查？除非我有病，砸自己生意不成？我还实话告诉你，这个镇上还就我家的店免查。老板娘刻意压低嗓门，说，放心吧，咱上头有人。张黍嫌去清扫房间的服务员太慢，耽误时间。老板娘说，这几天生意好，常常客满，客人前脚刚走才能腾出房间来给你们住。还是那句老话，咱家店里安全，那些发廊小姐妹也时常过来开房。客人的信任，咱不能辜负不是？老板娘喋喋不休，口舌功夫不逊于平日里的张黍。服务员喊一声收拾好了，张黍便拉起映山往里走。走了两步，又回头对那老板娘说，我要带表弟进城，现在天黑了没车，明天上午最早几点的车？老板娘说，最早一趟九点半。老板娘又跟映山打招呼，表弟好。

张黍把映山拉上楼去。一共两层的客店，张黍住在二楼最西头一间。到了房间，张黍才对映山说，今天天黑了不能回家，就住这里了。映山从小到大从来没有在外面住过，心中自然害怕，他慌张了，拉开房门就要跑。张黍一把拽住他，好生哄着，问他还要不要画册了。映山说要，明天再来。张黍又说，她已经让人给画四娘捎信儿，说带映山在镇上住一晚，画四娘已经知道了，并且葵哑巴也知道了，今天她会陪画四娘一起住。映山忙问真假，张黍一再保证不骗人。

房间里有两张床铺，铺着浅色的床单，屋内撒了花露水，微微的清香氤氲。张黍指着靠窗位置对映山说，那边那张床是他的。张黍给映山倒了一杯热水，让映山喝完水先睡觉。

张黍到楼下一间标着洗澡间的房里洗澡。这个洗澡间借着胡同的地势，依墙搭建而成，十分狭窄，只能容下一个人，连转身的余地都没有，只能直进直出。墙上钉着一块木板，木板上有两只肥皂盒，分别放了一块白色的香皂和一块黄色的肥皂，只是没有洗发水。张黍进去后，插上门，不放心又拿洗澡间里的那一只木头凳子顶在门上。她将脱掉的衣服挂在墙上的挂钩处。她的皮肤其实有些粗糙，不对比还不明显，今天跟映山一路走，看着映山裸露在外的嫩白的手腕，她简直觉得自己身上一定积了很多泥垢。所以，她迫切地想要洗个澡。她使劲搓胳膊、大腿、胸前，连后背都抻着手划拉了许多下。她把自己弄得红彤彤，像刚刚被暴打过。

映山在屋里转来转去，左看看右看看，觉得一切都十分新奇。他本来还想打开窗户朝外面看看，可昏沉的头脑已经垂到了床铺上，他撑不住了，连连打了好几个哈欠。顷刻间，深深的困倦席卷了他。

朦胧间，他感觉到窗户被人打开了。春天的月亮像一颗乳黄的纽扣，别在黑夜的衣襟上。他多想伸手摸一摸，但是他的胳膊一点力气都没有，他太累了，这床又太软了，他完全起不得身。

他开始做梦。他来到山林里，山林的半空挂满了跟纽扣一样的星星，每个纽扣的眼孔里都拖着两条短短的绳线，各种颜色。那些星星缓缓地长出了手指，葱绿色的手指，还有好看的指甲，指甲盖用凤仙花染了，一种柿子红色。他小时候学别人拿凤仙花捣碎裹在手指尖上，半晌工夫指甲和指甲周围都被染红，他得到的是那种比太阳落山时候的颜色还要浅的红。画四娘看到后，狠狠教训他，拿小木板抽打他的手心。那些纽扣一样的星星飞到他的头顶上，绳线随着风飘来飘去，落他头顶上，弄得他痒痒的。那些星星在他的脸上、胳膊上、腿上，各处皮肤处，擦过去。他咧着嘴，一颗顽皮的星星一下子钻进他的嘴巴里，他大张着不敢说话，生怕一不小心会把它咽下去。那星星又变戏法似的躲到他的腋窝下。

天亮了，映山被一巴掌拍醒。张黍板着脸孔站在他的床边，映山迷迷糊糊地说，去买画册，去买画册。呸，买个屁！张黍咬着牙齿骂人。映山不知道她怎么了，慌忙坐起身，他试图去抓她的胳膊，手臂还没完全碰到她，就被她一把推开。赶紧回家，买什么破画！张黍一边说一边收拾桌上的背包。映山就急了，说她骗人。

映山跳起来，这才发觉自己没穿衣服。映山吓得大叫，脑海中立马映现出飞舞的荆棘条和画四娘发怒的五官。张黍让他住口，他哪里听得进去，还是惊叫着。张黍担心被客店别的人听见，便去捂他的嘴。他甩开她。张黍无奈，只得换回昨天的面容，捏着性子对他说，你别吵，别吵，那画册还要不要？映山一听画册稍有安静。

张黍又忙说，听说卖画册的人这两天都不来镇上了，所以没得买。映山问那人什么时候来镇上，张黍说有消息了就告诉他。映山果真不闹了，开始摸起抛在床尾的衣服一件件往身上穿。看着有条不紊的映山，看着他重新钻入白日里的那副假皮囊，张黍的恼羞又突地蹿起。

你不急了，老娘还急呢。张黍觉得自己完全被耍了。

张黍扳住映山的肩膀说，告诉你吧傻子，你是一个女人。

映山没听明白，她就重复。映山摇头，她又重复，你是女人，一个货真价实的女人。

映山慌了手脚，之前画四娘一再地告诉他，他是一个男人，从来没人说他是个女人。张黍说，你跟我一样是个女人，你跟你姥娘、你娘、哑巴、于秋茧她们都一样，就是个女人。别再装成一头蠢猪的样子糊弄人了，有意思吗？

映山当然不明白张黍为什么会前后行径判若两人。他只是傻呆呆地看着凶巴巴的张黍。他更不可能知道她正为花费在他身上的工夫和昨晚的房费而懊恼。她不依不饶，连连追问，说，画四娘为什么叫你装男人？为什么？啊？他妈的有意思吗？简直是一个天大的笑话！

映山被张黍的男人女人之说弄得晕头转向。

映山说，是男人，是男人。

张黍说，你是女人，就是女人。

映山似乎是要说服她，王爷，王爷，男王爷。

小时候，画四娘无数遍对他说他是爷，必须是爷。映山听不懂，画四娘就打他手心。画四娘说山神爷、土地爷、老关爷、财神爷，都是爷，都厉害，看谁不怕，不拜。你就当个鸟王爷，也没人欺负。

张黍讪笑，狗屁王爷吧你，还男王爷？啥男王爷女王爷的，你有那玩意儿吗？

映山羞得满脸通红，他隐隐觉得那话别扭。

张黍不能解气，回到雾云，她对见到的任何一个人大喊，映山是个女人，映山是个女人！你们谁能想到啊，映山居然是个女人，女人！

张黍说画四娘处心积虑地对外人言讲映山是男人，可见画四娘的心机多深，她的目的再明显不过，她想让映山冒充千鸟魂托生的圣子，帮她骗钱，她哪里能想到映山是个傻子，是个不开窍的傻子，她怎么教也教不会他把戏。关键是她的戏演得太厉害了，居然让所有人都误以为映山是男的。就是那些怀疑映山是个女人的人，也被她借他人之口散布出去的映山可能是阴阳人的消息迷惑了。欺骗，纯属欺骗！

张黍满腹的怨气撒不出来，她觉得自己的脸面完全让映山是个女人的事实给撕破了。重要的是，这些直接导致了她的计划以彻底的失败告终。

映山之所以成为她计划里的一部分，是因为她听从了山下的张小瞎。张小瞎告诉她单看外貌很难分辨阴阳人，他们会有两副生殖器官。关键是张小瞎还告诉她一个偏方，跟一个阴阳人睡一觉，女人就能怀孕。张小瞎说不会怀孕的女人的身体里缺一股气，这股气男人给不了，只能不男不女之身的人才可以。病急乱投医，她选择信任张小瞎。张小瞎提出这所谓的跟阴阳人睡一觉，不必行夫妻之实的“药房”，她确信有益无害，映山便进入了她的视野。她从嫁到雾云第一天看见映山的第一眼起，就觉得他怪怪的，像一根发育不良的玉米，不知男女。

在客店的那晚，张黍还是满怀期待的，她给映山喝了放入安眠药的水。等映山迷迷糊糊睡着，她小心地给他脱掉衣服，一件一件的。她觉得自己是那么虔诚，仿佛映山不是一个肉体，而是一尊佛像，她得从对他的膜拜里找到治疗自己病症的良方，那良方就是气息。她多少是有点害怕的，毕竟她也没见识过什么是真正的阴阳人。她的手指颤抖，又拿捏着力度，拂过佛像的每一寸金黄。

她将映山的肉体从衣物里取出来。这时候，她才敢认真打量他，看他究竟长着什么怪东西。她看了一遍，她又看了一遍，她揉揉眼睛再看一遍。眼前的映山完全就是一个女人，他拥有的就是一个小女人的身体。他的瘦弱刚好成为掩盖，那小小的乳房就像等待发育又不曾发育的少女的乳。小腹平坦，小腹之下是稀疏的林地和幽秘的通道。

这是张黍完全没有想到的，张黍以为自己眼花，再次将手伸到他的胸部，那温软的温暖的手感告诉她，没错，这绝对是一个女人。她身为女人，她当然能分辨，能确认。

她恨不得扇映山两个耳光，她的手臂都聚拢起了力气和耻辱，高高举起，映山呢喃着翻了一下身，她的手臂像被什么拖住一样，抽了麻筋。

不打了，不打了，可不骂不行。张黍埋着头，对着映山，对着映山背后的墙壁，狠狠地骂了差不多九九八十一遍。开始她仅仅是骂映山，骂他是挨千刀的小骗子，后来葵哑巴和画四娘被加进去一起骂，她越骂越悲伤，肚子里憋屈的气流跟口水顶着，她的舌头像盘踞着毒蛇的树杈，有干裂的响动。她越骂越痛苦。她越骂越上瘾。她骂出了心头的石灰粉，白泡沫。她甚至在骂声中体会到了那种微妙的类似高潮的感觉。身体紧绷，头脑出现短暂的休克，一种排山倒海的热浪击中她。她长吁一口气。她当然不能满足，她又继续骂下去，她骂想骂的所有人，半宿工夫，头个婆家的半个村子和雾云的大半条街都被她骂遍了。她骂得风生水起，口干舌燥，只到累得疲软，一合眼，睡过去。

映山是个女人的消息在雾云炸开了窝。

于秋茧慌忙跑到画四娘家，她急于将这么大的事告诉给画四娘。

画四娘坐在迎门八仙桌一侧的椅子上，依旧是她习以为常的微闭着眼睛的姿势。

于秋茧知道她醒着，对她说，外面传开了，都说映山是个女人。

画四娘舒了一口气，缓缓地睁开眼睛。画四娘说知道就知道吧，早晚瞒不住。她觉得从关了门户不再接待求助的香客，她就已经失去了保护映山的能力。她预感映山的身份瞒不了太久，当这一天到来，她自然显得平静。

于秋茧没料到画四娘如此淡定，反而是她焦急不堪。她得问她，往后怎么办，映山该怎么活。

于秋茧是早就知道映山为女儿身的为数不多的几个人当中的一个。她也不是一开始就知道，她是慢慢感知到的，她从来不问，画四娘也不防着她，彼此心照不宣。她猜想葵哑巴也知道映山是个女人，应该比她知道的要早得多。葵哑巴就是一个好处，从来不说，自然也不需要任何人叮嘱。

当映山是女人的秘密摆在了明处，于秋茧开始慌张，她一直为自己是一个知情者而感到不安，她不知道接下来该如何让可怜的映山接受这个事实。另一方面，她的心头也轻松了许多，像悬挂多年的一块大石头被卸除了。

于秋茧问映山现在在哪里，画四娘说一早就被葵哑巴叫去了。大概葵哑巴更早听到了这个消息。

屋里静悄悄的，一丝风都没有。

画四娘的呼吸声加重，透着老态，于秋茧仿佛看到了于喜楼曾经的样子。她想到了女人垂暮，想到了腐木将散，想到了大风卷过山林，想到了许多只鸟雀飞过头顶，顷刻无有影踪。

画四娘从手腕上脱下来一只手镯，她指给于秋茧看，于秋茧说银的。于秋茧从口袋里掏出一块自己缝制的棉布手帕，将手镯包裹在里面，仔细地揉擦。

画四娘说，这只镯子，擦干净了，给映山。

画四娘告诉于秋茧，当年，她也是糊涂，但是她无论如何不想让映山跟她一样，更不能让映山像他的母亲一样。他们家女人的命都不好，到了映山这里还是一个傻女。受人欺负也不怕，她最怕的是他受到宋结衣的牵连，那宋结衣名声算是毁尽，她的女儿还不知道会被多少人看不起，被多少流氓恶棍糟蹋。那些男人，那些男人有几个好心眼？对一个傻女还不知道会使什么手段。画四娘想想都害怕，常常睡不着觉，她想着一切可能使映山获救的方法。想来想去，她决定将映山当男孩养。为此，她走上了一条无法回头的道路。

映山小的时候，她怕映山撒尿的动作泄露了身份，就专门训练他站着尿尿。这样的结果是，尿液会顺着大腿流满裤子。她给映山定规矩，不准给外人看到他屙屎撒尿，不准在外人跟前脱衣服，映山如果记不住，她就狠狠地打他，直到养成一种她要求的习惯。等到映山越来越大，她也犯愁映山身体发育时期如何处理，但似乎是天意如此，映山天生瘦弱，乳房扁平。映山第一次来月经，吓得大哭，她告诉“他”那是人必须排的毒，每个人身体里都又毒，排毒是一件个人的事，不能告诉别人，也不能给任何人看到，当然更不能说，否则“他”可能会死掉，她也会离开“他”。映山每回来月经都不出门半步，如果正巧在外面，“他”也会快速跑回家中。不知是因为瘦弱，还是因为身体别的原因，映山的月经并不是每月都来，它会半年一次或者两三次。画四娘不敢想未来，等她不在这个世界上，“他”该如何继续隐瞒。画四娘只希望“他”能少受伤害便好。这是一条不归路，当她看到映山越来越喜欢彩色的衣服和女人用的一些物品，她的心乱糟糟的。她也想过让“他”过一个女人的生活，但更深的恐惧压制住她的这个想法。她觉得什么也靠不住，只有坚持活下去，陪着“他”，看着“他”。

于秋茧静静地听完画四娘的讲述，她将手镯重新套回到画四娘的手腕上，说，是得好好活着。

于秋茧现在最担心的是映山，她不知道“他”该如何面对村人的议论。于秋茧对画四娘说，她去葵哑巴家看看。

她还未站起身，画四娘家的院门就被推开了，葵哑巴领着映山进来。于秋茧惊讶地看过去，只见映山穿着她缝补好的那件朱红色衬衫，外面披了葵哑巴的一件墨绿色外套。

于秋茧顿时明白过来，还是葵哑巴聪慧，她什么也不说，也不需要说，只是领着穿了女人衣服的映山在雾云走了一圈。映山纯净的笑脸，抵挡了那些可能继续探究的好奇和诋毁。而对于映山，也更不需要解释，“他”已经安然接受现在的自己。从此，映山，是个女人，年轻的女人。

为了映山的事，冯全有跟张黍大打一架。

冯全有拎着张黍的头发，从自己家中拎到画四娘家门口。进了画四娘家院落，冯全有一脚将她踢倒在地，让她给画四娘认罪。

画四娘说不怨张黍。张黍并不买账，冷笑说，画四娘才是个骗子，没人欺负映山，是她欺负她，让她不能好好成人。

画四娘说她骂得好。

冯全有一个耳光扇过去，张黍的嘴角淌出鲜血，张黍狠狠地瞪他，咬牙切齿地说，是不是你不能生养，偏怨到我头上？

冯全有跟画四娘道歉，画四娘说不要再闹了，让他们赶紧离开。

张黍缓缓地站起来，抹了抹嘴角，冷冷地看一眼画四娘，再看一眼冯全有，一字一顿地说，有种离婚。

张黍的态度让冯全有脸上无光，心下也无着落起来。张黍转身就走。画四娘挥挥手，冯全有快步追出去。

张黍心中的怕，已经让冯全有当着外人的面甩出的那一记耳光给扇没了，她心中仅存的一丝愧疚也一并消失掉。

张黍回到家中，找一张包裹皮开始收拾衣物。她想这一回再不能让老冯家轰走，要走也得自己走。

冯全有揣着的本是虚火，让张黍这一吓唬，整个人没了主意。他后悔不该听二哥的话收拾张黍。他也没想闹那么大，只是跟张黍打架打到气头上，无边英雄胆漫生，竟扯了张黍去到画四娘家。他以为教训完就算完了，大不了三五天不说话。

他三十岁头上娶的张黍，虽说张黍嫁过一个男人，但张黍无论个人条件还是家里条件都比他强许多。他跛着一条腿，张黍也没说别的，照样扎在雾云跟他过。他知道张黍有羊角风病，从她进门这几年也犯过一两回。他觉得人家张黍的病是内病，看不出来，从地上爬起来就是一个整个儿的人，不像他，右腿永远短半截。

张黍不爱干农活，爱耗着一间小卖铺打发日子，他依着她。张黍爱说闲话，东家长西家短，随她去，舌头长是女人的天性。但是当知道张黍开始说道映山，说道画四娘，他就气恼。映山是一个比他还可怜的傻子，为什么要拿“他”开心。他气恼就在此。并且画四娘以前还精通仙术，要是得罪了她，家里再惹祸端可怎么办。

他拦住张黍，语气已经由先前的硬装的强硬变成软烂，他说让她打他一顿解解气。张黍不吭声，阴冷着脸继续收拾东西。他去拉她的衣衫，动作里满是乞求。

张黍越发地看不起自己的男人，眼前的怯懦与在画四娘家院里的凶狠，完全判若两人。表演也得一口气贯穿始末吧，怎么一口气还未完，自己就先泄了。张黍开始想自己的第一个男人，那男人虽然没良心，没敢对他的娘说一句恳求的话，但她不怨恨他，毕竟她隐瞒病情在前。人就怕比，一对比俩人的优劣就见了高下。

张黍冷冷地说，怎么解气？当着外人的面打老婆是本事，是吧？

冯全有掖起舌头，不知道该说什么。

张黍说，我要不是想生个孩子，我招惹映山干什么。我不能，我不能，我看是你不能。要不我偷个男人，看肚子能鼓起来不？要是能，就是你没种。

冯全有只能将舌头继续往深处掖，消失了才好。他现在最怕她走掉，再娶个老婆简直痴人说梦。

张黍的话敲在他的脸上，他的脸就落了一层冷霜，他被冰冻在其表层之下。隔着浅薄的冰的镜面，他试探着往回走走，刚一探出脚，却又缩回来。所以，他还是没胆量跟张黍讲他以前的毛病，他不知道那毛病是不是影响到他的生育能力。从二十多岁开始，他似得了一种怪病，怪就怪在不能看见好看的女人，一看见就冲动，恨不得跟那女人睡觉。他又不敢，他从小是个老实孩子，不敢动歪念头。于是他就躲到一个没人的地方，自行解决。这自行解决的办法无非就是动用自己的双手，和自己的头脑幻象。在那幻觉里，他跟姜玉玉、于秋茧、葵哑巴、酱羊好多个女人睡过。他清楚地知道她们身上不同的气味，姜玉玉有一种浓烈的香气，那香气让人一下子醉倒。葵哑巴是那种玉米的味道，如果不煮熟，就有清气，跟泥土也有关联，让人觉得踏实。酱羊是荡妇，一个春风浩荡的荡妇，烤骨头的焦香味。于秋茧是薄荷味，这个年长的女人是他最喜欢的类型，那股子清凉缓缓地往骨头缝里吹，四散开来，整个人就跟着飘飞起来。这些仅仅存在于幻象里，现实中他见到她们中的任何一个都是远远躲避着，生怕自己心头乱窜的乌烟瘴气扰了她们。别说外人，就是她们自己，也没有一个认为冯全有是流氓。冯全有那时候得的就是这一种病，这种病折磨得他常常精神萎靡，浑身发软。一个正常男人也不能一天里总射个三五回，更别说在幻觉里进行了。冯全有不知道这病的危害，只知道它使人羞耻，使人无力。他又不能挺着那根枪四处招摇，他就将自己关在家里，关在地窖里，为了转移注意力，把一条小椅子拆了再装上，然后再拆了，拿刀劈碎，扎成无数个微型的小椅子。当他执迷于这些小椅子的制作时，他的病发作的越来越少，间隔越来越久，到了最后竟然好转起来。他不敢提这段往事，犯病时段流出的精液能有多少呢，他自己都算不清，他当时怕的精尽身亡转化到现在就是怕没有精子可以供给老婆生养一个孩子。

想起这些，对张黍的愧疚感越发深重。他不能让她这样离开。他告诉她，任凭她想要怎样就怎样，他听候她的发落。

张黍鼻孔里哼出声来，歪着脖子上下打量他。张黍说她可不想怎么样，就是从今往后这个家得她说了算，他家二哥休想再来他家桌上混一顿饭吃。

在一个家庭中，冯全有和张黍的主次关系一直处于微妙之中，因为两人各自都觉得占有上风，又各自都觉得藏有短处。张黍外在的气势明显高于冯全有，看似什么都管，但一些家事还是由冯全有拍桌子定板。比如冯全有的二哥冯全车隔三岔五地过来蹭饭，张黍很不高兴，张黍跟冯全有表达过此意，冯全有却说二哥一个人也无聊，过来吃口饭能怎么样。张黍说冯全车拿这里当自己家，太随便了。冯全有就说自家兄弟哪儿能分得清楚。张黍便问女人分不分，冯全有说她乱讲。冯全车样貌比冯全有周正健壮，像是一好吃懒做的货色。张黍对外，戏称他是泥。

冯全有同意张黍的条件，以后这个家里外全听她的。穷家破业，谁当家都一样。至于怎么告诉冯全车别再过来混饭，得好好想想，不能伤了兄弟和气。

张黍说办法有一个，吃也行，可不能白吃，得让冯全车给她家干活，反正冯全车有的是力气。冯全有说俩家合伙干没什么不好，只要冯全车同意就行。

张黍自然有她的盘算。既然冯全有最终没舍得让她走，那她就不走了。她想着必须生一个孩子，生一个孩子才能真正扎下根来。她知道要是离婚两回，再嫁也嫁不到什么好人家。何况冯全有虽然比第一个丈夫差点，但人还算可靠，又没嫌弃她羊角风病。那病犯起来可真够吓人，如果旁边一个肯看护的人都没有，那简直如坠地狱。她浑身抽搐，如上大刑，怕没人救命。另外，在这个家里，她能做他的主，如今又说到桌面上，她就是这个家的正式主人了。

她的头脑飞快地转动着。头一次婚姻没有计划好才使得她遭遇失败，这回她要主动掌握这一切。

冯全车的好运是突然从天上掉进嘴里的。他就仰着脖子，一点儿力气也没费，连续两天被张黍叫过去吃饭，也没给他派活。冯全车忍不住哼起小调。

晚上吃韭菜鸡肉饺子。张黍说，我包饺子快，你会不会擀皮？

会，一只手转圈擀。冯全车说。

老光棍，吹吧你。吹得动牛不？张黍瞪他一眼。

冯全车哪里见过一向冷鼻子冷脸的兄弟媳妇跟他主动开玩笑，心下一紧，脸皮一松，嘴巴子就咧到了耳根处。

冯全车试探着张黍的深浅，说，吹得动，一头两头都没问题，咱有劲。冯全车故意将袖子卷上去，露出结实的手臂给张黍看。

肌肉啊？要不这饺子馅换你这块肌肉，可不就省家里的鸡肉了。张黍的语调打着水漂。

行啊！冯全车说。

吹牛！张黍噘嘴。

是，吹——牛。冯全车哈哈大笑。

张黍注意到冯全车偷偷看向她的眼神里多了愚蠢的蛮力。之前，张黍察觉到他曾偷看过她。有一回在厨房，她正和面，他从窗户外面盯着她。另一回在院子里，她躺在小树下的躺椅上纳凉，冷不防被屋顶快速闪动的类似树影的东西惊倒，她假装闭上眼睛，发现他从粮囤后面溜掉。

张黍说，我先和面，你兄弟也快回来了。

全有去哪儿了？冯全车问。

咦？你亲兄弟没告诉你？张黍挽起袖子，露出一截白皮肉。

又不是小孩儿。冯全车说。

你是？张黍说。

你啥意思？冯全车站在她身旁问，本来他想凑到她身后边的，又止住了念想。这两天，张黍有意无意地撩拨，他早就心慌意乱。况且，张黍本来就该是他的老婆，从这个层面想，他一点儿也不觉得亏欠冯全有，相反这几年里，倒是冯全有亏着他，冯全有抱着老婆热炕头，他还不是孤家寡人独一个。尤其是当他偷偷瞧着张黍，内心就没办法平静，但他好歹知道兄弟老婆不能动。

冯家两兄弟都还是光棍时，有一天媒婆上门来，老冯百般讨好，媒婆说冯家交好运了，女方不挑剔，只要求男方人好，再就是嫁过来得分家单过。媒婆问哪个去相亲，老冯说按年龄大小，先给冯全车相相吧。

媒婆去那边讲了情况，那边初步同意，见面日期定在三日之后。冯全车刮了胡子，洗干净头发，找出那件在五安铁矿打工时买的一件深蓝色条纹衬衫。又拿装满开水的搪瓷茶缸在平铺的衬衫上熨烫一遍。他在五安铁矿干过三年，因为跟人打架轮了铁锹，搞丢工作。被打一方是南方人，找厂里多要了几千块钱，没往上告，他也算躲过一劫。到了年底听说严打，工厂寻衅闹事的一拨人先后被提走，他吓得慌，悄悄从厂里溜出来，溜回了雾云。风头过去后，他也没想再出去。他想不如开垦几亩荒地，种点稀罕东西。他拿着农具走到地头，满眼一片荒凉，身上的懒筋就又蹦上来了。他将时间往后推，一推再推，推推无限期，好几年就过去了，他的最初的想法也早沤成了肥，哪里还有踪影。仗着铁矿上挣的那点钱，加上几分田地，他没觉得活得多不好。

跟女方见面的那天早晨，老冯却又问他，能不能让让兄弟。让，这怎么让？冯全车不明白。老冯说冯全有虽然比冯全车小几岁，可拖着一条有毛病的腿，怕往后更不好找老婆。老冯还说女方条件他仔细打听了，身上也有病。老冯唉声叹气，蹲在冯全车跟前。冯全车一急眼，耍了一回大方，让就让，没毛病也让。所以，那天是冯全有去相的亲。

哎，想什么呢？张黍将四碗面粉倒入盛了小半碗水的搪瓷盆中，一只手插进，不停地搅拌。

冯全车说，他娘的，什么事也没准儿。

那你说说什么事？张黍一拳头一拳头压着盆里的面子，身体有节奏地晃动着。

粘手不？冯全车问。

啥？张黍没听清楚。

我说你和面粘手不？你看你水放多了，多黏。冯全车说。

张黍哈哈大笑，身体前俯后仰，打乱了刚才还有着规律的摆动节拍。

没想到你还是一个细人儿。张黍说。

不是，可不仔细。冯全车往前凑了凑。

张黍一巴掌拍过去，冯全车没躲，面穗儿粘在他的脸上、脖子上。

张黍又笑得浑身颤抖。

冯全车去水盆里净了手，不由分说替下她。她乐得清闲，将手上的面穗儿弄干净，站在一旁看他干活。

张黍觉得时机差不多，便试着探路，你打算给我找个什么样的嫂子？

什么嫂子？顶你一半就行。冯全车双手用力地揣着面。

张黍觉得刚才的调笑火候似乎有点过，让他靠近得太快。张黍向后撤了撤，缓缓地说，你一个人，也不容易，不如……

不如什么？冯全车接话。

张黍脑瓜一转，说，不如，找个人凑合过吧？张黍观察冯全车的神情，她希望他能听进去，而不是停留在跟自己的调情上。奈何冯全车已经尝到滋味，腻着她。她只能转一副冷静的脸孔对他说，她要跟他认真地商量一件事，是为了老冯家好，所以在她讲完之前，他不能随便插嘴。

张黍压低嗓音说出那件很重要的事。

张黍等着他的反应。

厨房的墙上挂着一只老式钟表，外壳是冯全有自己扎的，直接套在那个旧钟表上。时针咔嚓咔嚓一刀刀切在空气中。

冯全车说不行，那事他弄不成。

张黍便嘲笑他胆小，只有嘴上功夫，没有真本事。

冯全车沉默，张黍知道他被她说动了，接下来就得靠她指挥。她将计划再一次跟他讲清楚，为了以防万一，他需要提前做几项准备。

冯全车惊讶地看她。她暗笑，为了这件事，几天几夜没有睡好，可谓绞尽了脑汁，若再不成，就是老天爷看她笑话了。

俩人约定，如果不出意外的话，事情今晚上就得做，以免夜长梦多。本来她打算过几天再说，但明显今天夜里的一切情况都对他们有利。因为下午，她在家门口看到猎物了，猎物正缓慢地移动。她还上前仔细地打听了其行踪。另外，冯全有早上出门时说，他今晚住在镇上。

为了防止冯全车打退堂鼓，她将刚才冷着面孔的讲话距离又试着往前推了一把，再靠近他一下，轻轻地撩拨他一下，让他在还没有仔细想清楚的情况下把事做实了。

她开始准备晚饭。因为心急，饺子捏得快，个头大小不匀，躺着站着的都有，但这不妨碍它的味道。

她没用冯全车帮忙。为了打发他的时间和占用他的思维，她将家里一只坏掉的自行车推到厨房门口，拿出工具，让冯全车补胎，补完胎再接断掉的生了锈的车链条。她则在一旁一边做饭一边暗中观察他。她将饺子包好，下锅煮熟，又盛好，才喊他吃饭。他的活儿还没干完，可他烦了，他懒得再摆弄那堆破玩意儿。

他在门后边的水盆里洗了手，坐到饭桌前，端起来一只大碗。醋，醋，来点醋，再来点蒜瓣，芥末有没有，芥末……他嘴里塞着饺子，呜里哇啦嚷了一通。

吃饱了，就是等待天黑透。

她收拾完碗筷，对他说，差不多了，出去转一圈时间就差不多了。

他出门去。

她在厨房等消息。厨房靠窗的位置，有一只单人木板床，是用石头垫起来的床腿。床板上摆着一张大案板，如果不仔细看那案板就像是与木板床一体的。不过，面积还是小了一圈。这个大案板是用来擀面条的，冯全有爱吃手擀面，张黍最烦手擀面，于是案板就很少用，上面零零星星地丢着一些没用的盆盆罐罐。张黍将它们扶起来，码放到靠墙的位置。她心说，要不明天做一顿手擀面，无非就是多费点儿劲，菜园里的小葱正是好吃的时候，拽一棵，切得碎碎的，用花椒油和盐拌了，撒到面上，冯全有能吃三碗。

墙上趴着的那只倒霉的老钟表，咔嚓咔嚓，切着她的焦虑。

冯全车还没回来。

他不是半路逃跑了吧？应该不会。

她焦急地等着，她迫切想知道结果。如果他能做成，她就解气了。关键是，她还能提出条件，那个条件更重要。上回她和前夫在镇上见面，前夫送她回来的路上被他撞见，虽然他并没有说什么，但她心里不安生。她只是跟前夫悄悄见个面，不可能再在一起，前夫娶了一个在县城搞美发的女人，那女人很厉害，她可惹不起她，再说她也不想惹。她拿了主意，如果今天冯全车的事情做成，她就再也不怕他了，彼此持有对方的秘密，他们就成了同一个战壕里的人。那么，她的下一步计划也能跟着实施了，她还想跟前夫试试，两三晚上的事儿，要是能怀上，就不再见面。她觉得这一切不过都在她的掌控之中。

门外响起一阵急促的脚步声，越来越近。她隔窗看向夜空，黑漆漆的，刚刚好。

果真是冯全车回来了，她竟然有些喜出望外，像是等待久别的人。她快步上前，迎他进了院子，又进了屋门。为了让自己看上去更加平静，她假装若无其事地说，不错吧。

冯全车走近她，她感觉到一阵被他身体裹挟而至的风里充满了浓重的汗腥气。她暗想，还挺能折腾，不知道得手没有。

成没成？那傻子闹了没有？她想知道结果，她的计划的落实情况。她还是拿不准映山会不会闹出动静，会不会被人发现。不过，从葵哑巴家出来的路上，有一个死拐角，从拐角处擒住她，再将她拖到旁边那个没人住的院子，拿手绢塞她的嘴，怎么能办不成？冯全车的力气制服一个瘦映山不在话下吧。她早就打算好了，如果冯全车强制和映山将好事做了，她明天就托十里八乡最巧的媒人上门提亲。她有的是办法和耐心。映山家答应的话，冯全车就有了一个老婆。映山家如果报案，大不了冯全车承担。不过，她还是相信十里八乡那三五个媒婆的能量的，还有周围人的闲言碎语的力量。

冯全车又向她逼近，他身体的味道扑腾乱窜。

你，你也傻了吧？问你话呢，二哥。她被迫倒退几步，说话的语调都变了。

冯全车却是又上前一步。冯全车伸手将她揽在怀里。她大喊，你，你要干什么？二哥，你要什么？

冯全车捂住她的嘴，一把将她提了起来。冯全车将她放在案板上，随即整个身体死命地压上去。她越是挣扎，他的力气越大。他快速而疯狂地在她的身体上运动。只到他低吼一声，颤抖了几下，才肯退出来。

她躺在案板上，一动不动。她没顾上去想眼前的屈辱，便发问，你到底弄没弄成那傻子？

冯全车低声说，咱嫌她傻。

她不甘心，继续追问，到底怎样？没弄？

没有。冯全车说着话，整个人已经挪到门槛外。

床板哐当一声。她像一条初入热锅的鱼，奋力跳起老高，头都差点顶到屋顶。X你奶奶的，你个狗娘养的冯全车……她指着就快看不见了的冯全车的影子骂。她骂冯全车，骂冯全有，骂过来，骂过去，在咒骂声中，她的身体也发出类似冯全车压在她身体上的那种颤抖，更深的颤抖。

十、河　流

绕绕还是没有回来。于秋茧的等待被无限拉长，她手里没有线，她是一根线。

去年入冬之前，那场铺天盖地的大雪落下来之前，于秋茧求了雾云的许多人家，他们答应和她进山，进行最后的一次找寻。如果等雪过来，他困在山里，没有食物，没有柴火，只有死路一条。

拉网式的搜索进行了两天，始终没有找到人影。于秋茧绝望之余心中又是充满了希望的，假如他真的离开这座大山，去往他父亲去过的任何一个地方，他可能活着；假如他转入一个未曾被人发现的山洞，储蓄了秋天的山林馈赠的食物与木材，也能活下去。

她的等待势必要继续下去了。

她一直不敢面对的是葵哑巴。她曾托老臭给王进金带去八千块钱，王进金倒是再没来找过事。王进金老婆万芳提出的另一个条件，即让绕绕回来后娶了葵哑巴，还是无法实现。对于此事，于秋茧也已经不存在愿意或者不愿意的心理，她一心想的是葵哑巴是否也要像她一样，进入一轮又一轮永无休止的等待之中。那等待看着是有明火的，远远地逗引着你，但倘若你往前走一步，你的心就会越发的下沉，那明火也跟着再退后一步。也就是说你永远追不上。当你不打算看向它了，它又在你的睡梦里你的头脑里熊熊燃烧。你索性就站在你的位置上，不远不近地看着它，无法触摸，又不舍离开。这会是最终状态。

于秋茧这一生都牵在这一条线上，如今葵哑巴被无形之手也拨弄至此，她不忍心，又觉得葵哑巴没有必要，为什么要等一个有罪于自己的男人呢，绕绕不值得她等。

她原是想问出一个究竟，至少听听葵哑巴的真实想法，奈何葵哑巴就是葵哑巴，她不发一言，尤其是对绕绕这件事情。

于秋茧只能默默地照顾着葵哑巴，虽然在形式上她无法做到，看似彪悍的葵哑巴连生猪都能制服，哪里需要她的保护。她是指在内心，在内心深处，她当她是一家人，甚至超出了那种长辈对待晚辈的亲昵，是同病相怜的亲人。倘若葵哑巴一辈子不嫁，再或者绕绕回来了依旧不肯娶她，她也拿她当亲人看待。

春天，葵哑巴的猪场搬进了山里，就是那个原来的皇家围场的地方。这与徐徐有关。不是于秋茧去求徐徐帮忙，而是徐徐主动联系的她。当时徐徐在于秋茧家学做冬凌草茶，突发奇想说让于秋茧建一个制茶厂，于秋茧说她净是取笑她，她一辈子都没有过那么大的想法，她不想，也不愿意，更是没能力。于秋茧说倘若徐徐做此事，她倒是支持。徐徐说她撑不住，不是力气，不是技术，是她缺少那种坚持。她说也许以后她会去做，但不知何时。徐徐跟于秋茧学习了差不多一个月的时间。离开雾云山时，她带了一背包的冬凌草茶，她打算拿它们还债用，还她的网文债。她告诉于秋茧她要失约了，她的网文不写了。于秋茧不懂网文何意，只是劝她说不愿意干的事情不干也好，不必难过。徐徐说等她还了那个债，就没事可干了。于秋茧说让她再回雾云，徐徐没有回来，但是托人带回消息，还让人联系到葵哑巴，说要将葵哑巴的猪场搬到更宽阔的地方，映山也可以去那里帮忙。

于秋茧以为她说说而已，没有在意。结果没过几天镇上来人，跟葵哑巴签了收购与合作合同，葵哑巴就带着她的猪去了皇家围场。不，应该叫天牧养殖场。新名字是镇上一个领导给取的。

于秋茧曾悄悄打听，先前所传的在山上建公墓的事，是否属实。镇上人说，时机不对，还不到时候，等着吧。

葵哑巴搬家的那天，于秋茧和映山都去帮忙。经过一场大雪的覆盖和融化，葵哑巴似乎可以慢慢忘掉绕绕的罪过了，她也不再躲避于秋茧。

葵哑巴先是将小猪崽赶到三马车的车栏内，交给一个从镇上来的年轻人，他是镇上合作方委派给葵哑巴的饲养员。那个年轻人留着一绺山羊胡子，乌黑发亮，又修剪得整整齐齐。他递给葵哑巴一张介绍信，背后附有他的简历，写着毕业于水产畜牧学校，后进修大学专科，自学拿到了兽医证。他说他叫阳易达。映山指着他的小胡子哈哈大笑，说阳山，山羊。阳易达也哈哈大笑，说他从小就得了这么一个外号，为了更形象生动，于是专门留起山羊胡。映山就去揪他的小胡子，他配合地做出疼痛求饶的样子，惹得映山围着他转来转去。

阳易达让映山跟他一起开车去养殖场，映山说不，她要跟葵一起走。

葵哑巴将剩下的猪又分了两队。先挑出一队，关在一只大圈里。然后再将剩下的一队，一头头仔细看过，看完了，拿刷子沾了鲜红的颜料在它们背上刷上记号。

于秋萤不知道她要做什么，只在旁边帮着打下手，待她将每一头带标记的猪赶出来，她再将它关进指定的另一只圈里。

映山数来数去，一共十一头。

葵哑巴又分别喂饱了它们。葵哑巴先给它们的食槽里注入清水，待它们喝上两三口，她又拔掉食槽一旁的石塞，让清水流掉。然后，再将搅拌均匀的散发着热气的玉米面混合豆面的稀粥倒进去。于秋萤问，怕它们没吃过这么好的东西，先清清肠胃吗？葵哑巴笑而不答。映山嗅着鼻子说真香啊。葵哑巴伸手拍了拍她的脑袋。映山的头发已经长长，本来到了齐肩的位置，她嫌碍事，刚让于秋萤帮她剪的，依旧清爽的短发。

小猪崽被阳易达用车拉去了养殖场，另一个圈的大猪也留给他一趟趟转移。那些刷了记号的猪队伍则由葵哑巴负责。

于是，在那天的下午，阳光懒洋洋地照在雾云时，一个奇怪的队伍行进在开往雾云山深处的山道上。领头的是映山，她穿了一件碎花外套，摇摆着脑袋走在最前面。排在她后面的是手握一条小鞭子的葵哑巴，葵哑巴的后面则是抱着肩膀的于秋萤。而中间，就是这一支队伍的主力军，正是被刷了记号的猪朋友。阳光有些俏皮，照在闪着光的猪朋友的毛发上，那些鲜红的记号竟似绽放的花朵。她们整齐有序地走着，她们各怀心事地走着，她们怡然自得地走着，她们小心翼翼地走着，她们旁若无人地走着，她们昂首挺胸地走着。山脚下的人若是抬起头，会以为是一行奇怪的大雁刚好飞过。

葵哑巴从来没觉得如此悲壮过，又如此骄傲。她原是想一个人赶着它们走，若是映山不依，就让她追着。她没想到于秋萤会跟她们一起“胡闹”。当她将刷了记号的猪朋友赶成一列纵队时，她看了于秋茧一眼，于秋茧的眼睛里没有一丝一毫的惊讶神色，而是蓄满了淡淡的笑意。她伏在每一个朋友的耳旁说话，她将它们赶上山路。她一扭头，于秋茧跟在身后。

葵哑巴的眼里蓄满了泪水。

当阳易达看到葵哑巴和一队开着红花的猪朋友，竟然说不出话来。他愣了许久，揉了揉眼睛，又揉了揉眼睛。

用了两天，猪朋友和一些剩余的饲料都运到了养殖场。

养殖场用铁丝网和灌木丛交叠围起，形成有力的屏障，中间场地开阔，猪朋友将被安放在指定的地方活动，由小圈改成了很大的圈子。它们似乎明白这也只是一个看似自由的新的环境，它们缩着脚步，没敢四处撒欢。但没过多久，在映山的轰撵下，它们就忘形地跑了起来。

那些开着红色花朵的猪朋友时而奔跑，时而伏在草皮上歇息。于秋茧格外注意它们。于秋茧突然明白，经过精心挑选的这些红花，原来都是被劁过的。那么，葵哑巴赶着它们走了一趟山路，仅仅是出于对它们的照顾吗？让它们看看美丽的雾云村落，看看四周的风景，看看高处的云朵，看看阳光落在身体上所呈现出的另一种形状？于秋茧心中涌起莫名的伤感。

天牧养殖场内有一只红色的铁皮屋，已经被收拾出来，当做办公区，兼做值班室。阳易达会暂时在这里住下。等养殖场上了规模，他打算修建一排像模像样的房屋，到时候，办公室、接待室、医务室、场长室都会有。阳易达指着另外两间临时修建的大而敞亮的石头房子说，用不了多久，这两间仓库就会变成两层。他对此充满了信心，他说农科院的教授已经跟他谈好一个项目，将在这里培育养殖三十头新型宠物猪，加上场里预计增购的肉猪五十头，一年内猪场一定会热闹起来。葵哑巴对此不感兴趣，只是盯着她的红花看。阳易达说，当然，他不做场长，他只做管理人员，他是要在这里做实验的，如果新型宠物猪试验成功，就可以很快地实现他的一个短期梦想。

他带葵哑巴转了转猪舍，也是他提前带人修建的，因地制宜，多用山石，看起来简陋，实则实用又省钱。他说即便宠物猪也不要高档的猪舍，他们提倡的新型的这个“新”字必须体现在“自然贴近”上，一切归于原初，它们才会拥有蓬勃的生命力，才会招人喜欢。他说至于肉猪，他打算打出绿色生态野猪的品牌。将它们最大限度地放回山林，拍下它们的生活照片，上网宣传，软广告推介，最好能在小猪未成年之前找到认购的人，这样资金回笼更快。

葵哑巴没有心思听他充满激情的解说，她确认小猪都得到了一个临时安好的安置后，又匆匆下山取行李。尽管阳易达让她放心，可她还是选择要在两间仓库的其中一间居住。

阳易达和她分配了各自的任务。阳易达负责外联、营销和猪的免疫健康管理，她则负责看养猪群，按照他的饲料配方给它们吃定量的食物，其他时间就任凭它们在场里随便乱跑。

阳易达山上山下不停地走动，没多久便将绿色养殖的招牌给竖立了起来。葵哑巴的那批猪派上了用场，前景可观。葵哑巴并没有感到一丝快乐。

于秋茧上山给她送过两次被褥。前些天帮她搬家时见她的被褥比较单薄，且棉花还是老旧的，已经压实，不够蓬松保暖，就动了心思给她做床新的。

于秋茧远远地看到她，只见她像一个放牛郎一样，拎着一把草绳鞭子，追着那些红色的花朵满场子跑。于秋茧说她太疯癫，完全没有一个场长样，她拧着眉头笑，她什么也不是。跟在一群红色的花朵后面，山风呼啦啦地乱刮，她觉得她不光什么也不是，还什么也没有。

半个月后，她将手里的养殖场份额全部转给了阳易达，自己退出。回到村里，她买了两只小猪崽，将它们领回家中。

随着葵哑巴从养殖场撤出，映山的工作又泡汤了，尽管阳易达一再表示希望映山继续待下去。

经过了一个冬天，画四娘的身体愈发不如从前，她常常需要拄着拐杖才能走得稍远一点儿。画四娘不得不为映山往后的生活再次忧虑。

这天，画四娘吃过早饭，用淘米水揉洗了一遍花白的头发，再仔细梳理好，盘了一个清爽的发髻在脑后。画四娘试着离掉拐杖，慢腾腾地去于秋茧家串门。这条道，年轻时走了无数遍，那时候院子里的人是于喜楼，她不在了，她还在。她放慢了脚步。

于秋茧正在院里晾晒野菜，长梗的搭在细尼龙绳上，散碎的叶片状的放在一只大笸箩里，摊开。都是新摘的野菜，有许多种，蕨菜、蒲公英、荠菜、苦菜、马齿苋……拿热水焯过，去了涩味，晾干了收起来，当干菜储存。什么时候想吃，再拿凉水泡发，凉拌、热炒、包包子、炖汤都是美味。于秋茧最爱吃野菜配粉条做的饺子馅，拿山里野花椒烤熟研磨而成的花椒粉腌制，或者直接放花椒油。花椒油比较方便，小卖铺就有，是莺垴镇特产的一种商品。于秋茧却觉得那口味不如自己手磨的花椒粉来得浓郁。

于秋茧没注意到画四娘已经进了院门。于秋茧在围裙上擦了手，要去扶画四娘，画四娘连说不用，说天气真正暖和了，眼看着身子骨都轻巧起来。

于秋茧请她到屋里坐，她说还是吹吹风吧，她指了指院里那只不知被风雨打磨了多少年的石墩。

于秋茧赶忙从屋里拿出一个碎布拼凑的厚椅垫放在石墩上。因为石墩比较矮，下蹲不易，她顺着于秋茧的搀扶一点点往下面滑，像没有筋骨的韭菜，晾晒其上。

于秋茧又搬了一只更矮脚的马扎，马扎的布面也是五颜六色的碎布拼凑而成。她挨着画四娘坐下来。

画四娘感叹，谷雨天气，种瓜点豆，人也快要点进土里了。于秋茧摇摇她的胳膊，意思是劝她不要胡思乱想。她笑了，说哪会怕死，能多活一天赚一天，跟老天爷抢天儿呢。她说要是于喜楼还在，她还跟她吵架，吵了一辈子，也没恼。年轻时候，于喜楼要教她认字，她死活不干。于喜楼念叨的那些词词调调，她还记得一些，关于谷雨的那段——一候萍始生；二候鸣鸠拂其羽；三候戴胜降于桑，她莫名其妙地听进了脑子。于喜楼一直说她聪明，她说那是耍笑她，她无论如何不敢跟一个天边飘过来的人比。

于秋茧的鼻子一酸，她突然很想她。一丝风吹过脸庞，挂在耳畔的发丝漾到她的鼻梁处，痒痒的，她禁不住打了一个响亮的喷嚏。似是母亲的谴责，她也是好久没去墓地看她了，心中不免羞愧，更多的还那响声是笼罩而来的伤感。她慌忙转移话题，问映山最近在忙活什么。

画四娘说，她闷在屋里捏一条河呢，她也是犯了邪病。于秋茧说她有个事做也好。画四娘说捏泥人也不能当饭吃，她早晚有一天得走，等她走了映山该怎么活。于秋茧本来想说，她会帮忙照顾她，却又没说出口。脱口而出的承诺，多少是不可信的。

画四娘问于秋茧还记不记得那个小韩老师，于秋茧说记得。画四娘盘算着韩醒岩稀罕映山的泥人，说不定映山真能靠捏泥人养活自己，可以托韩醒岩将映山的泥人卖到外面。

于秋茧却是知道，映山不会卖掉她的泥人王国的。要是考虑再捏新的，专门捏可以卖的泥人，不知道映山肯不肯。

画四娘觉得，泥人都是泥捏成的，无非是一个捏出来的早晚的时间问题，别的没什么区别。

于秋茧突然想起一件事，她冲进屋里，翻箱倒柜，要找一件东西给画四娘看。

这个！于秋茧一脸兴奋。

画四娘接过于秋茧递上的围巾，前后看了看，并没看出什么异样。

这个！于秋茧将手指摁在围巾的一端的左下角。画四娘举起来，再仔细辨认，于秋茧的手指摁过的地方是一朵黄色的野菊花。于秋茧的围巾是乳白色的，大概是洗得旧了，那白就透出一股浑浊气，而那朵深黄色的野菊花成了灵动的点缀，整个围巾都变得雅致起来。画四娘的眼神不太好，但是完全能看出那绣工非同一般，不禁感叹，跟于喜楼的手艺差不多。画四娘夸赞于秋茧的手越来越巧了。

不，不是。于秋茧说。

画四娘疑惑地看向于秋茧。

映山绣的。于秋茧说。

这怎么可能？画四娘自然不信，映山哪里学来的这手艺。

于秋茧说，差点忘了这事，映山是跟我学的。映山手巧，捏泥人跟绣花都需要手巧，一个道理。

于秋茧不慌不忙地跟画四娘解释道，有一次映山来找她修补一件朱红色的衬衫，她补了一大晌，在上面绣花又用去很长时间。映山不声不响地在她旁边看，一针一线，都看在眼里。她当时也没在意，但是没过多久，映山又来，映山围在她身旁支支吾吾讲一些什么，她没搭腔，她以为映山又闹。映山见说不清，忍不住发火。映山翻抽屉，摸出一把剪刀，一剪子下去就在裤腿的布料上剪了一个洞。于秋茧问她什么意思，她指着破洞说她也会弄。这时候于秋茧才多少明白，她是说她可以补衣服。于秋茧拍拍她的头，告诉她剪坏了再补这样是不对的。哪想到她端了于秋茧放在炕上的针线笸子，一屁股坐到炕沿上，抬起有破洞的左腿，手扳左脚放到右腿的膝盖处。她从笸子里找了一块颜色跟她裤子接近的碎布，衬在破洞的内里，一针一针缝好。再沿着那不规则的针脚，加重了一圈，然后又学着于秋茧的样子，走线，起舞，在圈内绣了一个漂亮的圆坨坨。于秋茧很惊讶她竟然能绣出这么精致的东西。她指着那坨坨说是葵哑巴家猪圈里的小猪，于秋茧忍不住大笑。从那以后，只要映山过来找，她都会悄悄教她绣花，又怕画四娘知道后生气，就反复叮嘱映山，不要告诉别人，否则她再也不教她了。那会儿，映山正对山里的野花野草的形状感兴趣，她能很快绣好一朵花一株草。

画四娘指着于秋茧说，你啊，你！于秋茧以为她要生气，又连忙说，当时，没人知道，常来家里的徐徐都不知道。不过，现在也没关系了，映山又不是男人了。

你啊你，这点还真像你娘。画四娘的手指头轻轻地点到了她的额头上。俩人笑起来。

我是想，让映山跟着我干活。我活着，雾云俩裁缝，我死了，雾云剩下映山一个裁缝。于秋茧说。

裁缝，还说裁缝，可没几个人扯布做衣裳喽。画四娘说。

是啊，可那么大一个雾云总得有个裁缝不是？于秋茧说。

画四娘点头。

于秋茧又说，裁缝，怎么也算个不错的手艺人。再说了，我想让映山跟我……跟我……

画四娘等着她往下说。

于秋茧重重地吐口气，像是重新下定了决心一般。她以解释的口吻对画四娘说，雾云的老人都越来越老了，要是哪一天去了另一边，总不能去城里买那种冷冰冰的机器做的衣裳吧。她对他们有感情，她想让他们穿上她绣的漂漂亮亮的衣裳走。

画四娘的脸色沉下去。于秋茧说她可以一个人做，她只是觉得映山的灵巧比她更适合，映山是一个没有被生活糟蹋过的人，多干净啊。

于秋茧说她也只是提提，从来没对映山讲过。

画四娘将围巾丢给她，她慌忙接住。画四娘要站起来，她伸手搀扶。画四娘摆手表示不用。她紧张地看着她，看她吃力地往上提自己那下垂的松软的肉身。

画四娘没有说一句话。她的站立过程用去了于秋茧的耐心，于秋茧清楚了她的心意，她是反对的。她开始后悔提到此事，真该顺着她的意愿讲，她都那么老了。

于秋茧站在原地，一动没动。她看着画四娘移动到院门口，又用去了大把力气。

教她绣白玉兰吧，我可没见过真的。画四娘拐出院门的时候，扔下一句话。

顷刻间，于秋茧的眼底盛开了一树的洁白，它们多像飞舞的蝶啊。

白天，画四娘提起了于喜楼，于秋茧想再过一段日子就到母亲的忌日了，一晃已经十年，是不是按雾云的习俗操办一下。于秋茧没有兄弟，如果置办母亲的周年，就得她一个人张罗，这也没什么，关键是于家也没有什么亲戚，不知道还有没有操办的必要。

要是到时候绕绕能回来，就办，让他操办。让他先认罪，再尽孝，然后再去赎罪。

这么一想，于秋茧心中的伤感才有消散，她一定要让绕绕在于喜楼的遗照前跪上一天一夜，一天一夜也不够，三天三夜，对，就三天三夜，不信他不求饶。于秋茧想起母亲的遗照，她将她收在柜子里，是该拿出来了，她是什么时候将母亲藏起来的呢，她已经记不清楚了。那张黑白的照片，是于喜楼生前自己去镇上照相馆拍的，提前准备了许多年，就为留个好看的样子在这世间。于喜楼生前就做好了死后的打算，她的打算不仅仅是准备一件体面的寿衣、一张看上去不错的遗照、一副中意的棺木、亲笔题写的挽联，她的打算是一个大的打算。

于喜楼生前就计划给自己修一间死后住的屋子，她说比坟头看好，比坟头舒服，她说那将是她的墓屋。她将“墓屋”两个字写成“暮屋”，她是一个讲究的有学问的人，她说“暮”最合适。她要在暮屋的左右刻上：栖栖失群鸟，日暮犹独飞。

她本就是洪水冲来的，所以雾云人对这个天外来客是十分宽容的。对她的行径，他们觉得奇怪，却不怀疑。他们竞相去看她修暮屋，有人帮她运石头，有人帮她挖坑。前期的热闹持续了一段时间后，人们的热情就像他们惯有的慵懒一样，跟随过路的风一起分散掉了。剩下的才是专属于于喜楼的时光。

于喜楼曾对于秋茧描述过暮屋的样子：因为在地下，所以不适合留任何一面窗户，但天窗还是要有的，天窗就像屋子的眼睛，通过它能看见雾云的山峦。

让土埋住，您还能看见什么？于秋茧问她。她的回答是，到了那个世界，什么看不见啊？她说暮屋内的用品要简单舒适，桌子、凳子、床要石头做的，石头不会腐烂，多少年都不会。

没有人真正走进过那个暮屋，于喜楼在修建到一半的时候就放弃了它。谁也不知道原因。于秋茧的猜测是跟姜树怀有关系。于喜楼默默地等了姜树怀一辈子。村人说他那多病又痴傻的妻子会提前走，然后剩下姜树怀。于喜楼没那么想过，于喜楼只等下去。然而，谁能想到有一天，连姜树怀都偷偷走掉了呢。在当时，这是于秋茧怎么想也想不通的事，她替母亲难受，但作为一个晚辈，她一句安慰的话都不能说，说什么都是不敬。

后来那个建在山上的暮屋就荒废了，慢慢地树木与山石掩盖了一切，连它的位置都被隐匿。于喜楼去世时，于秋茧悲恸欲绝，等安葬好母亲，又过了些时日，她才突然记起暮屋的事。她偷偷去找过，但是找不到。很奇怪，她循着记忆里的路径，结果走入了另一片完全陌生的林地，一切都像入了迷宫一般。

于秋茧觉得是母亲故意不让她找到。于秋茧怕她生气，就又悄悄返回家中，不再寻找。于秋茧从小怕她，说“怕”又不完全准确，那里面的成分有一种是随着年岁越大感慨越深的“自愧弗如”。于喜楼的出身和博学，她的那种特别的气质，于秋茧都无法与之相比。本来一个女儿不应该跟自己的母亲对比，但是于秋茧听她讲得多了，无法不进入那种语境之中。而她，土生土长的雾云人，典型的一个山村姑娘，虽然跟母亲学了不少所谓的诗词，也仅仅是母亲所知的九牛一毛。每次从于喜楼嘴里蹦出一句新奇的东西，无论是词语还是物件，都能把于秋茧震到。如果她不是于秋茧的母亲，于秋茧会拿她当心中的神一样看待，但她是她的母亲，她就不得不接受她不是神的现实。于秋茧从来没有将这个心结告诉过别人，她对母亲的崇拜大于对母亲的亲昵之爱。从懂事起，母亲就成了她心中的另一座山，始终是远的，无法触及的。

也不是永远那么高高在上，怎么也有跌下来的时候。她对母亲的失望和不理解，仅仅因为一件事。那件事发生在母亲去世之前的头三年的一个秋天。田里的庄稼已经成熟，四野散发着诱人的香气，雾云山看上去更像个待产的孕妇，含着羞怯和慈祥。于秋苗忙着将田里的玉米掰下来，再一趟趟地运回家中。这样忙碌的时候，镇上却突然有人来找，让她跟着去一趟镇政府，说于喜楼在那里。于秋苗从来人的神态感觉到于喜楼出事了。她骑上自行车，追着那人就走。一路上，她什么也没有问，她十分不安，不确定于喜楼到底怎么了。到了镇政府，工作人员却告诉她，于喜楼去县教育局了，他们安抚不住，只能陪着她去。于秋苗又急匆匆跳上开往县城的公共汽车，一路颠簸，下午四点多钟才赶到教育局。四处找了，于喜楼却没在那里。原来镇政府的那个年轻办事员带着于喜楼走错了地方，从城东到了城西，才绕回到教育局所在的城南。于秋苗是在下楼的拐角处碰见于喜楼的，于喜楼像是没看到她，始终仰着头朝里走，走进一间大办公室。于秋苗呆在门外，她听不清楚于喜楼在里面说了什么。回去的路上，那个年轻办事员一边开车一边唠叨，从他的唠叨声里，于秋苗断断续续明白了事情的始末。原来，于喜楼让教育局给她落实民办教师的待遇。教育局的解释是，她做代课老师时并没有备案在册，后来县里排查，他们也没上报，因此她的身份无法证明。她说她教的学生可以证明，教育局就建议她找几个有出息的学生写封联合签名信，再提供一些影像资料，只拿莺堖镇开具的证明信还是不够的，就算莺堖镇愿意负全责，教育局也不能草率办事，毕竟像她这样的情况在乡村还有很多。什么情况？还有很多吗？她提出质疑。她说她是大学生，他们就笑了，让她拿出证明。她说她没办法证明，她没办法证明的还有很多。这之后，她又往上找过，也闹过，得出的结果是只能承认她代课教师的身份，但因为年代问题，没有及时报批，无法按民办教师落实待遇。于秋苗耐心劝她，她却视而不见，从不正面与她谈此事。于秋苗想不明白，当年放弃离开雾云机会的是她，放弃可能成为正式教师机会的也是她，一辈子不争不抢的她究竟是怎么了，难道就为了那为数不多的一点儿补助金？好在于喜楼闹过三五次之后，就不再闹了，也许是看不到希望，也许是累了。可是，于秋苗明显感觉到她变得更加郁郁寡欢。

于喜楼教过的那些有出息的学生要不要通知？如果置办十周年的话，人还得多通知些。于秋茧突然想。不过，他们都在哪里呢？

没过多久，阳易达和他饲养的宠物猪出事了。

那一天，阳易达的那群宠物猪先是跑到了雾云人家的屋顶上。阳易达追过来，跳上屋顶，他一边撵它们，一边吆喝。那些经过人工改良的猪崽身手敏捷，简直比兔子跑得都快。阳易达根本赶不上它们，它们四散逃掉。

它们滚到地面上，摇身一变，竟然成了石头。

阳易达被惊吓住了，他万万想不到这些怪异的东西会成魔。他揉了揉眼睛，使劲掐太阳穴，用牙齿咬手腕。他还是看到那些石头继续移动，越来越远。

阳易达大叫一声，跳下屋顶，一脚踩在葵哑巴家的树杈上。他闭上了眼睛，他看到自己被树杈从中间劈开，变成两个半边人。两个半边人飘飘忽忽，从树杈间往下落，有点像鸡毛飞舞的感觉。轻飘飘的，打着旋转，左右摇摆，忽而又改变了方向。一阵风吹过来，两个半边人被掀了个跟斗，跌倒在院子里。很快，它们又变成了一块石头。

突然，映山从屋里冲出来，她死死地抱住那块石头。石头就拼命地打着滚，不放手的映山就跟着石头滚动。她浑身上下沾满了尘土和杂草的碎屑，她的额头被石头擦破。

葵哑巴喊不住她，葵哑巴将于秋茧叫过来，于秋茧也喊不住她。

于秋茧大叫一声，一下子惊醒，却是一场荒诞的梦。她冒了一身冷汗，她的心怦怦直跳，怎么也无法平复下来。

天色已经透亮，新的一天就要开始。

于秋茧烧水，泡了一碗冬凌草茶，坐在屋门口等映山过来。像往常一样，这一天的工作也将开始。

映山的针线活就要赶上她了，绣花的手艺甚至超过了她。映山能将万事万物绣得活起来，她不能。她绣得再像，也如同呆板的复制。比如，她跟映山在给老莫绣送行衣时，她们一起动手，同时进行，在袖口绣两枚星星。她绣的右边袖口的星星像是画上去的，而映山绣的左侧的袖口则闪着光泽。她以为是她自己一个人的感觉，就拿衣服给老莫看，老莫说，怎么两颗星星不一样，一个睁着眼，一个闭着眼。老莫又说，这样最好，凡事睁一只眼闭一只眼才是活明白了。她可没想如此解释。

太阳压着金光，照进窗棂。映山还是没有过来。

最近，她发现映山开始变胖了，不是多么胖，是那种渐渐发育起来的感觉，最明显的是她那对儿乳房，从以前的平坦状变成了荷包蛋形。

要不是映山当着她的面脱衣服，她也不会注意。她给映山做了一件绒衣，高领，深紫色，保暖性和透气性都好，春天穿一件就够。映山十分欢喜。于秋茧不由得多看了几眼映山，她变了，除了发育的乳房，还有她的胳膊和腿，都不再那么干瘦了。于秋茧想，难道是她常年饥渴的肌肤接受了张黍那晚的抚摸，性别意识就出来了？还是因为别的什么原因？

于秋茧说不上什么感觉，只是内心有一种迫切的想法，那就是在这些天，如果可能，尽量帮助映山将她的河流捏出来。她隐隐地担忧，担忧当她的身体长到更胖，她就会忘记她要捏一条河流的想法。

这种担忧又是靠不住的。痴傻的映山为了捏一条河流变得更加痴傻，可见她的执迷，又怎么会说忘就忘？于秋茧反复说服自己，内心还是越来越不安。这不安，作用到她身上就是她的手指常常会被针尖扎破。

她的眼睛越来越不好，阴雨天气，她无法看清楚稍微远一点儿的东西。如果长时间垂着头绣花，她都能感觉眼珠子在呼呼地跳，像是要随时摔到地上，摔碎，带来一种向下牵引的持续的坠痛。有时候闭着眼睛，眼前会有大片大片的红色、绿色、紫色、黄色，这些颜色交织在一起，缠成网兜，困住她。她没有对人讲过眼睛的问题，她想着再过几天去镇卫生院看看。

一阵风吹过去，窗台的石头缝里长出的那株野草孤独地摇晃着。她仿佛看见，穿着朱红色衬衫的映山，坐在院子里捏各种小泥人，那些泥人不再咧开嘴巴。她告诉她，月亮就是一条河流的模样。她捏出一个月亮。她说她也是。她很快将自己也捏成了河流。

突然，一阵急促的敲门声。她不知道发生了什么，急步跑了出去。

2015年8月初稿于邯郸蓼蓝阁

2016年6月定稿于北京鲁迅文学院